AF345881

Danser Avec le Diable

Les Audacieuses, Livre 6

Par Emma V. Leech

Traduit de l'anglais par Lucie Reymbaut

****

Publié par Emma V. Leech.

Copyright (c) Emma V. Leech 2019

Illustration: Victoria Cooper

ISBN: 978-2-492133-80-0

Tous droits réservés. Sans limiter les droits d'auteur réservés ci-dessus, aucune partie de cette publication ne peut être reproduite, conservée ou introduite dans un système d'extraction, ou transmise, sous quelque forme que ce soit, ou par quelque moyen que ce soit (électronique, mécanique, photocopie, enregistrement ou autre) sans l'autorisation écrite préalable du détenteur des droits d'auteur et de l'éditeur susmentionné de ce livre. Il s'agit d'une œuvre de fiction. Les noms, personnages, lieux, marques, médias et incidents sont soit le fruit de l'imagination de l'auteur, soit utilisés de manière fictive. L'auteur reconnaît le statut de marque déposée et les propriétaires des marques de divers produits mentionnés dans cette œuvre de fiction, qui ont été utilisés sans autorisation. La publication/utilisation de ces marques n'est pas autorisée, associée ou sponsorisée par les propriétaires de ces marques. La version ebook et la version imprimée sont autorisées pour votre plaisir personnel uniquement. La version ebook ne peut être revendue ou donnée à d'autres personnes. Si vous souhaitez partager cet ebook avec une ou plusieurs personnes, veuillez acheter un exemplaire supplémentaire par personne. Toute ressemblance avec des personnes existantes ou ayant existé, des lieux, des bâtiments et produits est purement fortuite.

Table des Matières

Membres du Club de Lecture des Demoiselles Surprenantes

Prunella Adolphus, duchesse de Lorny — première Demoiselle Surprenante, elle est secrètement miss Terry, l'auteure de *La Sombre Histoire d'un Duc Maudit*.

Mrs Alice Hunt (née Dowding) — plus aussi timide qu'avant. Récemment mariée au frère de Matilda, le célèbre Nathaniel Hunt, propriétaire du *Hunter's*, l'établissement de jeux élitiste.

Lady Aashini Cavendish (Lucia de Feria) — une beauté venue d'ailleurs. Heureuse épouse de Silas Anson, le vicomte de Cavendish ; leur mariage a fait jaser l'aristocratie !

Mrs Kitty Baxter (née Connolly) — silencieuse et attentive… jusqu'à ce qu'elle ouvre la bouche. Elle s'est récemment enfuie pour se marier avec son amour d'enfance, Mr Luke Baxter.

Lady Harriet Saint-Clair (née Stanhope) — Comtesse de Saint-Clair — sérieuse, studieuse, intelligente. Protocolaire. Elle porte des lunettes. A enfin épousé le comte de Saint-Clair.

Bonnie Campbell — trop franche, elle se retrouve toujours dans le pétrin.

Ruth Stone — héritière et fille d'un riche marchand.

Minerva Butler — la cousine de Prue. Pas aussi vaine ni aussi frivole qu'on pourrait le croire à première vue. Rêve d'amour.

Jemima Fernside — mignonne et sans le sou.

Lady Héléna Adolphus — pleine de vie, directive, surprenante.

Matilda Hunt — charmante blonde dont la réputation a été souillée par un scandale dont elle a injustement fait les frais.

Chapitre 1

J'ai l'impression de courir à toute vitesse vers le bord d'une falaise, et même si je sais que la chute sera terrible, je ne peux pas m'en empêcher. Je ne pense pas être une idiote, mais c'est sûrement de la folie. La seule alternative serait de baisser les bras et d'obéir : épouser un homme que je n'aime pas, et vivre dans un endroit où je n'ai aucun désir de me trouver.

Je choisis de sauter.

— Extrait du journal de miss Bonnie Campbell.

10 septembre 1814, Demeure de Holbrooke, Sussex.

Bonnie contempla l'écran rouge de ses paupières closes sous le soleil qui réchauffait son visage. Elle était tiraillée par le sommeil, engourdie par cet après-midi à paresser, et par le délicieux pique-nique qu'elle avait mangé en compagnie de ses amis. Il serait aisé de se laisser aller, d'oublier toutes les récentes inquiétudes qui encombraient son esprit tels les spectateurs du malheur d'autrui se regroupant pour bavarder, médire et remercier le ciel de ne pas être à la place de l'homme s'étant fait renverser par la malle-poste, ou à la place de celui tombé face contre terre.

Bonnie avait l'habitude d'être au centre de l'attention, de recevoir les regards désapprobateurs, les commentaires et les murmures désobligeants. C'était de la jalousie, se disait-elle, ils étaient simplement jaloux qu'elle ait le courage de faire ce qu'ils n'osaient pas faire par manque de bravoure. Pourquoi aurait-elle dû s'émouvoir qu'ils la trouvent dévergondée ?

Elle ouvrit les yeux, éblouie par le soleil du milieu de journée et cligna des paupières devant le ciel bleu azur, aussi bleu que les yeux de Jérôme Cadogan. Seigneur, quel cliché elle faisait : une petite idiote sans nom qui tombe amoureuse d'un homme terriblement séduisant complètement inaccessible. C'était un charmeur au sourire coquin et aux yeux bleus pétillants. Il n'avait pas plus l'intention de mettre une bague autour de son doigt qu'il n'en avait de devenir le prochain archevêque de Canterbury. Elle était peut-être la pupille du comte de Morven, mais elle ne descendait pas d'une famille illustre. Respectable, certes, mais Jérôme Cadogan, le frère du comte de Saint-Clair, pouvait faire beaucoup mieux que cela.

Son seul espoir avait été de le faire tomber follement amoureux d'elle, tout comme elle était tombée follement amoureuse de lui. Bonnie laissa échapper un petit reniflement amusé en réalisant le succès de son entreprise. Jérôme l'aimait, tout comme il aimait le reste de sa bande d'amis hétéroclite. Il la trouvait *de très bonne compagnie* et *gaie comme un pinson* ; il la traitait de la même façon que ses amis turbulents et non pas comme une gentille jeune fille de bonne famille. Non pas que Bonnie fût délicate et de bonne famille. Il n'y avait rien de délicat chez elle. Sa silhouette était voluptueuse, presque potelée, et il était impossible de la choquer. Elle avait tendance à dire la première chose qui lui passait par la tête, en général suffisamment fort pour être entendue à plusieurs rues de là.

Non, elle connaissait le type de femmes qui faisaient craquer Jérôme, et elle n'en faisait pas partie. Pas même un peu. Il avait la réputation de tomber amoureux à tout bout de champ, et toujours de femmes qui étaient loin d'être respectables, au grand dam de son frère. En dehors de leur réputation discutable, ces femmes avaient d'autres choses en commun : elles étaient blondes, très jolies, avaient les yeux bleus et un grand besoin d'être secourues. Bonnie était peut-être l'incarnation de la non-respectabilité, mais la comparaison s'arrêtait là. Elle avait les cheveux sombres, des yeux vaguement verts, une silhouette robuste et était tout à fait capable d'assommer un homme d'un coup de poing bien placé sur le nez si le besoin s'en faisait sentir. Elle soupira. Elle avait conscience de sa propre stupidité, et, pire encore, elle savait que ses amis étaient au courant du béguin qu'elle avait pour Jérôme, et avaient pitié d'elle.

Elles avaient fait de leur mieux pour la mettre en garde, elles l'avaient prévenue que Jérôme ne la voyait pas de cette façon-là et qu'il ne la verrait jamais ainsi. Ce n'était pas qu'elle ne les croyait pas : elle savait que ses amies avaient raison. Même Jérôme, bénit soit-il, l'avait prévenue qu'il n'était pas du genre à se marier quand il l'avait surprise à le regarder avec une lueur plus qu'affectueuse dans le regard et avait finit par comprendre.

Il s'était montré gentil, avait insisté sur la valeur de leur amitié, dit que c'était lui qui y perdait, qu'il ferait le plus épouvantable des maris si jamais il était obligé de prendre femme. Il avait fait mine de se pendre avec une corde imaginaire et Bonnie avait ri de ses pitreries mêmes si elle avait senti son cœur se briser. Ah, mieux valait avoir aimé et perdu que… pfff. Quel tissu d'âneries. Si elle pouvait cesser d'aimer Jérôme Cadogan aussi facilement qu'elle en était tombée amoureuse, elle le ferait en une fraction de seconde, mais c'était pour lui que son cœur battait, et elle ne savait pas comment faire pour s'en empêcher.

Pourquoi n'avait-elle pas pu faire plaisir à tout le monde en tombant amoureuse de ce fichu Gordon Anderson ? Cette idée la fit frissonner. Ce type lugubre au mauvais caractère et son château lugubre et inhospitalier, Wildsyde, n'avaient, de l'avis de Bonnie, rien pour eux. Gordon serait incapable de reconnaitre le plaisir et l'amusement même s'ils lui tombaient sur la tête avec une pancarte indiquant PLAISIR ET AMUSEMENT en majuscules. Eh bien, plutôt mourir que d'épouser un homme qui la trouve frivole parce qu'elle aime rire, danser et profiter de la vie, et peu importe les projets qu'Anderson avait pour sa dot, ainsi que la promesse faite par Morven à son père juste avant son décès. C'était sa promesse, pas celle de Bonnie. Elle ne les laisserait pas l'enfermer dans un château affreux dans les Highlands, loin de ses amis et de toute occupation autre que celle de fournir à son mari le plus de marmots possible jusqu'à ce que l'activité ne l'achève, comme cela avait été le cas pour sa mère. Non merci.

Mais le problème, c'était qu'elle ne pouvait pas l'éviter indéfiniment. Son délai initial avait déjà été dépassé. Bientôt, Anderson viendrait la chercher, elle le savait, et comme elle vivait grâce à l'argent de Morven, elle ne pourrait pas échapper à son destin, pas vraiment. En revanche, elle pouvait, et s'appliquerait à retarder l'échéance le plus possible. Peut-être qu'en se comportant mal, Anderson refuserait-il de l'épouser ? De toute façon, il n'était intéressé que par sa dot, et si la marchandise que représentait Bonnie avait déjà été déballée…

Cela suffirait peut-être à mettre un terme à son envie de la prendre pour femme ?

L'idée persista bien qu'elle eût conscience du danger. Mais cela signifiait également qu'elle pourrait avoir ce qu'elle voulait, du moins pendant un court instant. Elle pourrait se donner à l'homme qu'elle aimait, et expliquer la situation avec honnêteté à Anderson. Soit cela bouleverserait son destin, soit cela ne changerait rien. Peut-être que Morven la déshériterait, mais elle en doutait. Il l'enverrait sans doute quelque part où elle ne pourrait plus lui causer d'embarras, mais cela valait probablement toujours mieux que de moisir dans un château perdu au milieu de nulle part.

Eh bien, ce serait probablement cause perdue de toute façon, pensa-t-elle sombrement. Jérôme ne la voyait tout simplement pas sous cet angle, il refuserait sûrement de la déflorer, même si elle s'offrait à lui sur un plateau ; mais cela valait le coup d'essayer.

Bonnie contempla le lac devant elle tout en réfléchissant à cette idée. Son regard tomba sur Saint clair et Harriet. Ils avaient finalement réglé les problèmes entre eux, et étaient visiblement très amoureux l'un de l'autre. Quelle chanceuse, se dit-elle en soupirant.

Matilda, qui était assise à ses côtés, lui jeta un coup d'œil en entendant cela.

— Ils ont de la chance, déclara Bonnie avec un soupir rêveur.

Matilda acquiesça.

— C'est vrai.

— Nous ne sommes pas toutes aussi chanceuses, n'est-ce pas ?

— Non, répondit Matilda.

Bonnie entendit et reconnut la nuance triste dans sa réponse. Matilda ajouta :

— Mais vous êtes jeune et jolie, Bonnie. Il vous reste du temps.

Bonnie secoua la tête.

— Non, répondit-elle — elle aurait aimé que sa voix ne tremble pas, il ne servait à rien de se morfondre. Non, je vous l'ai dit, je suis déjà en sursis.

Matilda se pencha pour saisir sa main, et Bonnie la pressa en retour. Elle était reconnaissante du soutien inébranlable et de la compréhension que son amie lui offrait. Matilda comprenait sa situation parce que son temps aussi arrivait à échéance.

— Vous ne serez pas seule, Bonnie. Vous ne serez ni abandonnée ni oubliée. Quoi qu'il arrive. Nous ne laisserons pas faire cela. Vos amies seront toujours là pour vous. Je viendrai en Écosse et je resterais avec vous, je le promets. Peu importe à quel point ils essayent de vous enterrer dans les contrées sauvages.

Bonnie, de plus en plus émue, émit un son étranglé, puis rit, imitée par Matilda qui essayait de ne pas pleurer.

— Ciel, nous voilà bien sentimentales, déclara Matilda en secouant la tête. Cela ne va pas du tout.

Bonnie hocha la tête. Elle ne l'aurait pas mieux dit. La mort durait longtemps, et les vivants pouvaient passer l'arme à gauche en un clin d'œil. Elle le savait bien.

— Pour sûr, il n'y a pas assez de temps pour les pleurs et les gémissements, dit Bonnie en se levant d'un bond. Je ne compte pas gaspiller une minute du temps qu'il me reste.

Elle prit une profonde inspiration, saisit sa coupe, et prit la direction du lac.

Jérôme soupira, satisfait, et s'étira au soleil comme un chat paresseux. Il se considérait comme étant un homme simple aux goûts simples et il ne fallait pas grand-chose pour le contenter. Une journée ensoleillée en bonne compagnie, un bon repas et il n'aurait pas échangé sa place avec un duc ou un roi. Il n'enviait certainement pas à son frère les responsabilités du comté. Non, non, la vie d'un fils cadet était largement préférable. Pas de livres de comptes ni de gens venant se plaindre de ci et de ça, d'un toit qui fuit et du prix de l'orge, pas d'attente particulière quant à son mariage ni d'obligation à engendrer un descendant et un remplaçant. En tout cas, il semblait que Jasper avait tout ceci bien en main, le petit malin. Harriet Stanhope, qui l'eût cru ?

Comment avait-il fait pour ne pas s'en rendre compte plus tôt, il se le demandait, car à présent c'était aussi évident que le sourire de benêt sur le visage de son frère. Ces deux-là s'adoraient. Cela faisait des années qu'ils se chamaillaient, et tout ce temps… eh bien, cela montrait simplement qu'il était impossible de savoir ce qu'il se passait dans la tête des autres. Ce qui était probablement préférable, dit-il en refrénant un sourire à la pensée d'une nouvelle jeune fille avenante qui servait des boissons au *Swan*. Elle était blonde et jolie, fine comme un roseau mais avec des courbes là où il fallait, et son sourire engageant était presque une invitation à batifoler avec elle.

Il venait de s'installer pour pouvoir tranquillement rêver aux moyens d'obtenir cette invitation à batifoler, lorsqu'une giclée d'eau glacée le frappa brutalement en plein visage. Il se redressa avec un glapissement. Il resta assis quelques secondes, dégoulinant, trop choqué pour réagir. Puis il la vit.

— Vous allez voir, espèce de petite morveuse ! s'écria-t-il lorsque son regard outré se posa sur la coupable.

Qui d'autre ?

— Je vais vous jeter dans le lac, Bonnie Campbell ! la prévint-il en se levant.

Bonnie releva ses jupons pour s'enfuir et poussa un cri. Jérôme poussa un juron et se lança à sa poursuite.

— Il faudra d'abord m'attraper, demeuré ! le taquina-t-elle avant de s'enfuir vers les arbres.

Malgré son exaspération, Jérôme éclata de rire et la poursuivit en direction de la forêt. Bonnie couina lorsqu'il s'élança vers elle et l'évita de justesse, avant de se remettre à courir. Elle était plus rapide qu'elle n'en avait l'air, ses joues étaient rouges et ses yeux brillaient de malice.

— Misérable ! cria-t-il.

Au même moment, il se prit les pieds dans une racine et tomba lourdement sur les genoux.

— Maudite branche, marmonna-t-il.

Il se releva et s'aperçut que Bonnie avait disparu. Mais il parvenait encore à l'entendre, il reprit donc sa course en suivant les bruits de feuilles écrasées et de brindilles brisées. Après ce qui lui parut être une éternité, il s'arrêta, haletant, et s'appuya contre un arbre. Seigneur, son style de vie commençait à avoir un impact négatif sur son endurance. Il ferait sûrement mieux de faire plus d'efforts, avant de devenir gros comme son ami Cholly, qui était de plus en plus massif. Il s'obligea à avancer et sortit de la lisière des arbres à l'endroit où la forêt débouchait sur le lac.

Il y avait une petite crique ici, elle était à l'abri des regards et isolée, ce qui valait mieux au vu du tableau qu'il avait sous les yeux et qui le laissa figé de stupeur.

— Bonnie Campbell, vous me ferez mourir, murmura-t-il.

Il était incapable de détacher le regard de la jeune femme qui se tenait devant lui et ne portait rien d'autre que sa chemise longue. Elle se retourna pour lui sourire, debout sur une large pierre qui s'avançait dans l'eau.

— Bonnie, non ! cria-t-il, mais c'était trop tard.

Avec une grâce remarquable pour Bonnie, qui avait pourtant pour habitude de ne pas faire dans la délicatesse, elle plongea dans le lac.

Jérôme courut au bord de l'eau, et constata, le cœur serré, la profondeur des eaux sombres qui se trouvaient en dessous de lui. Le lac était si profond en cet endroit que ni lui ni Jasper n'avait jamais nagé jusqu'au fond. Il n'y avait pas une seule ride à la surface de l'eau, et le jeune homme commença à paniquer. Non. Oh, non, non, non.

Il se déshabilla sans quitter l'eau des yeux et plongea. Il nagea de plus en plus profondément jusqu'à ce que ses poumons crient grâce et qu'il soit obligé de refaire surface en toussant et en hoquetant. Il était sur le point de reprendre une inspiration avant de plonger une fois de plus, et faillit crier en sentant une main sur ses épaules. Bonnie lui enfonça la tête sous l'eau.

Cela ne dura qu'une seconde, mais lorsqu'il refit surface, la jeune femme hurlait de rire et il dut combattre l'envie de l'étrangler.

— Que la peste vous emporte, cria-t-il en essuyant l'eau de ses yeux. Ce n'est pas drôle, espèce de diablesse. J'ai cru que vous vous étiez noyée, maudite créature.

— Dans cette petite flaque ? demanda-t-elle en faisant la grimace, visiblement peu impressionnée. Je ne crois pas. Je nage dans des lochs bien plus froids et plus profonds que ce lac depuis ma plus tendre enfance. J'ai l'impression d'être dans un bain.

— Peut-être vais-je vous noyer moi-même, dans ce cas, murmura-t-il.

Il s'élança dans sa direction, Bonnie poussa un cri et tenta de lui échapper, mais elle ne fut pas assez rapide cette fois et il la saisit par la taille.

— Lâchez-moi, protesta-t-elle en se tortillant.

Mais Jérôme était trop furieux pour obéir. Bonnie avait comparé l'eau du lac à celle d'un bain, mais en réalité elle était glacée. Dans des circonstances normales, cela aurait suffi à refroidir l'ardeur de n'importe quel homme. Cependant, avoir entre les mains la chair généreuse d'une femme à peine vêtue était suffisant pour que le corps de Jérôme réagisse et prenne note de la situation.

Soyez sage, se dit-il d'un ton sévère. Bonnie était hors limite. Il le savait. Et même si cela n'avait pas été le cas, son frère lui avait répété tant de fois qu'il lui aurait été impossible d'ignorer ce fait. Jasper l'avait prévenu après sa dernière petite *indiscrétion* ; il ne le sortirait plus d'affaires. Il devait l'admettre, cette aventure *avait* coûté un joli pactole et Jérôme n'en était pas fier. Depuis, il essayait de se comporter convenablement. De plus, Bonnie n'était pas du tout son genre, sauf qu'elle gigotait entre ses bras et que le tissu fin de sa chemise constituait une bien piètre barrière entre sa silhouette presque nue et le corps de Jérôme et son membre ne semblait pas enclin à faire de différence.

Même si l'eau était fichtrement froide, ses seins étaient chauds et voluptueux ; ils étaient pressés contre son torse, les mamelons érigés, durs, formaient des points de pression contre sa peau qui firent bouillir son sang en dépit du lac gelé. Elle haleta de surprise lorsque son érection se pressa contre son ventre doux. Jérôme retint son souffle, dans l'attente du cri d'horreur et de la gifle. Sauf qu'il s'agissait de Bonnie, l'impétueuse, la diablesse Bonnie, et il aurait dû s'y attendre. Elle enroula ses jambes autour de sa taille, et une vague de plaisir le traversa lorsque son pénis se retrouva niché entre ses cuisses, et que la bouche de Bonnie rejoignit la sienne. Le plaisir était si intense et si inattendu qu'il en oublia de nager, et ils coulèrent à nouveau.

Ils refirent surface l'instant d'après dans une gerbe d'éclaboussures en toussant et en riant. Jérôme mit la tête en arrière et rugit. C'était de la folie. Bonnie posa sur lui un regard enchanté. Il vit le diable dans son regard, le reconnut : il appelait le diable en lui, un terrible chant de sirène qui les attirerait tous les deux en eaux profondes, et les fracasserait contre les rochers s'ils ne faisaient pas preuve de prudence. C'était la raison pour laquelle ils devaient rester loin, très loin l'un de l'autre, et pour laquelle il lui était si difficile de maintenir la jeune femme à distance. Ils se ressemblaient comme deux gouttes d'eau diaboliques, prêtes à s'entrainer l'une l'autre en enfer.

Jérôme se détourna d'elle à regret et nagea jusqu'au rivage, il trébucha sur les rochers et s'assit lourdement dans l'herbe. Il était hors d'haleine et voulait désespérément que son corps cesse d'être émoustillé. Il leva les yeux en direction de Bonnie qui sortait de l'eau et comprit que cela ne risquait pas d'arriver. Ses longs cheveux bruns lui collaient à la peau, et gouttaient en boucles épaisses sur ses épaules, encadrant sa poitrine généreuse qui donnait l'eau à la bouche. Jérôme n'était pas de ceux qui en voulaient beaucoup : avoir la paume de main remplie était, de son avis, bien suffisant pour n'importe quel homme ; mais en regardant les courbes voluptueuses de Bonnie, il se demandait s'il n'avait pas été un peu hâtif dans son jugement. Son souffle s'emballa : la chemise de la jeune femme était quasiment transparente, le tissu était plaqué contre sa peau et ne laissait rien à l'imagination. On voyait nettement ses tétons, tout comme le triangle de boucle sombre sur lequel son regard se posa.

Il avait chaud, il sentait son corps vibrer, d'autant plus avide qu'il savait qu'elle ne refuserait pas ses avances, elle l'avait très clairement fait comprendre. Mais c'était une jeune femme innocente et non pas une fille aux mœurs légères ni une courtisane. Il existait des règles. Si un homme n'avait pas l'intention de faire une demande, il ne batifolait pas avec les vierges.

Mais lorsque Bonnie s'agenouilla à ses côtés, ses yeux vert pâle plus sombres qu'il ne les avait jamais vus, il lui fut presque impossible de se souvenir de cette règle. Elle déposa de nouveau un baiser sur ses lèvres et il grogna avant de la pousser dans l'herbe, en empoignant ses formes. Elle se cambra sous ses caresses et poussa un soupir de plaisir lorsqu'il pressa son sein et posa la bouche sur le mamelon pour le sucer.

Oh, Seigneur, il était perdu.

Il lécha, taquina et l'effleura des dents. Le désir le rendait fou, il faisait bouillir son sang et exigeait d'être assouvit. Il leva les yeux. L'espace d'un instant, il fut prisonnier de son regard, de l'émotion qui s'y trouvait, de l'amour. Il sentit son cœur se serrer dans sa poitrine quelques secondes, puis le sentiment de panique l'emporta et il s'éloigna d'elle. Il se leva et s'éloigna à grandes enjambées, son cœur tambourinait de façon erratique dans sa poitrine.

— Jerry.

La déception était audible. Elle devrait s'y habituer, se dit-il. Elle serait toujours déçue par lui si elle le regardait comme s'il était responsable des étoiles et de la lune.

Il lui répondit avec douceur, toute la douceur dont il était capable alors que le désir et la frustration bouillonnaient en lui comme dans un chaudron, une potion magique que Bonnie semblait agiter dans son sang et qui essayait à tout prix de le contrôler.

— Non. Nous ne pouvons pas, Bonnie. Non.

— Nous pourrions, insista-t-elle.

Il eut envie de la maudire pour le tenter ainsi.

— … Je ne vous…

— Non !

Il cria presque ce refus. Il avait les poings serrés, il essayait de se retenir de se jeter sur elle pour prendre ce qu'elle lui offrait.

— Non, répéta-t-elle.

Il détesta ce petit « non », qui résonnait comme un aveu de défaite, comme si elle avait su que ce serait sa réponse.

Bien sûr qu'elle le savait, s'énerva-t-il. Il le lui avait dit, bon sang. Il lui avait dit qu'il n'y avait aucun avenir à espérer à ses côtés. Il n'avait pas l'intention de se marier, ou du moins pas avant très, très longtemps. Pourquoi diable se rendre prisonnier d'un mariage, d'une femme et d'enfants alors que sa vie était si agréable ? Il devait simplement éviter de s'attirer des ennuis, ainsi Jasper ne l'embêterait pas pour qu'il se range pendant encore au moins plusieurs bonnes années.

Il se sécha du mieux qu'il put, se débarrassa de ses sous-vêtements mouillés. Il lui faudrait les récupérer plus tard, avant qu'un promeneur scandalisé, ou pire, sa mère, ne les trouve, Dieu l'en préserve. Bonnie s'était rhabillée pendant ce temps-là, et elle était prête lorsqu'il se retourna. Il croisa son regard et soupira en lui souriant. Cela serait plus facile s'il ne l'appréciait pas autant. Il l'aimait, mais pas comme elle l'aurait voulu. Il s'était montré beaucoup trop naïf dans sa jeunesse, offrant son cœur sur un plateau à tout bout de champ et se couvrant de ridicule. Plus jamais. Il l'avait juré à son frère et à lui-même, plus jamais, et il comptait bien s'y tenir.

— Nous sommes amis, Bonnie, dit-il d'une voix douce. Ne gâchez pas tout.

Elle hocha la tête et lui lança un sourire qui n'était pas sincère : ses yeux demeurèrent tristes et Jérôme ressentit une douleur lui serrer de nouveau la poitrine.

— Venez, espèce de petite fautrice de trouble, dit-il en lui tendant la main. Nous ferions mieux de trouver un moyen de vous faire entrer discrètement dans la maison, *encore*, ajouta-t-il en claquant la langue d'un air désapprobateur. Vous ressemblez à un chaton à demi noyé.

— Vous savez parler aux femmes, Jérôme, dit-elle en posant la main sur le cœur et en faisant mine de s'évanouir. Arrêtez de dire des choses si romantiques, je vais me pâmer.

Il ricana et mit la main de Bonnie autour de son bras.

— Si vous tombez dans les pommes, je vous abandonne ici et vous rentrerez toute seule. Je suis affamé et je n'ai pas l'énergie de porter votre corps sans vie jusqu'à la maison, c'est certain.

Cette fois, Bonnie porta le dos de sa main à son front.

— Oh mon dieu, dit-elle.

Ses genoux fléchirent et elle tomba élégamment sur le sol. Une seconde plus tard, elle écarta légèrement les doigts pour observer Jérôme, et sourit. Il rit en secouant la tête, et attrapa ses mains.

— Andouille.

Il avait dit cela d'un ton bien trop affectueux, mais il ne pouvait pas s'en empêcher.

— Je sais, soupira-t-elle.

Elle se releva avec beaucoup moins d'élégance que lors de sa chute. Soulagé qu'elle ait retrouvé son sens de l'humour, Jérôme remit la main de Bonnie autour de son bras, et la raccompagna jusqu'à la maison.

Chapitre 2

Ma chère Alice,

Je suis navrée que vous ne puissiez pas vous amuser avec nous. Nous sommes tellement chanceuses de pouvoir rester pour assister au mariage d'Harriet et de Jasper. On aurait pu croire que lady Saint-Clair en avait assez de notre présence — de la mienne, en tout cas — mais elle fait toujours preuve de tant de grâce, et j'aimerais tant posséder une once de son élégance. Je suis sûre qu'elle me voit comme une fille mal élevée et bruyante, et qu'elle sera heureuse de ne plus avoir à me supporter.

—Extrait d'une lettre de miss Bonnie Campbell à Mrs Alice Hunt.

18 septembre 1814, Bal de fiançailles d'Harriet et Jasper. Demeure de Holbrooke, Sussex.

Bonnie s'esclaffa, enchantée ; le frère d'Harriet, Henry, la faisait tournoyer. Son exubérance semblait le déconcerter quelque peu, ce qui était naturel. Les jeunes femmes bien élevées ne riaient pas à gorge déployée et ne sautillaient pas sur la piste de danse comme Bonnie le faisait. Les jeunes femmes bien élevées lançaient des regards timides et devaient glisser comme si elles lévitaient au-dessus du parquet sur un petit nuage duveteux fait d'innocence, d'arcs en ciel et de petits rubans roses, ou d'autres choses toutes aussi écœurantes.

Si une telle chose avait existé, Bonnie aurait joyeusement mis son petit nuage en bouillie il y a bien longtemps. Elle ne voulait pas minauder, être gentille et obéissante. Elle aurait pu, il y a très, très longtemps, si longtemps qu'elle pouvait à peine s'en souvenir. Elle ne se souvenait que des pierres froides sous ses genoux osseux tandis qu'elle suppliait un dieu qui refusait d'écouter ses prières et ses promesses d'être sage. Être sage n'avait servi à rien, et cela ne servirait jamais rien, donc elle ne comptait pas réessayer. Elle obtiendrait ce qu'elle désirait par ses propres moyens ou elle échouerait, mais elle ne le devrait à personne d'autre qu'à elle-même, et certainement pas à une déité capricieuse qui ignorait les enfants désespérés.

Elle n'osait pas regarder Jérôme, car elle était certaine qu'il lui lancerait un regard noir. Il avait promis de l'aider avec son défi, mais c'était avant de découvrir ce qu'elle avait en tête, le pauvre, et à présent il était coincé. Il avait fait tout son possible pour la faire changer d'avis, mais une fois que Bonnie avait une idée en tête, c'était impossible. Elle avait préparé son coup, il avait promis, c'était trop tard, et elle lui avait bien dit.

Elle attendit qu'il soit presque onze heures avant de s'échapper. Pour ce qu'elle avait en tête, cela n'était pas considéré comme une heure tardive, mais c'était suffisamment tard. Elle n'avait pas voulu manquer le bal de fiançailles d'Harriet et Jasper, mais c'était probablement sa dernière chance de réaliser un tel projet. De cette façon, elle pourrait prétexter la fatigue après s'être épuisée à danser sans que personne ne soupçonne quoi que ce soit. Elle sourit toute seule, bouillonnant d'impatience en montant les escaliers en direction de sa chambre.

— C'est ici que vous êtes, mon vieux, je vous ai cherché partout !

Bonnie dut se retenir de hurler de rire lorsque Jérôme sursauta après avoir reçu la tape franche qu'elle lui avait donnée dans le dos. Il la regarda, furieux, outré de la témérité du jeune homme qui prenait de telles libertés avec lui alors qu'ils n'avaient pas été présentés.

— Qui diable êtes-vous ? commença-t-il avant de s'interrompre.

Son visage perdit sa couleur en observant l'individu des pieds à la tête.

— B-Bonnie ? balbutia-t-il, visiblement horrifié.

— Vous ne m'aviez pas reconnue, n'est-ce pas ?

Bonnie s'empêcha d'effectuer une petite danse de victoire. Elle ne pouvait pas se permettre d'attirer l'attention sur eux.

— Bon sang de bonsoir, vous me ferez mourir, Bonnie Campbell, jura-t-il.

Puis il la regarda, bouche bée. Bonnie avait trouvé son air suffisamment horrifié quelques secondes auparavant, mais à présent, on aurait dit qu'il allait s'évanouir.

— Oh, Seigneur.

Sa voix était rauque, ténue.

— Vos cheveux ! Bonnie, qu'avez-vous fait à vos cheveux ?

Bonnie ressentit un soupçon de regret en levant la main sur ses cheveux coupés courts. Elle avait failli changer d'avis lorsque sa bonne avait éclaté en sanglots et l'avait suppliée de ne pas l'obliger à couper les épaisses tresses brunes. À la vue de ces dernières sur le sol de sa chambre, Bonnie aussi avait failli se mettre à pleurer, mais à quoi bon ? Jérôme ne s'était jamais extasié devant sa chevelure, il ne songeait pas à elle, pas de cette façon. Elle était l'un de ses compères et non pas une femme dont il admirait l'apparence, donc quelle différence cela faisait-il si elle se coupait les cheveux ? Mais là, devant son expression horrifiée, elle avait envie de pleurer. *Arrêtez*, se réprimanda-t-elle. *Vous n'avez pas réussi à le séduire alors que vous étiez presque nue et allongée sur le dos ; vous couper les cheveux ne le fera pas vous désirer moins, nigaude.*

— Les coupes courtes sont à la mode, répondit-elle d'un air provocateur, et je peux difficilement me faire passer pour un homme avec les cheveux longs, ne croyez-vous pas ?

Jérôme lui prit le bras et l'entraîna dans un coin tranquille où il s'affaira à la réprimander, avant d'essayer de revenir sur sa promesse. Bonnie lui tint tête et ne céda pas. Il lui avait fait une promesse, et il s'y tiendrait. Elle se fichait de sa réputation. Cela ne changerait rien. Morven lui avait dit qu'elle épouserait Anderson coûte que coûte. Elle le croyait. Tout ce qu'elle pouvait espérer, c'était que ce bon vieux Gordy soit si dégoûté d'elle qu'il refuse le mariage, dot ou pas.

Jérôme poussa quelques jurons de plus. Bonnie lui rappela qu'il ne l'avait pas reconnue. Cela ne sembla pas l'apaiser d'un iota. Elle tenta de l'amadouer, saisit sa main et la pressa en disant :

— Ah, ne soyez pas ainsi. Nous allons nous amuser, je vous le promets.

Jérôme la contempla.

— Oh, je n'en doute pas, petite diablesse. Je me demande simplement combien de temps nous allons devoir en payer le prix, voilà tout.

— Cela en vaudra la peine, je vous le promets.

Le regard de Jérôme s'adoucit quelque peu et elle comprit qu'elle le tenait.

— Je sais, répondit-il avant de pousser un rire bref. Bon, dans ce cas, si je vais en enfer, autant le faire avec classe. Comment doit-on vous appeler, monsieur ?

— Bartholomé Camden, un cousin lointain du côté de votre mère, Jerry, mon vieux.

Jérôme ricana.

— Eh bien, cousin, je suis très heureux de vous connaître. Pourquoi ne pas partir d'ici et trouver un lieu un peu plus vivant ?

Bonnie lui sourit. Elle avait envie de l'enlacer : il avait choisi d'oublier ses inquiétudes et se mettait dans l'ambiance.

— J'ai cru que vous ne me poseriez jamais cette question, répondit-elle.

Jérôme avait le cœur au bord des lèvres depuis une heure, mais alors qu'il jetait un coup d'œil aux visages peu recommandables de ses amis autour de la table de jeu, l'organe décida de reprendre sa place. Bonnie lui sourit, un cigare entre les dents, et Jérôme dut réprimer son envie de ricaner.

Cholly ou plus exactement, Lord Chalfont, Mr Gideon Newman et l'honorable Algernon Fortescue—Algae pour les intimes, avaient tous acceptés Bonnie en tant que son cousin Bart sans sourciller. D'accord, au moment où ils les avaient retrouvés dans des débits de boissons douteux, ils étaient tous joliment imbibés, mais quand même — ces idiots sans cervelle étaient-ils aveugles ? Comment ne pas remarquer que c'était une femme ?

Sa peau était trop douce, trop parfaite, et son visage en forme de cœur, bien trop joli. Il savait qu'il existait de jolis garçons, mais sûrement pas dotés des courbes somptueuses de son impossible amie. Bonnie avait bandé ses seins, et avait tant serré le tissu que sa silhouette ressemblait désormais à celle d'un pigeon dodu. Il avait envie de rire à chaque fois qu'il posait les yeux sur elle. Ses mains le démangeaient de l'envie de retirer les bandages en la faisant tourner comme une toupie, de dénouer tout ce qui redonnait ses charmes. Ses paumes le démangèrent au souvenir d'avoir caressé les généreux attributs. Il passa la main sur son visage, de plus en plus agité, il avait trop chaud. Par tous les diables, il ne voulait même pas de Bonnie, pas comme cela. Il ne lui avait pas accordé un second regard lorsqu'elle était apparue avec ses amies, et sans son sens de l'humour outrageant et sa langue bien pendue, il aurait continué à l'ignorer. Mais voilà, il était là, à fantasmer sur sa poitrine. Il voulait embrasser, lécher et caresser les généreux appâts torturés après les avoir libérés de la prison ridicule dans laquelle elle les avait enfermés, et ensuite il…

Jérôme se racla la gorge et reporta son attention sur le jeu de cartes. *Soyez sage, Cadogan.* Il fit la grimace devant l'horrible main qu'il tenait, et jeta les cartes sur la table, dégoûté.

— Je me couche, soupira-t-il.

— Pas de chance, Jerry, murmura Bonnie.

Il jeta un regard mauvais à la pile de jetons bien rangés devant elle. Il ne voyait pas pourquoi il était étonné qu'elle leur fasse mordre la poussière. Elle était profondément démoniaque. Il la regarda tirer sur le cigare et lui faire un clin d'œil en soufflant un rond de fumée parfait dans sa direction. Il lui lança un regard furieux et attrapa la carafe de brandy avant qu'elle ne le fasse. Elle en avait déjà assez bu, et il n'osait pas imaginer ce qu'il pourrait se passer s'il l'autorisait à s'enivrer. Il y avait des limites à la dépravation. Permettre à une jeune femme innocente de se couper les cheveux, de se vêtir comme un homme et d'aller parier dans les tripots miteux comme celui dans lequel ils se trouvaient, c'était assez en une seule soirée pour paver sa route personnelle vers l'enfer, merci beaucoup.

Bonnie lui lança un regard un peu énervé, mais ne dit rien. À la place, elle s'affaira à soulager les amis de Jérôme des derniers pence qu'il leur restait. Algae grogna et se mit la tête entre les mains.

— Quelqu'un devra payer mon verre, dit-il en secouant la tête d'un air lugubre. Je suis ruiné.

— Moi j'vous dis, Jerry, déclara Cholly qui jeta ses cartes en grimaçant. Si vous avez d'autres cousins, rendez-nous donc service et laissez-les chez eux.

— Vous n'avez rien à craindre de ce côté-là, marmonna Jérôme. Venez, Bart, mon vieux. C'est assez d'excitation pour une seule nuit. Je ferais mieux de vous ramener, sinon nous allons tous les deux avoir des ennuis.

Jérôme ignora les plaintes de Bonnie. Il savait bien ce que le reste de la soirée allait leur réserver ; il avait vu Gideon faire signe à une jolie serveuse d'approcher. Il s'amusa malgré lui de l'expression choquée de Bonnie lorsque la femme s'avança d'un air confiant et s'installa sur les genoux de l'homme.

— *Tout de suite*, Bart, dit-il en souriant légèrement d'un air narquois.

Bonnie se leva et le suivit hors de l'établissement.

Il était plus de trois heures du matin lorsqu'ils arrivèrent à Holbrooke. Par miracle, il était parvenu à remettre le cabriolet à sa place et à rentrer les chevaux sans réveiller le moindre palefrenier.

— Eh bien, j'espère que vous êtes satisfaite, terrible créature, dit-il en faisant glisser le verrou de la porte du box et en se tournant vers elle.

— Oh, oui, Jérôme, merci. C'était si drôle, n'est-ce pas ?

Il rit malgré lui et secoua la tête.

— J'imagine que oui, à partir du moment où j'ai été certain que mes amis étaient complètement aveugles et encore plus idiots que je ne le croyais. J'ai bien cru avoir une crise cardiaque la première demi-heure, je peux vous le dire.

— Vous vous inquiétez trop, dit-elle en secouant la tête.

— Et vous, pas assez, murmura-t-il.

Elle leva les yeux au ciel avant de grimacer. Jérôme vit ses lèvres se serrer.

— Qu'y a-t-il ? demanda-t-il en fronçant les sourcils face à son malaise évident.

— C'est le bandage, dit-elle d'une petite voix. Cela me fait vraiment mal maintenant, et Mary sera couchée. Il faudra que je dorme avec cette maudite chose, car je ne peux pas prendre le risque de la réveiller. Enfin je ne pourrai pas fermer l'œil, je peux à peine respirer.

— Quelle folie ! dit-il d'un ton énervé. Vous allez vous blesser.

— Oh, Jerry, je vous en prie, aidez-moi à le retirer, le supplia-t-elle en faisant tomber son manteau sur le sol d'un mouvement d'épaules.

Jérôme la contempla. Sa bouche devint sèche tandis que les images mentales qu'il avait eues plus tôt dans la soirée lui revenaient en tête. Non. Non. Non, non, non. Soyez sage Cadogan.

— Je ne pense pas… commença-t-il d'une voix aussi grinçante qu'un portail rouillé, mais les mains délicates de Bonnie avaient déjà défait les boutons du veston qu'elle portait.

— Oh, ne soyez pas si dramatique, dit-elle en soupirant d'un air irrité.

Le veston rejoignit le manteau sur le sol. Elle poursuivit :

— Ce n'est pas commé si vous ne m'aviez pas déjà vue avant, et je ne vous intéresse pas, vous avez été clair à ce sujet.

Elle ne l'intéressait pas ?

Il cligna des yeux, mais ne répondit rien ; de toute façon il n'aurait pas pu. Comment diable pouvait-elle croire qu'il n'était pas intéressé ? Jérôme était un homme, et elle lui proposait de déballer ses seins : c'était là le meilleur cadeau de Noël qu'on puisse imaginer. Soulignons également qu'il n'était tout simplement pas mort. Pas intéressé ? Elle était complètement folle si elle croyait cela.

Avant qu'il ne puisse avoir une idée pour l'en empêcher — ce qui, avec Bonnie, serait aussi futile que d'essayer d'éteindre un feu avec un pichet de brandy — elle passa sa chemise par-dessus sa tête.

Jérôme la regarda.

Elle était bandée comme une momie de la taille aux aisselles ; le bandage était si serré que sa peau était rouge et abîmée là où les bords avaient rapé contre sa chair tendre. Il déglutit, sentit une bouffée de chaleur envahir sa nuque lorsqu'elle lui présenta son dos.

— Le nœud est quelque part derrière. Je ne peux pas l'enlever toute seule, il faut que vous le fassiez pour moi.

Contentez-vous de retirer le bandage et partez.

Son cœur se mit à battre la chamade.

Vous pouvez le faire. Ce n'est pas difficile.

Jérôme se lécha les lèvres et saisit le nœud très serré. Les extrémités avaient été coincées hors de vue, sous le tissu, et ses mains tremblèrent quelque peu lorsqu'il les dégagea et commença à défaire le nœud.

— Oh, dépêchez-vous, le supplia-t-elle.

— Je vais aussi vite que possible, maudite créature, marmonna-t-il. Et tout ceci est votre faute, donc ne commencez pas à me réprimander.

— Ce n'était pas une réprimande, rétorqua-t-elle. Je vous demandais simplement de vous dépêcher.

— Eh bien, arrêtez. Je prendrai le temps qu'il faudra.

Sauf qu'au même moment, le nœud céda et il n'était pas prêt. Il n'avait pas eu le temps de se préparer mentalement à répondre, *et voilà, vous êtes libre. À présent, je vous laisse.* Il ne pouvait pas la laisser à moitié nue, seule dans les écuries, dans tous les cas, réfléchit-il. N'importe qui pourrait tomber sur elle et décider qu'elle représentait une proie à allonger dans la paille. Non. Non, il devait rester. Simplement pour… la sécurité de Bonnie.

Il tira, comme il l'avait imaginé un peu plus tôt, et comme dans son fantasme, elle tourna encore et encore devant lui, le bandage disparaissait de son corps au même rythme que la santé mentale de Jérôme dont la respiration s'accéléra devant la jeune femme qui tourbillonnait. Le tissu forma un tas sur le sol, et le corps de Jérôme exprima son intérêt.

Elle était dos à lui lorsque le dernier mètre de bandage tomba par terre. Elle laissa échapper un soupir de contentement qu'il ressentit quelque part au creux de son estomac.

— Oh, le ciel soit loué, murmura-t-elle. Voilà qui est mieux.

Comme s'il observait quelqu'un d'autre dans un rêve — sans doute un pauvre idiot ayant des envies de destruction — il tendit la main et suivit le tracé d'une des lignes rouges qui traversaient son dos, là où le bandage avait laissé des marques sur sa peau douce.

— Regardez ce que vous avez fait, murmura-t-il.

Il prit conscience du son étouffé de sa voix. Son doigt descendit vers sa taille, il posa la main sur elle sur la courbe de ses hanches.

Elle se figea à son contact, puis le regarda par-dessus son épaule. Ses grands yeux étaient sombres et elle se lécha les lèvres.

— C'est pire de ce côté, dit-elle d'une voix basse. Si seulement vous pouviez m'embrasser pour faire partir la douleur.

Oh, Seigneur, c'en était fini de lui.

Bonnie prit la main qui se trouvait sur sa hanche et la posa sur son sein.

— Bonnie, dit-il en secouant la tête.

Le corps de Jérôme frissonna de désir. Son cœur tambourinait dans ses oreilles, son sexe érigé pulsait au rythme des battements de ce dernier et exigeait davantage. Oh, bon sang, il était dans un sacré pétrin.

— Bonnie, non, dit-il dans un effort ridicule de se comporter en gentleman.

Sa main saisit le sein de Bonnie et le pressa pendant qu'il disait cela.

— Vos mains sont si chaudes, souffla-t-elle. Si larges et chaudes.

Elle se cambra contre son torse et il accepta cette invitation : il empoigna la chair tendre de ses deux mains, la pétrit et la caressa doucement avant de pincer ses tétons et de les faire rouler d'avant en arrière entre son pouce et son index.

Elle gémit et pencha la tête en arrière en exposant la peau pâle de sa gorge.

Jérôme la contempla. Il désirait avoir la force de s'éloigner, d'arrêter, mais le désir de couvrir son cou de baisers était si féroce qu'il en ressentait presque le goût. Elle tourna le visage et le regarda.

— Tout va bien, Jérôme, dit-elle.

Le regard de la jeune femme était clair, concentré uniquement sur lui.

— … Je sais que nous n'allons pas nous marier, je n'essaie pas de vous piéger. Je désire cela. Je vous désire.

Il dut forcer les mots à sortir de sa bouche :

— C'est mal… Je ne devrais pas…

— Balivernes, répondit-elle en souriant. Je vous veux. Je veux que cette nuit m'appartienne avant que ma vie ne soit volée. Est-ce là trop demander ? À moins… à moins que vous ne vouliez pas.

Il détesta voir l'incertitude traverser son regard et sa confiance vaciller. Elle se détourna de lui.

— Sérieusement ? demanda-t-il en la rapprochant de lui pour que les fesses de Bonnie épousent son érection. Elle haleta quand il se pressa contre elle.

— … Ne soyez pas idiote.

— Jérôme, murmura-t-elle.

Elle se retourna, mit les bras autour du cou du jeune homme et l'attira vers elle pour l'entraîner dans un baiser qui fit s'évaporer tout le bon sens du jeune homme ainsi que toute notion de bienséance. Après tout, elle le désirait, c'était son souhait, sa dernière chance de prendre une décision bien à elle avant d'être marié à un homme qu'elle n'appréciait même pas. Comment pouvait-il lui dire non ?

Il la fit reculer dans un box vide. Une couche épaisse de paille fraîche était étalée sur le sol, Dieu merci. Il n'aimait pas la paille, dont les maudits brins pointus finissaient toujours par vous piquer les fesses, mais il ne pouvait pas faire la fine bouche.

Ils s'allongèrent dessus, la douce odeur de l'été passé s'éleva autour d'eux. Jérôme trouva les boutons du pantalon de Bonnie et les ouvrit. Il glissa sa main en dessous, passa sur la courbe de son ventre, sur sa peau douce comme du satin jusqu'à rejoindre le triangle de boucles délicates. Il enfonça ses doigts dans la toison.

Bonnie cessa de respirer, et elle se cambra en essayant d'obtenir davantage du contact timide des doigts de Jérôme. Ce dernier sourit devant son impatience.

— Polissonne, dit-il en lui mordillant le lobe de l'oreille. Toujours trop pressée.

— J'ai peur que vous ne changiez d'avis et m'abandonniez, admit-elle en tirant pour libérer la chemise de Jérôme de son pantalon.

Elle glissa les mains sous le tissu, Jérôme ferma les yeux. Les caresses de Bonnie lui donnaient envie de ronronner d'approbation.

— Je ne suis pas si noble.

Il se pencha pour caresser le téton de Bonnie du bout de la langue, avant de saisir le tendre appendice avec les dents. Les doux gémissements et les exclamations qu'elle poussa lorsque ses doigts glissèrent à travers les boucles et entre ses cuisses jusqu'à son intimité lui plurent. Il poussa un grognement en s'enfonçant plus loin ; elle était chaude et humide, elle avait envie de lui, elle le désirait avidement.

— Je vous en prie, le supplia-t-elle en s'accrochant à son cou. Je vous en prie.

Comment refuser devant une telle supplique. En un éclair, il se débarrassa de ses vêtements, il libéra les jambes de Bonnie du pantalon qu'elle portait, facilitant ainsi l'accès à ses cuisses. Il se plaça entre ces dernières, pressa son membre douloureux contre Bonnie qui poussa un gémissement, et il se dit qu'il allait devenir fou s'il ne la prenait pas sur le champ. Mais elle était vierge, et même si Jérôme n'avait jamais défloré une jeune femme, il savait qu'il fallait la rendre prête à l'accueillir pour que l'acte soit plus doux pour elle.

Il continua donc à se frotter contre Bonnie, jusqu'à ce qu'elle s'agite en dessous de lui. Sa peau pâle était rougie, elle s'agrippait fermement à ses épaules. Il recula, replaça sa main sur l'endroit tendre, glissa un doigt en elle tout en la caressant en cercle avec son pouce.

— Est-ce que c'est ce que vous voulez ? demanda-t-il tandis que son doigt bougeait lentement d'avant en arrière.

— Oui, gémit-elle. Non, je… je ne sais pas.

— Mais si, vous savez, lui répondit-il en souriant. Dites-moi.

— C'est… c'est… charmant, réussit-elle à dire en le fixant avec les paupières lourdes. Mais…

— Mais ?

— Mais ce n'est pas assez.

Jérôme gloussa et se plaça au-dessus d'elle. Il embrassa son cou, puis sa bouche.

— Insatiable jeune femme, murmura-t-il contre ses lèvres. Êtes-vous sûre ?

Il plia les doigts à l'intérieur d'elle, trouva l'endroit sensible et la fit crier encore et encore, jusqu'à ce qu'elle se dissolve en dessous de lui en gémissant, la bouche contre celle de Jérôme. Il n'attendit pas que son plaisir retombe ; il pénétra Bonnie alors que son sexe vibrait encore de l'orgasme, la jeune femme cria de nouveau en l'accueillant en lui alors que douleur et plaisir se mélangeaient en elle.

— Bonnie, murmura-t-il en se sentant emporté par le plaisir qui le submergeait. Bonnie, j'ai l'impression d'être au paradis.

Chapitre 3

*— **Extrait du journal de miss Bonnie Campbell.***

18 septembre 1814. Toujours la nuit du bal de fiançailles d'Harriet et Jasper. Demeure de Holbrooke, Sussex

Jérôme contempla le plafond de l'écurie. Un sentiment froid prenait place dans ses entrailles. Il ne pouvait pas ignorer avoir agi comme un fichu imbécile. Pire que tout, emporté par l'instant, il ne s'était pas retiré au moment critique afin de réduire les chances que Bonnie ne tombe enceinte. Il s'était comporté comme un blanc-bec qui n'avait pas la moindre idée de ce qu'il faisait. Il y avait autre chose qu'il avait du mal à accepter aussi : Bonnie l'avait rendu fou. C'était si improbable que l'idée paraissait presque amusante, et pourtant… c'était le cas. Elle s'était montrée si accueillante, si enthousiaste et audacieuse, et… et il avait complètement perdu la raison. Il n'y avait pas d'autre explication.

Elle remua à côté de lui, et il lui fallut un moment pour comprendre qu'elle s'habillait. Il réalisa un peu trop tard qu'il aurait dû la prendre dans ses bras, la rassurer et la réconforter, lui dire que tout irait bien.

— Bonnie, commença-t-il.

Sa voix sonna bizarrement, comme rouillée, dans le silence qui s'était installé une fois les cris de plaisir dissipés.

— Oh, effacez cet air anxieux de votre visage, le gronda-t-elle en enfilant son pantalon. On dirait que vous marchez vers la potence. Je vous ai dit de ne pas vous inquiéter. Vous ne me devez rien.

Il la contempla, un peu surpris.

— Eh bien, peut-être que si, dit-il. Je n'ai pas… je veux dire, j'aurais dû… Oh, sacrebleu, Bonnie, nous devons nous marier. Vous êtes peut-être enceinte.

— Ne soyez pas ridicule.

Elle était très calme, bien plus calme que lui.

— Votre mère ne vous le pardonnera jamais, et vous me détesteriez de vous avoir piégé de la sorte, ce qui n'était pas mon intention, comme vous le savez, donc coupez court à votre hystérie. C'est moi, qui suis censée réagir comme ça.

— Je ne suis pas hystérique…, rétorqua-t-il, vexé.

Il ne comprenait pas comment elle parvenait à rester aussi sereine.

— … J'essaie simplement de faire ce qui est juste.

— Eh bien, je ne veux pas que vous fassiez cela, dit-elle sèchement en passant sa chemise. Je vous l'ai dit dès le départ. Ce n'est pas utile. Je serais vraiment surprise d'être enceinte, peu importe combien vous pensez être viril, et si c'est le cas, eh bien… nous nous inquiéterons à ce moment-là.

Elle mit son veston, son manteau et ses bottes, et s'apprêtait à partir avant que Jérôme n'ait eu le temps de retrouver ses esprits ; il bondit, enfila son pantalon et se précipita à sa suite.

— Bonnie ! Bonnie, attendez.

Elle s'immobilisa, mais resta dos à lui. Il vint à ses côtés et lui prit la main.

— Bonnie, répéta-t-il plus doucement.

— Arrêtez.

Il perçut le tremblement de sa voix. Elle dégagea sa main de celle de Jérôme, s'enfuit de l'écurie et disparut dans l'obscurité.

19 septembre 1814. Demeure de Holbrooke, Sussex.

Bonnie lutta pour conserver son calme, lutta pour ne pas pleurer. Ses amies discutaient autour d'elle. Elle ferma les yeux en prétendant dormir et se concentra de toutes ses forces pour retenir les larmes.

C'était l'après-midi qui suivait le bal de fiançailles, et toutes se prélassaient sur une élégante terrasse qui surplombait les jardins splendides du domaine. Les filles parlaient de romance et d'amour d'enfance, et débattaient de la probabilité, pour celles qui n'étaient pas encore mariées, de vivre un bonheur conjugal semblable à celui qui rayonnait d'Harriet et Jasper.

— Et qu'espérez-vous ? demanda Matilda à Ruth.

Bonnie essayait de ne pas écouter, de ne pas réfléchir, de ne rien faire d'autre qu'exister. Elle aurait aimé pouvoir enfermer ses sentiments dans une boîte et l'enterrer profondément dans un endroit où ils ne viendraient plus l'embêter, ni elle, ni personne d'autre.

— J'espère rendre mon père heureux et fier en épousant un noble et en élevant ainsi la position de notre famille comme il en rêve. J'espère que cet homme et moi puissions être des amis et des alliés ; être à l'aise, voire même satisfaits d'être ensemble. J'espère avoir des enfants à aimer, une maisonnée à gérer et une position respectable et sûre. Voilà ce que j'espère obtenir. Et vous ?

— J'espère pouvoir me satisfaire de toutes les choses que vous venez de mentionner, répondit Matilda avec sincérité. Car je sais que c'est également tout ce dont je souhaite, cela devrait être largement suffisant et c'est bien plus que ce qu'une personne dans ma position devrait être en droit de souhaiter.

— Mais ce n'est pas ce que vous désirez au fond de vous, n'est-ce pas ?

Bonnie percevait le ton compréhensif de Ruth. Elle sentit la colère monter. Qu'elles soient maudites avec leur bon sens, avec leur envie de suivre les règles quand celles-ci étaient injustes, cruelles, et dictées dans un monde créé par les hommes pour les hommes.

— Bien sûr que non !

Ruth et Matilda levèrent les yeux avec surprise en entendant la réponse brusque de Bonnie.

— Comment pouvez-vous vous contenter d'espérer d'être simplement satisfaites ou à l'aise ? continua-t-elle avec trop d'émotion dans la voix, luttant pour retenir les larmes. Peut-être est-ce la meilleure chose que la réalité nous apportera, mais bon sang, vous *espérez* sûrement obtenir plus que cela ? N'avez-vous pas le rêve et l'espoir de trouver l'amour et le bonheur, d'avoir une vie remplie de toutes ces choses, une vie qui vaille la peine d'être vécue, une vie qui bouleverse les autres et les transforme ?

Matilda la regarda pendant un instant avant de se pencher, d'attraper la main de Bonnie et de la serrer avec force.

— Oui. Oui, bien sûr.

— Moi aussi, admit Ruth en attrapant l'autre main de Bonnie. Bien que j'aie conscience que cet espoir soit vain, j'en rêve également.

Minerva se leva, entoura Bonnie de ses bras, planta un baiser sur sa joue et déclara :

— Quant à moi, je rêve de choses impossibles en permanence, tous les jours, et je n'arrêterai jamais même si c'est sans aucun doute idiot de ma part.

— Ce n'est pas idiot…, répliqua Bonnie.

Elle était plus touchée qu'elle ne pouvait l'admettre de la façon dont ses amies s'étaient rassemblées autour d'elle. Elles ne savaient pas ce que Bonnie avait fait, ne connaissaient pas les raisons de sa contrariété, mais ce n'était pas grave. Elles étaient là, elles manifestaient leur amour. Bonnie n'aurait jamais les mots pour leur dire à quel point elle était émue. Elle poursuivit :

— … cela vous rend vivante, et je refuse de vivre comme si j'avais déjà un pied dans la tombe. Pas encore, du moins. Je n'ai pas encore abandonné.

De toutes les choses que la vie lui avait données et reprises, ces femmes étaient son cadeau le plus précieux. Elle savait que ses amies ne la condamneraient pas pour ce qu'elle avait fait la veille. Oh, elles seraient affreusement choquées, et trouveraient son comportement absolument irresponsable, cela ne faisait aucun doute — à juste titre — mais jamais elles ne la rejetteraient ou diraient d'elle qu'elle était une traînée. Elle se demanda si elle *était* une traînée. Tout le monde penserait cela d'elle, elle ne l'ignorait pas, mais elle ne s'était jamais sentie en osmose avec ce dit monde, qui lui-même ne l'avait jamais intégrée. Elle n'avait sa place nulle part, personne n'avait jamais souhaité sa présence : s'attendre à être rejetée était devenu une seconde nature pour Bonnie. La question n'était pas « pourquoi ? », mais « quand ? », car le rejet était inévitable, cela finissait toujours par arriver. L'espace d'un instant, la nuit dernière, elle avait eu l'impression d'être à sa place. Elle s'était sentie chez elle dans les bras de Jérôme, elle avait été sienne, et tout avait été aussi parfait qu'elle l'avait imaginé.

Bien sûr, jusqu'à ce que l'instant se termine, mais elle s'y était attendue. Elle le savait et l'avait accepté.

Les choses s'étaient déroulées exactement comme dans son imagination ; elle avait vu l'inquiétude grandir dans les yeux bleus de Jérôme lorsqu'il avait réalisé ce qu'il venait de faire. Elle aurait presque pu rire de l'exactitude de sa prédiction, si elle n'avait pas eu le cœur brisé. Eh bien, ce qui était fait était fait. Il ne servait à rien de pleurer. Il lui avait donné ce qu'elle avait voulu, une nuit avec lui, un instant glorieux qui l'aiderait à se souvenir du temps où elle prenait ses propres décisions, suivait ses propres rêves sans personne pour l'arrêter. Bon. Ce n'était pas rien. Beaucoup de gens n'avaient pas droit à cela.

Elle leva les yeux et sentit son pauvre cœur malmené se serrer à la vue de Jérôme qui traversait les jardins en compagnie de son frère et d'Harriet. Saint-Clair avait un air sévère, et elle le soupçonnait d'avoir sermonné Jérôme. Elle savait que sa coupe de cheveux avait fait débat ; elle était partie se coucher avec des kilomètres de crinière et était apparue au petit déjeuner avec les cheveux courts. Jasper avait sans doute des soupçons. Bonnie avait dit à tout le monde qu'elle les avait coupés sur un coup de tête ce matin, mais elle n'était pas sûre qu'on l'ait cru. Oh, elle dirait la vérité aux filles plus tard — il le faudrait bien si elle voulait leur dire qu'elle avait réussi son défi — mais pas tant qu'elles étaient encore à Holbrooke. Elle ne voulait pas que l'une d'entre elles gronde Jérôme à cause d'elle. De toute façon, Saint-Clair semblait déjà très bien s'en charger.

Les demoiselles s'activèrent, quelques-unes choisirent de partir se promener, tandis que d'autres choisirent de profiter de la fraîcheur de la maison pour lire dans un endroit tranquille. Bonnie resta là où elle se trouvait. Elle ne voulait pas de compagnie, elle n'avait pas envie de parler. Elle voulait simplement réfléchir sur ce qu'il s'était passé la nuit dernière, et sur ce qu'il se passerait lorsque Gordon Anderson arriverait pour la ramener en Écosse. Elle ne reverrait probablement plus jamais Jérôme. Elle devrait se contenter de lire ses exploits dans la presse à scandale. Elle apprendrait sans aucun doute son mariage à l'une des respectables jeunes filles de l'aristocratie, peut-être lady Héléna. C'était visiblement la préférée de lady Saint-Clair.

Bonnie sentit sa poitrine se serrer, et elle serra les paupières plus fort pour repousser les larmes.

Quoi qu'il arrive, elle n'épouserait pas Gordon Anderson. Elle partirait, si c'était ce que Morven désirait… ce qui était probable, lorsqu'elle lui aurait dit ce qu'elle avait fait. Elle ne ferait pas mention du nom de Jérôme, elle dirait simplement qu'elle était tombée amoureuse d'un homme qui ne pouvait pas l'épouser, et qu'elle n'était plus vierge.

— Bonnie.

Elle ouvrit les yeux vivement. Son cœur tambourina en entendant la voix de Jérôme filtrer dans son esprit agité.

— Que voulez-vous ?

Elle savait que son accueil n'était pas chaleureux et plutôt méfiant, mais elle n'avait aucun désir de le voir maintenant.

Oh, quel mensonge ridicule ! Bien sûr qu'elle désirait le voir. Elle voulait s'enrouler autour de lui, s'accrocher telle une patelle et ne plus jamais le lâcher, mais c'était hors de question. La seule manière pour elle de conserver sa dignité et sa raison était de garder ses distances. Une partie d'elle souhaita l'arrivée d'Anderson pour en finir au plus vite. Au moins, aux côtés de l'Écossais, ses problèmes seraient relégués au second plan dans son esprit ; en effet, ces deux-là ne pouvaient pas rester dans une pièce ensemble sans qu'elle ne cherche activement un moyen d'assassiner la brute.

— Il faut qu'on parle, annonça Jérôme d'un ton sérieux.

Bonnie leva les yeux au ciel, même si son cœur se serrait devant son attitude chevaleresque. Il l'épouserait, même s'il n'en avait pas envie, qu'il ne l'aimait pas, même en sachant que sa mère serait furieuse et déçue. Il y avait un garçon au cœur tendre qui se cachait sous cette attitude désinvolte, mais cela, elle le savait depuis le début.

— Non.

Elle se leva et partit. Jérôme lui attrapa le bras et l'obligea à s'arrêter.

— Bonnie, répéta-t-il.

Cette fois, il avait prononcé son nom sur un ton énervé. Il déclara :

— Vous ne pouvez pas prétendre qu'il ne s'est rien passé.

— Si, et c'est ce que je vais faire.

Elle essaya de libérer son bras.

— Lâchez-moi.

— Pas avant que vous n'ayez entendu ce que j'ai à dire.

Bonnie lui lança un regard noir. Elle aurait aimé l'envoyer au diable, mais il y avait une telle expression dans ses yeux, une telle envie de bien faire qu'elle n'en eut pas le cœur. Elle prépara donc un bouclier mental contre ses mots, car elle savait qu'il serait très tentant de le laisser jouer les héros et se sacrifier pour elle. Elle pourrait se laisser convaincre qu'il finirait par l'aimer, qu'ils pourraient être heureux, mais la jeune femme avait cessé de croire aux contes de fée très jeune. Quelques personnes réussissaient à obtenir une fin heureuse, d'autres non, mais il était impossible d'y parvenir simplement en le souhaitant. Elle cessa de se débattre, et il relâcha son bras. Le beau visage de Jérôme était grave.

— Vous étiez innocente, Bonnie, et j'ai profité de vous, dit-il. Cela va à l'encontre des règles. Je le savais, mais je l'ai quand même fait.

Elle contempla Jérôme, ses yeux d'un bleu saisissant, sa mâchoire forte, sa toison dorée qui brillait au soleil. Il ressemblait tant à son frère le comte, tout en étant si différent. Ce nez cassé brisait la perfection de ses traits, mais il ajoutait à son charme.

C'était la preuve visible du diable qui dansait dans ses yeux. Ce dernier était absent pour le moment, car Jérôme essayait de la raisonner, de lui faire comprendre qu'il fallait qu'elle l'épouse, car il l'avait déflorée ; il était de son devoir de rétablir la situation.

Bonnie étudia son expression sérieuse avec désarroi. Si elle acceptait de se marier avec lui, elle tuerait cette étincelle de malice pour de bon, elle la mettrait en cage jusqu'à ce qu'elle s'éteigne complètement. Il finirait par lui en vouloir, peut-être même la détesterait-il pour ce qu'elle lui avait fait. Car peu importe ce que Jérôme croyait, c'était bel et bien Bonnie, la responsable de ce qu'il s'était passé la nuit dernière. Cela faisait des semaines qu'elle lui courait après, et ce soir-là, il avait simplement été suffisamment enivré pour se laisser manipuler. Pas parce qu'il rêvait d'elle, ni parce qu'il la désirait, mais simplement parce qu'elle s'était trouvée là, qu'elle était consentante et accueillante. Ce n'était pas très flatteur, mais c'était la vérité, et Bonnie préférait toujours l'affronter en face. Il valait mieux cela que d'attendre qu'elle vous saute au visage lorsque vous vous y attendiez le moins.

— Votre frère vous a sans aucun doute sonné les cloches.

Bonnie fut soulagée en constatant que sa voix était calme et mesurée en dépit de son estomac noué et de son envie de s'enfuir en pleurant.

— Oui, admit-il. Mais ce n'est pas la raison —

— Lui avez-vous raconté ?

— Bon sang, Bonnie, bien sûr que non ! Pour qui me prenez-vous ?

— Bien, dit-elle en laissant échapper un soupir.

C'était déjà ça.

— Jurez-moi que vous ne le ferez pas, ajouta-t-elle.

Il lui lança un regard noir.

— C'est ma réputation qui est en jeu ! Jurez-le, nom d'un chien.

Comme elle l'avait prévu, cette déclaration énerva le jeune homme.

— Je ne suis peut-être pas un parfait gentleman, mais je ne suis pas un mufle, dit-il avec raideur. C'est pourquoi j'essaie de faire ce qu'il faut. Un peu tard, je l'admets, mais —

— Oh, partez, Jérôme, dit-elle d'un ton irrité.

Les larmes lui piquant les yeux, elle n'eut d'autre choix que de se mettre en colère. Elle pouvait s'énerver, ou elle pouvait pleurer. Si elle pleurait, il la prendrait dans ses bras et lui dirait que tout irait bien, et, avant même qu'elle ne s'en rende compte, ils seraient mariés, et… oh, elle désirait tellement cela. Son cœur se serra tant ce rêve était à portée de main. Des images de Jérôme, son mari, et d'enfants aux cheveux dorés jouant à ses pieds jaillirent dans son esprit ; elle sentit sa gorge se serrer si fort qu'elle crut qu'elle allait s'évanouir ou devenir folle.

— Je ne partirai pas, impossible créature, dit-il sèchement en restant à son niveau alors qu'elle s'éloignait à grands pas. Pas avant que vous ne retrouviez la raison.

Bonnie poursuivit son chemin jusqu'à ce qu'il devienne évident que Jérôme ne la laisserait pas tranquille. Elle s'arrêta net, et fit volte-face.

— Très bien, dit-elle.

Son cœur battait bien trop vite, une lueur d'espoir naquit en elle en dépit de tout et malgré le fait qu'elle connaisse à l'avance la réponse qu'il lui donnerait.

— Je vous épouserai si vous me dites, la main sur le cœur, ce que j'ai besoin d'entendre.

Ses épais sourcils blonds se froncèrent et il la dévisagea, si manifestement perplexe qu'elle eut envie de pleurer.

— Je ne sais pas ce que vous voulez entendre, dit-il en croisant les bras.

Elle laissa échapper un long soupir et adopta la même posture.

— Je veux entendre ce que toutes les filles rêvent d'entendre lorsqu'un homme les demande en mariage, Jérôme, dit-elle en parlant lentement et avec une patience infinie même si son cœur essayait de s'échapper de sa cage thoracique.

Y avait-il une chance qu'il le dise ? Y avait-il la plus petite chance qu'il soit sincère en le disant ?

Il la contempla, cligna des yeux puis les écarquilla.

— Oh, fit-il.

Ses joues se colorèrent, il se racla la gorge en ayant l'air de plus en plus mal à l'aise ; tous les espoirs ridicules qu'elle avait osé éveiller en elle s'éteignirent brusquement.

— Bonnie, je…

Bonnie tourna les talons.

— Bonnie ! dit-il en se précipitant à sa suite.

— Je ne veux pas épouser un homme qui ne m'aime pas, dit-elle d'un ton fatigué. Au moins, Anderson tire quelque chose de ce mariage : il a besoin de ma dot. Vous pourriez faire une bien meilleure union, Jérôme, et c'est ce que vous êtes censé faire, pour le bien de votre mère, si ce n'est pour le vôtre. Allez donc trouver une jolie héritière blonde et tombez-en amoureux, voulez-vous ?

— Ce n'est pas juste, Bonnie. Peut-être que je ne vous aime pas, mais nous sommes amis, n'est-ce pas ? Beaucoup de mariages commencent avec moins que cela.

Bonnie s'immobilisa et se retourna pour le regarder.

Dans ce cas, il se peut que je sois très égoïste, car je ne veux pas de demi-mesure. Je veux un homme qui n'aime que moi, ou je ne veux rien du tout.

— Vous n'êtes plus vierge, Bonnie. —

— Et personne d'autre que vous n'est au courant.

— Vous avez dit que Morven allait vous forcer à épouser Anderson. Il ne vous aime pas.

— Non, c'est vrai, mais je ne l'aime pas non plus. Si Morven force cette union, ou au moins les infidélités de mon mari me laisseront de marbre, et il n'essaiera pas de s'immiscer dans ma vie. Peut-être prendrai-je un amant.

— Et vous ne comptez pas dire à Anderson que sa fiancée a perdu sa virginité avant la nuit de noces ?

Bonnie serra la mâchoire.

— Je lui dirai la vérité, ne vous inquiétez pas. Je ne suis pas une menteuse.

— Bon sang, Bonnie, ne me faites pas passer pour le méchant.

— Oh, arrêtez de faire comme si vous étiez le héros incompris d'une quelconque romance gothique, cria-t-elle.

Il fallait qu'elle en finisse avant que sa résolution ne vacille et qu'elle n'abdique.

— Je ne vous épouserai pas. Vous n'avez rien fait de mal. Je me suis pratiquement jetée à vos pieds, Jérôme. La plupart des hommes ne se poseraient même pas la question et passeraient à autre chose. Bon sang, faites de même et laissez-moi tranquille !

Il sursauta. La douleur qu'elle lut dans les yeux de Jérôme donna envie à Bonnie de se recroqueviller et de pleurer, mais elle ne pouvait pas le laisser voir sa tristesse, ni à quel point elle était touchée des efforts qu'il faisait pour agir de façon noble. Elle lui tourna donc le dos et partit.

Chapitre 4

Tout le monde est si heureux et excité à propos du mariage d'Harriet que je m'en veux énormément d'être si jalouse. Quel effet cela ferait-il de recevoir le regard affectueux que la mère de Jérôme pose sur Harriet, de savoir que je suis bienvenue dans la famille, et, plus que tout, que mon mari m'aime à la folie ? Cela doit être tellement bon de se sentir désirée.

Quelle créature misérable je fais. Je vois l'envie et le désespoir dans mes propres yeux quand je regarde dans le miroir, et je me dégoûte.

Au moins, Jérôme n'est pas là pour le constater. Cela fait dix jours que je ne l'ai pas vu, depuis que je lui ai intimé de me laisser tranquille. Il est parti rendre visite à des amis, donc il semblerait que mon désir soit devenu réalité. Je devrais faire plus attention à ce que je souhaite.

— Extrait du journal de miss Bonnie Campbell.

30 septembre 1814. Demeure de Holbrooke, Sussex.

Matilda ferma la porte de la chambre derrière elle. Elle jeta les paquets qu'elle portait sur le lit, et s'assit en soupirant. Ils étaient allés faire des emplettes à Tunbridge Wells, et avaient tant marché que ses pieds lui faisaient mal. Mais c'était son cœur, le plus douloureux.

Quelque chose clochait avec Bonnie.

La jeune femme adorait faire les magasins, mais elle avait refusé de se joindre à eux et lorsque Matilda avait posé les yeux sur elle à leur retour, il était évident que la jeune femme avait passé la matinée seule à pleurer.

Matilda savait, comme tout le monde, que Bonnie était tombée amoureuse de Jérôme. Bonnie n'avait pas fait d'effort pour le cacher. Mais il était arrivé quelque chose, et Jérôme était parti, semblait-il, rendre visite à des amis. Matilda avait essayé de parler à Bonnie, de faire en sorte que la jeune femme se confie à elle, mais cette dernière lui avait assuré qu'elle allait bien, qu'elle et Jérôme étaient toujours amis, mais qu'ils savaient qu'ils valaient mieux s'éloigner l'un de l'autre. Elle avait paru mature et pondérée en lui expliquant cela, ce qui avait donné envie à Matilda de sangloter, car elle savait que son amie avait le cœur brisé. Toute sa fougue l'avait quitté, toute la joie et les rires avaient déserté son regard, et elle était léthargique. Pourtant, Bonnie ne voulait pas de sa sollicitude ou de son aide. Matilda ne pouvait que respecter ses souhaits et prier pour que cela n'eût été qu'une amourette qui se dissiperait avec le temps. Elle avait fait de son mieux pour faire comprendre à Bonnie qu'elle était là pour elle, que pouvait-elle faire de plus ?

Matilda jeta son bonnet et ses gants à côté d'elle en poussant un juron frustré. Elle fit sonner la cloche pour qu'on lui apporte du thé, et fit les cent pas devant la fenêtre, avant de s'arrêter net. Il y avait une petite boîte en cuir noué d'un ruban de soie bleue sur le rebord. Il n'y avait rien lorsqu'elle était partie ce matin.

— Oh, maudit homme, murmura-t-elle. Qu'avez-vous fait ?

La dernière fois qu'une chose inattendue était arrivée dans sa chambre, il s'agissait d'une lettre du marquis de Montagu. Comment s'était-il débrouillé pour la lui faire parvenir, là était la question, mais il avait sans aucun doute des laquais pour obéir à des ordres tels que de délivrer des missives aux jeunes femmes n'étant pas censées recevoir pareilles choses d'un homme non marié. Elle aurait dû jeter la lettre dans le feu, bien sûr qu'elle aurait dû. Non seulement elle ne l'avait pas brûlée, mais elle l'avait gardée, pour des raisons sur lesquelles elle ne préférait pas s'attarder. Non pas que cela eût été une lettre d'amour, loin de là. C'était plus un avertissement, un moyen pour lui de lui confirmer ses intentions : il voulait qu'elle devienne sa maîtresse et Matilda ne savait que trop bien que sa quête était loin d'avoir touché à sa fin.

Matilda s'approcha de la fenêtre et ramassa la petite boîte, le cœur battant. Il eût probablement été préférable qu'elle la jette sans même l'ouvrir, ou qu'elle lui balance au visage — encore une fois, sans l'avoir ouverte, — mais elle brûlait de curiosité, ses doigts la démangeaient de l'envie de tirer sur le ruban pour révéler l'effrayant secret qui se cachait dans cette boîte — car il serait effrayant. Horriblement cher, unique, affreusement tentant et effrayant.

— J'ai désespérément envie de vous, miss Hunt. Je passe beaucoup trop de temps à penser à vous, à la sensation de vous tenir dans mes bras. Est-ce assez honnête ?

Les mots du marquis, prononcés la dernière fois qu'elle l'avait vu, la traversèrent en instillant en elle un mélange d'excitation et de peur. Elle était prête à admettre qu'il était grisant que cet homme puissant, séduisant et craint la désire à ce point. Seule la peur lui permettait de réfréner ce sentiment d'excitation. Montagu était discret au sujet de ses liaisons, mais la plus longue qu'il ait entretenue avec une maîtresse n'avait su conserver son intérêt que durant trois années. Et après ? Que se passerait-il si elle s'abandonnait au désir et à la tentation, qu'elle perdait l'opportunité de fréquenter la société respectable, tout ça pour une petite histoire ? Ses amis et sa famille continueraient à la recevoir, elle le savait bien, mais à leurs dépens, puisque leur réputation serait alors ternie pour oser côtoyer une telle créature. Elle serait un paria, encore plus qu'aujourd'hui où elle pouvait encore s'accrocher au monde des aristocrates grâce à l'influence de son frère et de ses amis hauts placés.

Pour l'instant, il existait encore pour elle une chance de se marier en dépit de sa réputation, d'avoir un foyer, une famille, quelque chose qui durerait pour le restant de ses jours, et non pas pour une poignée de mois ou d'années. Si elle avait la moindre once de bon sens, elle garderait cette pensée en tête et jetterait toute tentation à travers la fenêtre.

Elle ouvrit la boîte, et s'étrangla.

À l'intérieur se trouvait une broche sertie de rubis et de diamants. Une broche de sorcières. Elle avait la forme d'un cœur, la pointe de ce dernier était inclinée sur le côté, signe que l'homme était ensorcelé. Matilda déglutit et souleva le bijou de son lit de satin. Elle fit courir son doigt sur le contour du cœur, avant de le retourner. Au dos de l'objet, au niveau de la pointe, se trouvait un petit M serti de rubis.

— Oh, Montagu, vous êtes un démon, murmura-t-elle.

Elle enroula ses doigts autour de la broche et la serra en fermant les yeux de désespoir.

— Oh, Seigneur, que vais-je faire ?

Jérôme contempla le bas de la colline, en direction de la demeure. Son cheval s'agita sous ses jambes, pressé de retourner aux écuries, où de la nourriture et un pansage l'attendait. Jérôme l'immobilisa. Il n'était pas prêt à franchir la distance qui le séparait de Bonnie.

Il ne savait toujours pas ce qu'il ressentait. Lorsqu'il était parti, il était si fichtrement furieux — sans oublier blessé — qu'elle ait rejeté ses efforts et son envie de bien faire avec tant de force. Pourquoi avait-il ressenti cela ? Il aurait dû être soulagé. Épouser Bonnie était la dernière chose dont il avait envie, la simple idée provoquait en lui des vagues successives de chaud et de froid alors que les conséquences d'une telle mésalliance dansaient dans son esprit. Pas par snobisme. Il se moquait bien que la famille de

Bonnie ne soit pas aussi illustre que la sienne ; il se fichait également que sa dot soit à la limite de l'acceptable et n'égalerait jamais la fortune considérable qu'une union avec une femme comme lady Héléna pouvait lui apporter.

Non, ce n'était pas cela.

Le problème, c'était que Bonnie avait le diable en elle, le même diable qui habitait Jérôme, et que lorsqu'ils étaient ensemble, ces deux créatures malicieuses se mettaient à comploter dans le but de faire un carnage.

Le sermon de Jasper résonnait encore à ses oreilles, et, pour une fois, Jérôme avait été attentif. D'habitude, les diatribes de son frère, bien que justifiées, le laissaient de marbre. Il les écoutait — ou prétendait le faire —, hochait la tête puis reprenait tranquillement sa vie. Mais le matin qui avait suivi la soirée où il avait pris la virginité de son amie, la culpabilité pesait lourd dans son cœur, et les mots de Jasper avaient fait mal. De plus, son frère ne se montrait pas déraisonnable ; il ne harcelait pas Jérôme pour qu'il se marie. Jérôme avait vingt-quatre ans et Jasper estimait que son frère pouvait attendre encore quelques bonnes années. Par contre, il était évident qu'il lui fallait grandir et commencer à agir comme quelqu'un de son âge. Jasper avait passé en revue quelques-uns des exploits récents de Jérôme et lui avait rappelé les situations où il l'avait sorti du pétrin : Jérôme soûl, les débauches, une situation fâcheuse évitée de justesse avec une femme mariée qui l'avait fait chanter en menaçant de révéler à la presse à scandale les détails intimes de leur relation, et n'oublions pas la plus glorieuse de ses histoires, la fois où il avait cru tomber follement amoureux d'une courtisane et avait sérieusement songé à l'épouser. Même si cette dernière mésaventure datait de plus de deux ans, l'expérience avait marqué son grand frère à vie. Il avait fallu débourser une petite fortune pour se débarrasser de la charmante demie mondaine de Jérôme, et Jasper n'avait pas l'intention de laisser son petit frère oublier cette histoire.

La fille en question était partie sans un regard en arrière, ce qui avait meurtri Jérôme, mais pas autant que cela aurait dû. Peu de temps après, il s'était rendu à l'évidence : ce n'était pas vraiment de l'amour, ou si cela en avait été, c'était un amour du genre superficiel, fragile, car il ne s'était pas langui d'elle. Visiblement, il ne savait pas ce qu'était l'amour, s'était-il dit, mais il avait envie de le découvrir, bien plus qu'il n'aurait osé l'admettre.

Se voir forcé de passer en revue ses récents déboires qui, lorsque mis bout à bout, ne créaient pas un tableau très glorieux, avait donné à Jérôme matière à réfléchir, ce qui avait probablement été l'objectif de son grand frère. Puis, Jasper avait parlé de Bonnie. Ce n'était pas la première fois. C'était une jeune fille charmante, avec qui l'on s'amusait beaucoup, lui avait-il dit, il comprenait l'attrait de Jérôme envers elle, mais elle était naïve et visiblement amoureuse de lui ; il était donc cruel que Jérôme lui accorde tant d'attention alors qu'il n'avait pas la moindre intention de l'épouser. Jérôme risquait de faire du mal à la jeune femme et d'entacher sa réputation s'il ne cessait pas de l'encourager. S'il avait ses intérêts à cœur, il fallait qu'il garde ses distances. En revanche, s'il persistait à jouer avec le cœur et la réputation de Bonnie, Jasper serait obligé d'intervenir et couperait les rentes de Jérôme. Cet avertissement avait déjà été proféré auparavant, et Jérôme le prenait habituellement avec un grain de sel : il savait que Jasper n'était pas un mauvais bougre et ne jouerait pas au seigneur et au servant à moins d'y être obligé. Mais à présent, c'était évident : ce n'était plus une menace en l'air.

Mais ce n'était pas cela qui l'avait fait réfléchir. Jérôme avait l'impression que son cœur était à vif, la culpabilité qu'il ressentait était si lourde qu'il peinait à respirer en réalisant à quel point Jasper avait raison. Bonnie l'aimait, et il l'avait détruite. Quel genre d'homme était-il, quel genre d'*ami*, pour agir aussi mal envers elle ?

Il avait fait sa connaissance à Green Park, la nuit des feux d'artifice, le premier août, et l'avait aussitôt appréciée. Cela faisait-il déjà réellement deux mois ? Mais elle avait résidé à Holbrooke depuis la mi-août, et, jusqu'à ce qu'il prenne la fuite, il avait passé presque tous les jours en sa compagnie. En dehors de sa famille — et, sûrement, ses camarades de classe —, il ne pensait pas avoir déjà passé autant de temps avec une seule personne. Et certainement pas avec une femme.

Si Jasper avait eu le moindre soupçon du nombre de fois où ces deux-là s'étaient faufilés hors de la maison pour se rencontrer, il aurait été bougrement plus furieux, c'est certain.

Jérôme, contrairement à son habitude, s'était montré repentant après ce sermon, et il était sincère, du plus profond de son cœur. Il avait juré à Jasper qu'il allait changer, qu'il allait grandir et se montrer responsable. Fini l'alcool, les fêtes, les scandales, les ennuis. Il avait mis la main sur le cœur et juré de mieux faire et de le rendre fier. Non sans surprise, Jasper avait eu l'air sceptique, mais Jérôme était bien déterminé à honorer sa promesse et à faire ce qu'il fallait. C'est dans cet état d'esprit qu'il s'était présenté à Bonnie et lui avait fait sa demande, demande qu'elle lui avait renvoyée en plein visage.

Cela lui avait fait bien plus mal qu'il n'aimait l'admettre.

À présent, il était de retour, après s'être enfui pour éviter d'avoir à croiser le regard de Bonnie jour après jour et de faire face à l'affreuse vérité : il l'avait laissé tomber, il avait détruit leur amitié, détruit Bonnie, et elle ne voulait pas le laisser arranger la situation de la seule façon possible.

— Oh, Seigneur, gémit-il en passant la main sur son visage.

Il ne savait pas quoi faire. Peut-être que sans le mariage de son frère, il aurait joué les pleutres et ne serait pas revenu, même s'il se serait ensuite méprisé pour cela. Mais il était hors de question qu'il rate l'évènement, et Bonnie serait là, donc… donc il avait fichtrement besoin d'un plan.

Mais il ne savait pas par où commencer. Bonnie refusait de l'épouser s'il n'était pas amoureux d'elle, et il pouvait difficilement prétendre que c'était le cas. Alors que faire ?

Il poussa un nouveau gémissement de désespoir, puis talonna son cheval en direction de la bâtisse.

Lorsqu'il pénétra dans la demeure, tout le monde se réunissait pour le repas du midi, et il rencontra miss Hunt dans le hall.

— Avez-vous vu Bonnie ? lui demanda-t-elle avec une expression si anxieuse qu'il sentit son cœur se serrer et se prépara au pire.

— Non, répondit-il.

Ses intestins se contractèrent sous l'élan de culpabilité, une sensation qui lui était désormais bien trop familière. Il poursuivit :

— Je viens d'arriver. Est-elle absente ?

Miss Hunt haussa les épaules.

— Je l'ai vue il y a de cela une heure, elle m'a dit qu'elle serait de retour pour le repas, mais à présent… eh bien, elle n'est pas là et…

Elle s'interrompit et lança un regard sévère à Jérôme, comme pour le jauger. Jérôme sentit, à sa grande horreur, une bouffée de chaleur remonter sa nuque.

— Je sais que cela ne me regarde pas, déclara miss Hunt en baissant la voix mais en conservant un éclat acéré dans le regard. Mais Bonnie n'est pas très discrète à ce sujet, et vous avez gardé vos distances et…

— Et… ? l'encouragea Jérôme lorsque Matilda s'interrompit.

Il voulait qu'elle en vienne aux faits, qu'elle l'accuse d'être un salaud et un goujat. Il en serait presque soulagé. Ensuite, ils pourraient obliger Bonnie à l'épouser.

— Elle n'a pas voulu sortir avec nous ce matin, déclara miss Hunt.

Pendant un instant, Jérôme crut qu'elle avait changé de sujet.

— … Lorsque je suis rentrée, il était évident qu'elle avait passé la matinée à pleurer.

Jérôme essaya de déglutir en dépit de la boule qui s'était fermement logée dans sa gorge. Elle resta solidement en place.

— Je vais la trouver, répondit-il d'une voix rauque.

Il tourna les talons et se dirigea à nouveau vers la porte. Il se dépêcha de rejoindre les écuries et demanda si l'on avait vu Bonnie. Elle adorait monter à cheval. Chaque fois que Jérôme avait le cafard, sa première idée était toujours de faire une chevauchée dans la nature pour trouver la sérénité.

Bien sûr, un des garçons d'écurie lui dit que miss Campbell était partie avec Magnar, un gigantesque étalon bai, depuis plus d'une heure.

— Magnar ? répéta Jérôme, horrifié. Quel est l'imbécile qui l'a laissée monter ce monstre seule ?

Le palefrenier rougit, mais ne se démonta pas.

— J'l'avions vu sur un cheval, Mr Cadogan, et sauf vot' respect, c'est une redoutable cavalière, sans quoi je l'aurions point laissé choisir la grosse bête, mais elle était décidée, et j'me suis dit qu'ils s'entendraient bien tous les deux.

Jérôme poussa un juron et grommela. Même s'il savait que le jeune homme avait raison — Bonnie était une cavalière émérite, elle lui avait déjà prouvé cela — cela ne voulait pas dire qu'elle aurait dû monter seule, cette casse-cou. Il demanda à ce qu'on lui amène tout de suite un cheval frais, s'informa de la direction qu'avait prise Bonnie et s'élança sur ses traces.

Bonnie arrêta sa monture et prit un moment pour admirer le paysage. C'était un bel après-midi, il ne faisait plus aussi chaud, et une légère fragrance d'automne accompagnait cette journée plus fraîche que toutes celles qui l'avaient précédée ces dernières semaines. Mais le soleil brillait tout en disparaissant de temps à autre derrière les nuages floconneux qui le cachaient momentanément avant de poursuivre leur chemin. Le cheval s'agita, et elle tapota sa puissante encolure. C'était une bête charmante et très bien élevée, une fois que l'on avait établi qui prenait les décisions. Elle lui avait prouvé sa valeur, et il se calma ; elle eut l'impression qu'ils avaient trouvé un terrain d'entente. Le gros animal tourna la tête et lui mordilla doucement le bout du pied. Bonnie éclata de rire.

— Espèce de comédien, tu n'es pas à moitié aussi effrayant que tu le parais.

Elle prit une profonde inspiration et sentit un peu de la tension en elle s'apaiser légèrement. Chevaucher loin de tous avait toujours été son moyen de s'échapper et d'être seule. C'était mieux ainsi. Il valait mieux se contenter de sa propre compagnie, plutôt que d'être entourée de gens pour lesquels vous étiez un fardeau et un ennui.

Bonnie avait cinq ans lorsque sa mère était morte, à quelques jours d'intervalle du décès de deux grandes sœurs et d'un nouveau-né. Son père ne savait pas quoi faire d'une enfant en deuil, et l'on avait trimbalé Bonnie chez différents membres de la famille. Aucun d'entre eux n'avait été cruel, mais aucun d'entre eux n'avait désiré sa présence non plus. Lorsque son père mourut, trois ans plus tard, elle vivait sur les terres du comte de Morven, car ce dernier voulait honorer la promesse qu'il avait faite à son père, un ami cher. Morven avait juré de veiller sur elle, de la marier et même de fournir la dot que son incapable de père n'avait pas été en mesure de lui donner.

Bonnie avait toujours été bien nourrie, bien habillée, et s'était toujours sentie profondément seule. Morven était un homme impressionnant, féroce et intransigeant, avec un caractère indomptable qui pouvait même réduire un robuste habitant des Highlands en un petit tas de nerfs tremblants. Mais il n'y avait aucune cruauté en lui, il avait fait de son mieux pour se montrer gentil avec Bonnie, mais il n'avait pas de temps à lui consacrer, enfoui dans la montagne de responsabilités qui incombaient à un homme comme lui. Ses propres enfants avaient grandi et quitté la maison depuis longtemps, et la nanny qu'il avait embauchée n'était peut-être pas méchante, mais elle était, au mieux, apathique. Bonnie avait eu beaucoup de liberté, beaucoup plus que n'importe quelle jeune femme aurait dû avoir, c'était certain. Quand Morven s'était rendu compte que sa pupille méritait peut-être un peu plus d'attention et de supervision, Bonnie était déjà devenue sauvage et indomptable, et très accoutumée à l'idée que personne ne voulait d'elle.

Son tempérament téméraire avait choqué son tuteur qui avait l'habitude de voir les hommes trembler à ses pieds. Il avait également été impressionné. Durant les années qui avaient suivi, il avait passé un peu plus de temps en compagnie de Bonnie et en était venu à l'apprécier et à la respecter ; ce sentiment égalait son envie de s'arracher les cheveux et de l'enfermer dans l'un des donjons les plus reculés. Leurs disputes au sujet de Gordon Anderson étaient légendaires. Il avait fini par plier et lui avait accordé deux saisons pour se trouver un mari ; il l'avait envoyée à Londres en lui rappelant le sombre fait qu'aucun homme sensé ne voudrait épouser une sauvage, et que ce bon vieux Gordy serait là pour elle à son retour.

Eh bien, ses deux saisons étaient bel et bien écoulées, et Morven avait eu raison. Personne ne voulait de Bonnie. Ce n'était pas une surprise, c'était simplement la confirmation de tout ce qu'elle avait toujours su. Après la mort de sa mère, elle s'était efforcée d'être sage afin que son père la garde auprès de lui. Elle avait essayé d'être calme, d'être bien élevée et de ne pas pleurer la mort de sa mère et de ses sœurs, mais c'était dur. Que pouvait-elle faire contre le fait qu'elle ressemblait tant à sa maman, et que la vue de Bonnie rendait son père malade de culpabilité ? Car c'était de sa faute si sa femme était morte, et, aussi jeune que Bonnie fût à l'époque, elle l'avait compris.

Si sa mère n'avait pas été aussi faible après tant de fausses couches, tant d'efforts vains pour accoucher du garçon tant désiré par son père, elle aurait peut-être eu assez de force pour s'occuper des sœurs de Bonnie. Si ses deux enfants avaient reçu l'attention de leur mère, elles n'auraient peut-être pas succombé, et peut-être que la mère de Bonnie aurait eu assez de force pour elle-même vaincre la maladie, au lieu de suivre ses petites filles dans la tombe en tenant dans ses bras le bébé qui venait à peine de naître.

Eh bien, elle était bel et bien morte, ainsi que ses frères et sœurs. Depuis, Bonnie avait toujours été indésirable, un problème gênant. Elle déglutit avec force en refoulant le chagrin et en l'enterrant profondément. Peut-être ferait-elle mieux de simplement épouser Gordon Anderson et d'en finir. Au moins, elle aurait des enfants à aimer, et peut-être cela serait-il réciproque. Les enfants aimaient leur mère, n'est-ce pas ? Si elle n'était pas trop sévère et sérieuse — et elle n'était jamais comme cela avec les enfants —, peut-être l'aimeraient-ils et désireraient-ils sa compagnie.

Elle cligna des yeux pour empêcher les larmes de couler, posa la main sur son ventre en se demandant si la semence de Jérôme avait pris racine à l'intérieur. Une partie d'elle, sombre et égoïste, l'espérait, car ainsi, elle aurait pour toujours un morceau de Jérôme avec elle. Oh, quelle horrible créature elle était, à souhaiter ainsi un enfant qui n'aurait pas de nom ; mais sans aucun doute, Morven les protégerait. Elle savait qu'il la voyait comme une casse-pieds — comme tout le monde — mais il ne les laisserait pas se débrouiller seuls.

Elle se gronda pour s'apitoyer ainsi sur son sort, puis descendit de cheval et guida sa monture vers la source qu'elle avait découverte. La jeune femme le laissa boire tout son content avant de l'attacher et de le laisser brouter l'herbe pendant qu'elle déballait le pique-nique qu'elle avait apporté. Elle s'assit sous les branches lourdement chargées d'un pommier et essaya de trouver quel qu'enthousiasme pour la part de tarte et les autres mets savoureux que le cuisinier lui avait donnés, mais tout avait le goût de cendre et restait bloqué dans sa gorge. Au moins, elle avait perdu un peu de poids. Elle aurait dû en être contente. Toutes les autres filles s'inquiétaient de leur tour de taille, et les proportions de Bonnie étaient bien plus généreuses que les leurs. Elle remballa la nourriture avec un soupir avant de se pelotonner sous le pommier et de s'endormir.

Chapitre 5

Lord Montagu,

Il est arrivé une chose des plus étranges, il semblerait que ce paquet ait été délivré à Holbrooke par erreur. Je vous le renvoie avec l'espoir qu'il puisse arriver en toute sécurité entre les mains de son réel destinataire.

— Extrait d'une lettre de miss Matilda Hunt au très honorable Lucian Barrington, le marquis de Montagu.

30 septembre 1814. Demeure de Holbrooke, Sussex.

Jérôme contempla l'énorme cheval marcher d'un pas pesant dans sa direction en tirant sur sa longe. Il hennit et secoua la tête, comme s'il montait la garde devant la jeune femme endormie.

— Tout va bien, dit-il en lui présentant une pomme qu'il venait de décrocher de l'arbre. Je ne vais pas lui faire de mal.

Je ne vais pas lui faire *plus* de mal, rectifia-t-il en silence. Magnar saisit la pomme et la croqua avec enthousiasme avant de pousser Jérôme de la tête en guise d'avertissement, ce qui fit reculer le jeune homme de quelques pas.

— Très bien, tu as raison, grommela Jérôme.

Grand Dieu, même le foutu canasson savait qu'il n'était qu'un misérable vaurien.

Il se tourna de nouveau vers Bonnie et sentit sa poitrine se serrer. Elle aurait pu être une créature féérique, ainsi recroquevillée sous un pommier, le visage baigné des rayons du soleil de l'après-midi. Il s'agenouilla à ses côtés, tendit la main vers son visage et dessina les contours de sa mâchoire. La peau de Bonnie glissait comme de la soie chaude sous ses doigts. Il fronça les sourcils et une pensée surprenante fit son apparition dans son cerveau entêté. Elle était vraiment charmante. Elle n'était pas blonde, non — ni aussi fine et fragile qu'un roseau — mais elle n'en était pas moins belle. Le souvenir de la joie folle qu'il avait ressenti ce soir-là dans les écuries ainsi que le désir si violent qu'il avait craint d'en être entièrement consumé surgit dans son esprit. Dès l'instant où il avait posé la main sur elle, il avait perdu tout contrôle. Il n'avait jamais rien ressenti de tel avec une autre. L'idée que rien au monde n'égalerait cette expérience le fit réfléchir, et le même désir brûlant refit surface en lui. Les yeux posés sur elle, sa respiration s'accéléra. Il ne serait pas pénible de se réveiller face à un tel tableau tous les matins.

Comme si elle avait lu dans ses pensées, Bonnie battit des paupières, un peu désorientée, avant de poser les yeux sur Jérôme. Durant un bref instant, il vit le bonheur apparaître se peindre sur ses traits avant de disparaître. Elle se redressa en s'éloignant de lui. Jérôme ressentit ce rejet comme un coup de poignard dans le cœur, même s'il savait qu'il méritait bien pire. Il lui avait fait beaucoup de mal en se comportant comme un crétin et un mufle.

— Que faites-vous ici ? demanda-t-elle.

Elle leva une main pour vérifier sa coiffure de manière inconsciente, et Jérôme sentit sa gorge se serrer.

— Je vous cherchais. Tout le monde s'inquiétait, après votre disparition.

— Eh bien, je suis ici, répondit-elle avec un sourire forcé qui ne contenait aucune miette de sa joie habituelle. Donc vous pouvez leur dire que tout va bien.

— Bonnie, dit-il.

Il était exaspéré de se voir à nouveau rejeté si rapidement.

— Il n'y a rien à dire, Jérôme. Pas la peine d'en faire toute une histoire. J'ai eu mes menstruations, donc vous n'avez pas la corde au cou. Cessez de vous inquiéter à ce point pour moi.

Jérôme la dévisagea. Une sensation étrange de vide qu'il n'arrivait pas à définir s'installa dans sa poitrine.

— Oh.

Il ne savait pas quoi dire, et encore moins quoi ressentir.

— Eh bien, c'est… c'est une bonne nouvelle, alors, s'aventura-t-il.

Elle hocha la tête, se leva puis se dirigea vers Magnar qui hennit doucement à son approche.

— Laissez-moi au moins vous aider à monter, dit-il alors que la jeune femme détachait le cheval et le guidait vers une souche morte.

— Pas besoin, dit-elle sèchement en se hissant sur le chicot avant se mettant en selle avec une aisance déconcertante. J'ai l'habitude de me débrouiller seule, ajouta-t-elle en arrangeant les jupons de son habit d'équitation.

— Je rentre avec vous, dit-il en se dépêchant de rejoindre sa propre monture.

Peut-être pourraient-ils parler en chemin, même l'accueil de la jeune femme ne le remplissait pas d'espoir.

— Je ne rentre pas tout de suite, dit-elle avant de partir sans l'attendre.

— Bonnie !

Il l'avait appelée en vain ; elle sortit du verger et se dirigea vers chemin.

— Malédiction, jura-t-il en enfourchant sa monture et en se lançant à sa poursuite.

Bonnie regarda par-dessus son épaule, énervée de découvrir, non sans surprise, que Jérôme était sur ses talons. Qu'est-ce qui ne tournait pas rond chez lui ? Elle lui avait offert une issue de secours dans l'espoir qu'il serait apaisé, même si c'était un mensonge : elle ne savait pas si c'était vrai. Ses prochaines règles ne devaient arriver que dans quelques jours, mais elle avait besoin qu'il reste loin d'elle. Sans quoi elle risquait de se ridiculiser devant lui, encore. Elle recevait suffisamment de compassion et de compréhension de ses amies. Elles étaient toutes très gentilles, mais il y avait des limites à la quantité de pitié qu'une jeune femme pouvait supporter.

Le fait que Jérôme aussi, ait pitié d'elle, et ne la poursuivait que parce qu'il se sentait coupable, lui était insupportable. Si elle l'autorisait à être gentil envers elle, sa résolution s'émietterait, elle lui tomberait dans les bras et ils couleraient tous les deux. Il la persuaderait de le laisser faire la chose honorable et sacrifierait son avenir pour elle ; la jeune femme devrait supporter le mépris dans le regard de lady Saint-Clair, supporter de s'être rattachée à une famille qui ne voulait pas d'elle.

Eh bien, elle en avait assez d'être celle dont on ne voulait pas. Si son destin était de finir seule, ainsi soit-il. Elle l'accepterait avec ses propres conditions, et jamais plus elle ne resterait dans un endroit où elle n'était pas la bienvenue, seule au milieu de gens qui souhaitaient son départ.

— Allez, Magnar, dit-elle en se penchant pour parler à l'étalon. Emmène-moi loin de tout cela.

Elle encouragea le cheval à accélérer et retint son souffle alors qu'ils longeaient le flanc de colline ; la piste déboucha sur la campagne. Elle entendit Jérôme l'appeler, mais l'ignora. La jument énergique qu'il montait était rapide et agile, mais elle n'égalait pas Magnar : le sol défilait sous ses sabots comme s'il était Pégase survolant les champs. Comme il était merveilleux de voler si vite ! L'illusion de la liberté effaça le poids du chagrin qui lui pesait. Ce n'était que dans des moments comme celui-là, des instants de complète insouciance, qu'elle trouvait un répit au fait d'exister dans un monde où elle n'avait pas sa place.

Malgré elle, Bonnie éclata de rire et poussa un cri lorsque le cheval sauta par-dessus une haie impressionnante avec une facilité déconcertante. Pendant un court instant, elle s'autorisa à oublier sa misère et son désespoir en vivant uniquement le moment présent, en trouvant le bonheur dans le grondement des sabots, dans le vent qui lui caressait le visage et dans le paysage qui défilait à une vitesse vertigineuse. Son cœur battait vivement, l'excitation de sa chevauchée si sauvage et rapide fit monter en elle un élan de joie qu'elle ne put contenir.

Elle jeta un coup d'œil par-dessus son épaule, vit que Jérôme avait gagné du terrain et croisa son regard. En dépit de tout ce qu'il s'était passé, elle lui sourit, incapable de réfréner sa joie bouillonnante. Il rit et secoua la tête, et elle comprit que lui aussi, ressentait la même chose. Comme Bonnie, il chérissait l'aventure, l'amusement, le fait de vivre l'instant présent et de saisir le bonheur.

Jérôme comprenait tout cela ; c'était la raison pour laquelle elle était tombée éperdument amoureuse de lui.

Subitement, les champs laissèrent place à un bosquet épais, obligeant Bonnie à faire ralentir Magnar. Elle s'arrêta à l'entrée de la forêt. Elle avait toujours un grand sourire sur le visage et des larmes dans les yeux, mais elle ne savait plus s'il s'agissait de larmes de joie ou de tristesse. Avant qu'elle ne puisse décider, Jérôme arriva. Il descendit de cheval avec un immense sourire sur le visage, couru vers elle, la saisit et la fit descendre de cheval.

— Oh, créature diabolique ! s'exclama-t-il en la soulevant. J'ai bien cru que mon cœur allait s'arrêter lorsque vous avez sauté cette deuxième haie, elle était si haute ! Bon sang, vous êtes une fameuse cavalière.

Il éclata de rire et la souleva de nouveau dans les airs en la faisant tournoyer, avant de la reposer. Les mains toujours posées sur la taille de Bonnie, il plongea le regard dans le sien avec une expression sérieuse.

— Ah, Bonnie, dit-il.

Il la tira dans ses bras et l'embrassa.

S'il lui avait demandé à nouveau de l'épouser, elle aurait pu résister. S'il avait essayé de la convaincre, ou de l'amadouer pour qu'elle fasse preuve de bon sens, elle aurait su quoi faire, mais elle ne pouvait pas lutter contre la caresse des lèvres de Jérôme sur les siennes. Dès l'instant où il la prit dans ses bras, ce fut un feu d'artifice. Elle s'accrocha à lui. Elle aurait aimé ne pas être aussi faible, ne pas souhaiter si désespérément rester à ses côtés, trouver enfin une place dans ce monde. Les lèvres de Jérôme étaient chaudes et insistantes, et le baiser devint plus passionné. La faim de Jérôme encourageait celle de Bonnie qui ne faisait jamais les choses à moitié. Le baiser de Jérôme fut comme l'étincelle jaillissant sur du bois sec ; elle s'embrasa avec une intensité à illuminer le ciel, tout bon sens, toute bienséance s'envolèrent. Ces choses étaient à présent de lointains concepts, étouffés par les flammes rugissantes qui la consumaient, par le désir qui faisait bouillir son sang, enivrant son esprit jusqu'à ce qu'elle soit ivre de chaleur, de désir, et de passion dévorante.

Avant même de réaliser ce qu'ils étaient en train de faire, ils se retrouvèrent allongés sous un vieux chêne. Ses branches étaient si basses qu'elles touchaient le sol et les dissimulaient des regards, même si aucun chemin ni aucune piste ne s'enfonçait si profondément dans la campagne.

— Oui, oui, murmura-t-elle lorsque la main de Jérôme glissa sous sa robe.

Idiote, idiote, murmura une voix dans sa tête, mais elle était si ténue, bien trop faible pour être entendue par-dessus le tonnerre des battements de son cœur, par-dessus le désir qui battait dans ses oreilles, dans sa poitrine, entre ses cuisses : elle avait envie de lui, le besoin était intense. La main de Bonnie descendit le long du corps de Jérôme, passa par sa taille jusqu'à son pantalon, là où les boutons se trouvaient.

— Bonnie, oh, que les saints me préservent, je vais devenir fou… arrêtez, arrêtez, nous devons… oui, non… non… ne… ne… *ne vous arrêtez pas*, oh, Seigneur.

Jérôme était désorienté, fou, il avait complètement perdu la tête. Mais que se passait-il donc lorsque Bonnie le touchait ? Il ne parvenait pas à l'expliquer, il ne parvenait pas à expliquer cette chose sauvage et indomptable qui prenait vie en lui lorsque les mains de la jeune femme étaient posées sur lui.

Il avait toujours aimé les femmes, aimé l'intimité et la joie simple de s'enfoncer dans la chaleur veloutée d'une partenaire consentante, mais aucune n'avait jamais éveillé en lui cet instinct primaire qui lui faisait perdre tout contrôle. Même les courtisanes les plus talentueuses et plus recherchées ne lui faisaient pas cet effet-là, même quand il avait cru être amoureux, il ne s'était jamais senti aussi impuissant face à son propre désir. Pourtant, Bonnie, qui ne savait rien de plus que ce qu'elle avait appris à son contact cette fameuse nuit, avait le pouvoir de transformer son cerveau en bouillie. La seule pensée présente dans sa tête était de vouloir être en elle, de s'y perdre. Le pourquoi et le comment, le bien et le mal étaient à ce point au-delà de sa compréhension qu'il aurait pu s'agir d'une langue morte gravée dans une roche enterrée et oubliée depuis des siècles tant étaient faibles ses chances de se rendre compte de toutes les raisons qui auraient dû le pousser à s'arrêter.

Bonnie s'était enfuie, lui avait dit de la laisser tranquille, mais à présent elle l'enlaçait, pressante, le suppliait de se dépêcher. Il souleva ses jupons et s'enfonça en elle avec un cri qui fit écho à celui que poussa Bonnie ; tous les oiseaux des environs s'envolèrent en poussant des piaillements et des gazouillis furieux.

Il n'existait plus que le plaisir exquis du corps de Bonnie, dont les courbes généreuses se moulaient parfaitement aux siennes, tendres et accueillantes, comme si elles l'attendaient depuis longtemps. La jeune femme le débarrassa de sa chemise et posa ses mains fines sur Jérôme ; il sentit les ongles de Bonnie lui griffer le dos lorsqu'elle se cambra sous lui. Il chercha sa bouche et d'un baiser, vola les doux gémissements de plaisir qui en sortait. La vaste quantité de tissu épais que constituait la tenue d'équitation de Bonnie était très énervante, elle le gênait alors qu'il désirait plus que tout se repaître de son corps voluptueux, le voir exposé à son regard et à ses mains curieuses, embrasser chaque centimètre de ce paysage satiné en la sentant trembler, frissonner et murmurer son nom.

Elle cria lorsqu'ils atteignirent ensemble le summum du plaisir ; il sentit le corps de Bonnie se resserrer autour de lui, ce qui eut pour effet de le propulser dans un endroit qu'il peina à reconnaître tant il était éloigné de toute autre expérience auquel il eût pu le comparer. Le plaisir parcourut son corps par vagues féroces d'une ampleur et d'une emprise telles qu'il crut mourir.

Enfin, le tumulte s'apaisa et Jérôme s'effondra sur Bonnie. Tous deux étaient épuisés physiquement et émotionnellement. Il était assez honnête pour reconnaître que ses émotions étaient à vif, à découvert, incertaines ; tout se mélangeait. Il revint à lui petit à petit et se rendit compte de ce qu'il venait de faire. *Encore.* Bon sang, avait-il perdu la tête ? Que lui avait-elle fait ?

Ensemble, ils étaient comme le brandy et le feu, enivrant et inflammable, et même si c'était une combinaison fort peu idéale pour un mariage, il devait convaincre Bonnie que c'était la meilleure chose à faire. Il s'était à nouveau vu offrir une belle opportunité de la faire tomber enceinte, et, bon salaud insouciant qu'il était, avait sauté sur l'occasion.

Il roula sur le côté, conscient qu'il devait écraser la jeune femme, mais cette fois il avait retenu la leçon et entraîna Bonnie avec lui, la serrant fort.

— Eh bien, déclara-t-il lorsqu'il eut suffisamment de souffle pour parler. Eh bien…

Il rit doucement.

— … Vous devriez avoir un signal d'avertissement tatoué sur le front, impossible créature. *Dangereuse, ne pas toucher.*

Elle se raidit dans ses bras et il se maudit d'avoir fait cette blague. D'habitude il savait y faire, mais il n'avait jamais eu à prendre de gants avec Bonnie auparavant, il disait ce qu'il pensait au moment où il le pensait ; cependant, il aurait dû savoir que les émotions de la jeune femme devaient également être à vif, peut-être même plus que les siennes.

Il se tourna un peu, la contempla et entoura son visage de ses mains.

— Ne faites pas attention à ce que je dis. Ce n'est pas ce que je voulais dire ; il semblerait que je perde l'esprit lorsque je pose les mains sur vous. Je n'ai jamais voulu que cela se produise, Bonnie. Pas comme cela, du moins. Pas avant le mariage.

— Oh ! s'exclama-t-elle en repoussant le torse de Jérôme pour se libérer. Vous n'allez pas recommencer ces idioties !

— Ce ne sont pas des idioties, répliqua-t-il en faisant de son mieux pour la retenir au cas où elle décide de s'enfuir à nouveau. Bon, arrêtez, écoutez-moi. Vous avez peut-être échappé à la grossesse la première fois, mais maintenant cela fait deux fois, et il est évident que nous ne pouvons pas nous trouver au même endroit au même moment sans arracher les vêtements de l'autre.

— Oh, ne soyez pas si étonné, rétorqua-t-elle en le poussant vigoureusement une nouvelle fois. Vous savez que je vous désire, je suis une femme consentante et disponible et vous êtes un homme. Il ne faut pas chercher plus loin.

— Vous ne tenez pas les hommes en très haute estime, n'est-ce pas ?

Le ton de Jérôme était sec et sans humour, et cette fois il la laissa se lever, mal à l'aise de la retenir contre son gré en dépit de son désir d'arranger les choses entre eux.

— Bonté divine, comme c'est étonnant, alors que la vie m'a fourni tant d'exemples d'hommes incroyables, cracha-t-elle avec une amertume surprenante.

Elle lui lança un regard noir, avant de prendre une profonde inspiration et de pincer le haut de son nez. Lorsqu'elle reprit la parole, son ton était contrit.

— Pardonnez-moi, ce… c'était très injuste. Vous êtes un homme bon, Jérôme, quelqu'un de gentil, et je ne devrais vous comparer à personne d'autre. Je sais que vous essayez de me protéger du mieux que vous pouvez et… et je suis touchée, vraiment, mais… non, répondit-elle simplement avec un petit sourire. Non, je ne vous épouserai pas. Cela serait une erreur, pour chacun d'entre nous, et vous le savez aussi bien que moi.

— Je ne suis pas sûr de cela, Bonnie, répondit-il en fronçant les sourcils alors qu'il réfléchissait à nouveau.

Il y avait de la passion entre eux, après tout, et ils s'appréciaient. Ils étaient amis. Il existait vraiment de pires façons de commencer un mariage.

Elle le dévisagea pendant un long moment.

— Contentez-vous de vous imaginer m'amenant à votre mère et votre frère pour leur annoncer que nous nous marions, Jérôme.

Avant d'avoir le temps de s'en empêcher, il tressaillit, et Bonnie lui renvoya un sourire triste.

— Voilà, dit-elle.

Il la regarda défroisser ses vêtements, puis elle s'éloigna à grands pas de lui.

— Attendez, dit-il.

Il se leva en reboutonnant ses vêtements et se précipita à sa suite.

— Non.

— Ce n'est pas fini, Bonnie.

Elle poussa un petit ricanement.

— Cela n'a jamais commencé, Jerry. Laissez tomber. Aidez-moi à monter, voulez-vous ?

Jérôme poussa un juron, s'approcha d'elle et l'aida à se mettre en selle. Il la regarda couvrir ses chevilles avec les épaisses couches de sa robe.

— Vous ne m'échapperez pas, Bonnie, la prévint-il.

Elle rassembla les rênes dans ses mains, puis se tourna pour le regarder. Elle tendit le bras et posa un doigt sur les lèvres de Jérôme.

— Cessez de vouloir jouer le héros, mon doux idiot. Se comporter comme il faut ne va à aucun de nous deux. Je suis une mauvaise fille, et je finirai sûrement mal, mais c'est mon problème, pas le vôtre. Je ne vous entraînerai pas dans ma chute. Partez et épousez lady Héléna. Elle est riche, belle, et sœur de duc, rien que cela. Cela rendra votre maman fière. N'est-ce pas ce que vous avez toujours voulu ?

Il la contempla, elle lui sourit, puis partit. Jérôme se demanda comment Bonnie faisait pour le comprendre comme personne d'autre. Jasper avait toujours été le préféré de ses parents. Bien sûr, ils ne l'avaient jamais dit, ils n'avaient jamais délibérément manifesté de préférence non plus, mais il le savait. Lorsque Jasper se comportait mal, il était traîné devant son père et recevait un sermon sur les responsabilités d'un comte et ce que l'on attendait de lui.

Lorsque c'était Jérôme qui faisait une bêtise, ils levaient les yeux au ciel et haussaient les épaules, comme s'il n'y avait rien d'autre à attendre de lui. Tout le monde adorait Jasper, bien sûr ; il était plus séduisant que Jérôme, et il pouvait faire sourire une douairière grincheuse, un militaire bourru ou une demoiselle vertueuse avec la même facilité tant son charme était irrésistible. Même lorsque sa réputation de libertin avait été au plus fort, les mères désireuses de marier leur progéniture avaient continué d'accueillir Jasper à bras ouverts. Jérôme n'avait pas reçu le même traitement. Oui, il était un bon parti, mais il était dangereux, imprévisible, et personne ne savait quand et où il allait frapper. Partout où il allait, des problèmes d'une nature ou d'une autre suivaient, qu'il le veuille ou non.

Jérôme soupira et regarda Bonnie disparaître de sa vue. Il valait mieux qu'ils n'arrivent pas à Holbrooke ensemble. Cela aurait eu l'air suspect. Les gens pourraient se poser des questions sur ce qu'ils avaient fait. Jérôme gémit et enfonça son visage entre ses mains. Malédiction.

Bon sang, que devait-il faire ?

Chapitre 6

Pourquoi tous les hommes que je rencontre sont-ils si terriblement ennuyeux ?

Même ceux qui, à ma connaissance, ne sont pas le moins du monde ennuyeux, ne me font rien. J'ai rencontré tous les bons partis possibles et je n'arrive à éveiller le moindre soupçon d'enthousiasme pour aucun d'entre eux. Leur beauté et leur charme n'importent pas, je ne ressens rien. Même les voyous n'éveillent aucun intérêt en moi, ce que je ne comprends absolument pas. Quelle est donc cette chose que je recherche ? Quand ressentirais-je l'étincelle qui rendra tout cela évident pour moi ?

J'aimerais que celui que j'attends se dépêche de venir enflammer mon âme. Je m'ennuie affreusement.

— Extrait du journal de lady Héléna Adolphus.

2 octobre 1814. Demeure de Holbrooke, Sussex.

Le mariage fut célébré en toute simplicité, même si la petite chapelle familiale parut pleine à craquer remplie des plus proches amis de Jasper et Harriet. Les Demoiselles Surprenantes, ou quel que soit leur nom, étaient présentes en force. Jérôme fut bouleversé d'identifier un sentiment désagréablement proche de la jalousie en regardant son frère et Harriet échanger leurs vœux. Les raisons de leur animosité ces dernières années semblaient bel et bien mortes et enterrées, et il était évident pour tout le monde que c'était un mariage d'amour. Leur bonheur était palpable et contaminait tous les invités présents à en juger par les sourires et les éclats de rire.

Jérôme lança un regard à Bonnie et la vit s'esclaffer après avoir entendu une remarque de son amie Alice. Alice était enceinte, d'après les rumeurs, et à en juger la manière adorable avec laquelle son mari veillait à son confort, ils étaient tous les deux très heureux. Mais Alice et son mari ne virent pas le regard de Bonnie lorsqu'elle se retourna. Ils ne remarquèrent pas les efforts qu'elle dut faire pour garder une contenance, pour chasser le chagrin de ses traits et le remplacer par un sourire. Ils ne le virent pas, mais Jérôme, si.

Il traversa la foule en ignorant son regard d'avertissement.

— Épousez-moi, dit-il à voix basse sans prendre la peine d'énumérer les raisons d'accepter ce mariage — elle les connaissait aussi bien que lui.

— N'avez-vous pas vu la façon dont votre frère regarde Harriet ? lui demanda-t-elle avec, certes, une voix suffisamment basse pour ne pas être entendue, mais tout de même féroce et furieuse. Si vous me regardez un jour comme cela, je vous épouserai en un battement de cœur, mais cela n'arrivera jamais. Ce n'est pas de votre faute, et je ne vous en veux pas. Je suis fatiguée d'être indésirable, ne pouvez-vous comprendre cela ? Si je me marie, je veux le faire parce que mon mari ne peut pas vivre sans moi, non pas parce qu'il m'a couchée une fois ou deux sur le sol et se sent obligé de me faire sa demande. Pour une fois, dans ma vie, je veux avoir ma place quelque part, et si je ne peux pas l'avoir, et bien j'accepterais que cette place soit avec moi-même. À présent, partez avant que nous provoquions une nouvelle scène qui rendra votre mère furieuse.

Jérôme la regarda s'éloigner d'un pas furieux. Il se sentait à la fois blessé et coupable. Il surprit son frère en train de le regarder avec inquiétude et sentit une bouffée de chaleur le traverser.

C'était le jour de noces de Jasper ; le moins qu'il puisse faire était de se comporter correctement et de ne pas lui causer davantage d'inquiétude.

— Jérôme, très cher, regardez qui j'ai trouvée.

Jérôme se retourna en entendant la voix de sa mère. Il ne fut pas le moins du monde surpris qu'elle lui fourre lady Héléna sous le nez une nouvelle fois. Sa mère avait décidé que ces deux-là feraient un couple parfait, et elle ferait de son mieux pour que cela se produise. Jérôme comprenait pourquoi elle pensait qu'ils iraient bien ensemble. Héléna était une fille exquise, intelligente et énergique. Elle semblait toujours occupée et ne restait pas en place ; sa mère pensait sans doute qu'une telle femme lui conviendrait puisqu'il avait tendance à rapidement s'ennuyer. Mais il pouvait voir qu'il ne l'intéressait pas, et il ne parvenait absolument pas à s'en émouvoir. Mais après avoir essuyé un nouveau refus de la part de Bonnie, il se demanda s'il ne ferait pas mieux de faire un peu plus d'efforts.

— Lady Héléna, l'accueillit-il avec un sourire. Je suis enchanté de vous revoir.

Bonnie fit de son mieux pour supporter le petit déjeuner de mariage en affichant un sourire sur son visage. Après tout, Harriet était son amie, et Bonnie était si heureuse pour elle. C'était un réel bonheur de voir la joie rayonner d'elle ; pourtant cela provoquait une douloureuse tristesse en Bonnie. La tentation d'accepter l'offre de Jérôme était si féroce qu'elle avait dû s'obliger à paraître furieuse et à partir brusquement en espérant l'avoir suffisamment offensé pour qu'il se tienne loin d'elle. Mais elle avait dit la vérité, et chaque fois qu'elle s'imaginait faire face à lady Saint-Clair accrochée au bras de Jérôme pendant que ce dernier annonçait leurs fiançailles, elle sentait monter en elle des vagues successives de chaud et froid. Sa mère voudrait savoir pourquoi ils se mariaient, elle penserait que Bonnie avait piégé son fils et la détesterait pour toujours. Mais pas plus que Bonnie ne se détesterait elle-même.

Mais maintenant, après avoir de nouveau refusé la demande de Jérôme, il lui fallait supporter la vue de Jérôme et lady Héléna lancés dans une conversation animée. Ils avaient été placés l'un à côté de l'autre — naturellement, puisque c'était sa mère qui avait organisé le mariage. C'était une fille splendide, avec d'épais cheveux bruns, et des yeux verts des plus extraordinaires. Ils étaient d'une nuance sombre et profonde, comme une forêt de pins, et non pas de la couleur pâle et mal définie de ceux de Bonnie.

La chevelure et les yeux d'Héléna évoquaient sa parenté avec le duc de Lorny, mais la ressemblance s'arrêtait là. Héléna était délicate et élégante, et partout où elle allait, un groupe d'admirateurs la suivait. Il semblait que Jérôme ferait bientôt partie de leur rang.

Bonnie grinça des dents et détourna le regard en s'ordonnant d'arrêter d'être aussi stupide et de cesser de changer d'avis comme une girouette. Ne venait-elle pas de lui dire d'épouser Héléna ? Que croyait-elle donc, qu'elle pouvait rejeter un homme, lui demander de la laisser tranquille, et s'attendre à ce qu'il continue d'insister ? Non. Non, ce n'était pas du tout ce qu'elle voulait, car elle savait qu'il ne l'aimait pas et ne voulait pas vraiment l'épouser. Oh, elle était assez bien pour qu'il puisse prendre son plaisir lorsqu'elle le lui proposait, après tout, c'était un homme, mais quand même… cela aurait été agréable d'avoir tort pour une fois.

Bonnie masqua sa souffrance tout le reste de la journée, un sourire sur le visage, en faisant de son mieux pour paraître heureuse et insouciante. Les jeunes mariés s'étaient éclipsés — ce que Bonnie comprenait tout à fait. Tous les invités étaient de bonne humeur, on avait donc déplacé les meubles contre les murs et roulé les tapis. Alice avait proposé de jouer du piano, et une danse impromptue s'était organisée ; tout le monde célébrait cette journée en s'amusant beaucoup. Lady Saint-Clair veilla à ce que le champagne coule à flots en gardant un œil sur son fils et sur lady Héléna. À présent, Jérôme dansait avec elle et tous deux formaient un tableau charmant, avec les cheveux dorés du jeune homme et la beauté sombre de lady Héléna.

— C'était une journée fort plaisante, n'est-ce pas ? demanda Matilda en glissant un bras sous celui de Bonnie.

— Oh, oui, très plaisante, acquiesça Bonnie.

En réalité, elle avait envie de secouer la tête en sanglotant et de dire à Matilda que cela avait été la plus longue et la pire journée de sa vie. Mais ceci, en revanche, aurait été malvenu et inapproprié. En regardant Jérôme faire tournoyer Héléna sur la piste, Bonnie comprit qu'elle avait atteint les limites de ce qu'elle pouvait supporter.

— Voudriez-vous bien m'excuser, Tilda ?

Elle sourit à son amie.

— Je suis morte de soif. Il faut que j'aille me chercher un verre.

Matilda acquiesça et Bonnie vit l'inquiétude dans ses yeux. C'était une amie tellement gentille, elle s'inquiétait toujours du bien-être de chacune d'entre elles, elle les maternait et voulait leur bonheur, mais il n'y avait rien qu'elle puisse faire. C'était une situation idiote, et Bonnie l'avait elle-même provoquée. Elle avait su dès le départ que Jérôme était inaccessible, mais ils s'étaient tant amusés ensemble qu'elle s'était laissée aller à l'oublier. Eh bien, cela avait été merveilleux le temps que cela avait duré, et à présent, c'était fini.

Elle se hâta en direction de la table où l'on servait les rafraîchissements et se servit un peu de limonade. Bizarrement, elle n'avait pas envie de champagne ce soir. L'idée de noyer son chagrin et de permettre à l'alcool d'engourdir son être était tentante, mais son estomac se rebellait à cette idée. Une fois qu'elle eut un verre en main — pour que Matilda ne pense pas qu'elle lui avait menti —, elle s'échappa de la pièce et s'éloigna dans le couloir.

Quelle demeure immense. Même si cela faisait plusieurs semaines que Bonnie était là, elle n'avait vu qu'une fraction de la bâtisse colossale. Jérôme l'avait quelquefois emmenée en exploration, mais le temps s'était montré si clément qu'ils avaient tous les deux préféré rester dehors. Mais il lui avait fait voir la galerie de tableaux, lui avait raconté les histoires de quelques-uns de ses ancêtres et fait le pitre pour elle devant un portrait lugubre d'un vieil homme qui les avait regardés d'un mauvais œil depuis le mur, comme s'il savait très bien qu'ils préparaient de mauvais coups.

L'héritage illustre que pouvait revendiquer Jérôme n'avait que mis en relief le gouffre qui les séparait, mais elle s'amusait alors bien trop en sa présence pour s'en inquiéter. Seigneur, cela ne faisait-il que quelques semaines ? Pourquoi avait-elle gâché leur amitié en essayant de le séduire ? Malgré tout, au fond d'elle, elle ne regrettait rien, pas même leur accouplement sauvage sous l'énorme vieux chêne. C'était des souvenirs qu'elle chérirait lorsqu'elle se retrouverait seule et loin de tout, et personne ne pourrait jamais les lui enlever.

Bon. Bonnie chassa ces pensées larmoyantes et tâcha de se concentrer sur l'exploration et l'aventure. Elle partirait en excursion, comme si elle était l'héroïne d'un roman gothique, cela lui changerait les idées et chasserait sa mauvaise humeur. Peut-être n'était-elle pas une héroïne à la taille de guêpe, mais elle était orpheline, elle était dans le pétrin, comme les personnages de roman le sont souvent, et peut-être n'y avait-il pas de moines fous ou de sombres vilains à sa poursuite, mais elle avait suffisamment d'imagination pour remédier à cela. L'atmosphère plutôt intimidante de cette grande demeure lui fournirait bien assez d'inspiration.

Elle se souvint de ce qu'Harriet avait dit à propos du fantôme qui était supposé vivre dans la maison. L'arrière-arrière-grand-père de Saint-Clair avait reconstruit l'aile ouest et placé une cuisine au-dessus de l'ancienne chapelle. L'histoire racontait qu'il avait été châtié et qu'il était depuis condamné à errer dans les couloirs les nuits de tempête. Il ne faisait pas encore noir, un coucher de soleil somptueux éclairait le ciel derrière les fenêtres, il n'y avait aucune tempête en vue ; mais bientôt, la lumière déclinerait et la maison serait remplie d'ombres.

L'histoire glauque et la pénombre grandissante concordaient parfaitement avec l'humeur de Bonnie, qui partit donc à la recherche d'un spectre.

Jérôme regarda Bonnie monter les escaliers et fronça les sourcils. Il savait très bien qu'elle était malheureuse, et il se sentait misérable, car il n'ignorait pas que c'était de sa faute. Peut-être que c'était elle qui s'était jetée sur lui cette première fois, mais elle ne l'avait pas menacé d'un pistolet, et il n'avait pas été obligé d'accepter. Elle avait été survoltée après leur aventure, sans oublier le verre de brandy. Elle n'était peut-être pas saoule, mais elle n'avait pas l'habitude des alcools forts, il aurait dû en tenir compte. C'était lui qui aurait dû se comporter en gentleman. Il était celui qui avait l'expérience, il aurait dû savoir qu'il ouvrait la boîte de Pandore la première fois où ses lèvres avaient rencontré celles de Bonnie, mais il lui avait été impossible de résister. Seigneur, n'avait-il aucune volonté ? Mais quand ils se retrouvaient ensemble, les flammes s'éveillaient. Même s'il savait qu'il aurait dû garder ses distances comme elle le lui avait demandé, cela le tuait de constater que l'étincelle qui l'avait attiré chez Bonnie la première fois s'était éteinte. Il devint subitement impératif qu'il la fasse sourire, qu'il la fasse rire et qu'il ramène cette lueur malicieuse dans ses yeux.

Il partit rapidement à sa suite et monta les escaliers. Il réalisa qu'elle se dirigeait vers l'aile ouest, qui était très loin de sa propre chambre. Sans doute le chat curieux partait-il en exploration.

Jérôme sourit tout seul. Il savait exactement quoi faire.

Quand il eut retourné l'armoire à linge pour trouver ce qu'il cherchait, Bonnie avait disparu depuis longtemps, et il fallut un certain temps à Jérôme pour la localiser. Elle avait ramassé une chandelle quelque part, et déambulait en observant dans les pièces et en sursautant au moindre grincement de parquet.

Jérôme la suivit silencieusement et ouvrit une porte dont les gonds poussèrent un grincement aigu de protestation. Il poussa un juron silencieux et se jeta hors du couloir avant que Bonnie ne l'aperçoive.

Il l'entendit jurer et s'intimer de ne pas être une telle poule mouillée alors qu'elle examinait le couloir vide et eut du mal à étouffer son rire. Mais elle était venue dans l'aile ouest — tout le monde savait que cette partie de la maison était supposée être hantée — dans le but même d'avoir peur. Il ne serait pas un véritable ami s'il ne l'y aidait pas.

Jérôme, tout comme son frère, avait passé beaucoup, beaucoup d'après-midi pluvieux à explorer tous les passages secrets et les cachettes que possédait un bâtiment si vaste et si ancien, il ne fut donc pas très compliqué de devancer Bonnie et de lui tendre un piège.

Des bruits de pas résonnèrent faiblement dans le couloir et il retint sa respiration, tapi dans l'alcôve, jusqu'à ce que la lueur douce de la chandelle affecte la pénombre environnante. Avec un hurlement à glacer le sang, il bondit devant elle, recouvert d'un drap qui ondula dans l'obscurité.

Le cri faillit lui percer les tympans et fut aussitôt suivi par un bruit sourd, car Bonnie avait jeté la première chose qu'elle avait pu saisir dans sa direction. À en juger par le son qui retentit lorsque l'objet heurta le mur, elle n'avait raté sa tête que d'un cheveu.

— Bonnie, Bonnie, c'est moi ! s'exclama-t-il en se débattant pour se débarrasser du drap et en le jetant sur le sol.

Par miracle, elle tenait encore la chandelle, il put apercevoir un bref éclat de sauvagerie dans ses yeux avant qu'elle ne se jette sur lui en le frappant de sa main libre.

— Espèce de monstre ! cria-t-elle. Vous n'êtes qu'un idiot, un idiot et un horrible personnage !

Jérôme s'esquiva et recula en souriant.

— Pardonnez-moi. Je suis désolé, mais je n'ai pas pu m'en empêcher quand je vous ai vue rôder comme si vous étiez au beau milieu de l'intrigue folle d'un roman gothique. L'occasion était trop belle.

— Oh, je pourrais bien vous étriper, dit-elle avec émotion.

Elle avait encore le souffle court, s'adossa contre le mur et posa la main sur le cœur. Elle glissa sur le sol et mit sa tête entre ses genoux. Lorsqu'elle reprit la parole, les jupons étouffèrent le son de sa voix.

— Je jure devant Dieu que j'ai bien cru ma dernière heure arrivée.

Jérôme ricana, et quand Bonnie releva la tête, il vit ses lèvres tressaillir.

— … Je vous déteste.

Elle lui lança un regard noir, mais les commissures de ses lèvres étaient relevées : il voyait bien qu'elle n'était plus en colère.

— J'aurais aimé pouvoir voir votre tête, dit-il en secouant la tête avec regret et en s'asseyant auprès d'elle. Je n'ai pas pu profiter de votre expression de terreur derrière le drap.

Elle pouffa de rire, et il gloussa en ajoutant :

— Vous savez, mes oreilles sont encore en train de siffler.

— Estimez-vous heureux qu'un objet plus lourd ne se soit pas trouvé à ma portée, marmonna-t-elle. J'aurais réduit votre cervelle en bouillie, enfin le peu que vous possédez. Alors vous seriez désolé.

— Ah, allons, Bonnie, dit-il en lui donnant un petit coup d'épaule avec la sienne. Vous seriez désolée aussi, non ? Juste un peu ?

Elle haussa les épaules.

— Vraiment un tout petit peu, maugréa-t-elle. J'espère que ce que je vous ai jeté n'était pas une antiquité d'une valeur inestimable.

— Si c'est le cas, c'est de ma faute, pour vous avoir fait mourir de peur. Ne vous inquiétez pas pour cela.

Ils restèrent assis en silence pendant un moment, la flamme de la chandelle posée sur le sol dansait à côté d'eux. Les doigts pâles de Bonnie froissaient et défroissaient le tissu de sa robe lorsqu'elle déclara :

— Je vais vivre avec Ruth quelque temps. Nous partons demain.

Jérôme fronça les sourcils en se tournant vers elle.

— Si tôt ?

Elle sourit en hochant la tête.

Oui. Songez au soulagement de votre mère d'être débarrassée de moi.

Son ton était juste un petit peu trop joyeux pour être convaincant.

— Je ne veux pas que vous partiez.

Jérôme tendit la main pour prendre la sienne et entremêla leurs doigts. Bonnie posa la tête sur son épaule.

— Ah, et bien, c'est mieux ainsi, dit-elle d'une voix douce. Nous le savons tous les deux. De plus, je dois bientôt retourner en Écosse.

— Pour épouser Gordon Anderson ?

Jérôme ressentit une sensation étrange et désagréable remuer dans sa poitrine à cette idée. C'était déstabilisant, mais c'était probablement normal. Bonnie était son amie, et elle avait suffisamment expliqué à quel point cet Anderson était horrible. Il était inquiet de la voir se marier à un homme qu'elle n'aimait pas du tout, voilà tout. C'était parfaitement naturel qu'il se fasse du souci pour elle.

Elle haussa les épaules.

— Peut-être.

Il se retourna alors pour la regarder.

— Peut-être ? J'ai cru que c'était inévitable, que Morven obligeait ce mariage à avoir lieu.

Il y eut un long silence et il examina le visage de son amie qui avait les yeux perdus dans le vide.

— Je ne veux pas l'épouser, et il ne veut de moi que pour ma dot. Il a grand besoin d'argent pour réparer l'endroit où il vit. C'est en train de tomber en ruine. Mais c'est un homme, et un homme fier. Lorsqu'il apprendra que je ne suis plus vierge… eh bien, il pourrait changer d'avis…

Elle se tourna vers Jérôme et lui adressa un sourire bref qui révéla les fossettes de ses joues. Lorsqu'il les voyait, il ressentait toujours l'envie de les toucher, mais cette fois il n'y pensa pas, frappé de stupeur par les mots qui suivirent.

— … Je ne peux que l'espérer.

Une sensation glacée l'envahit et il fronça les sourcils ; cette chose bizarre dans sa poitrine remuait à nouveau.

— Qu'y a-t-il ? demanda-t-elle en se penchant pour examiner son visage.

Jérôme hésita, il ne savait pas s'il avait envie de demander cela, mais…

— Est-ce la raison pour laquelle vous avez fait cela ?

— Fait quoi ?

— Que vous vous êtes offerte à moi ? Avez-vous fait cela dans l'espoir d'éviter le mariage avec Gordon Anderson lorsqu'il le découvrirait ?

Bonnie se figea quelques secondes avant de détourner le regard de Jérôme.

— Bien sûr, répondit-elle d'un ton léger. Pourquoi ?

Une douleur aussi aiguë et tranchante qu'un rasoir traversa Jérôme en lui coupant le souffle. Il prit le menton de Bonnie dans sa main et tourna le visage de la jeune femme dans sa direction.

— Vraiment ?

Sa voix tremblait, subitement, il était très important de connaître la réponse.

Elle le dévisagea en étudiant l'expression de son visage, puis soupira.

— Non, répondit-elle avec un nouveau soupir. Non, bien sûr que non. Ne soyez pas idiot. Vous savez que ce n'est pas la vérité, même si je sais que cela ne change rien.

Elle poussa un petit rire et posa la main sur le visage de Jérôme.

— Êtes-vous rassuré ? Votre fierté masculine a-t-elle été restaurée ?

Jérôme déglutit, dérangé par la façon dont ses tripes avaient été retournées. Se sentir à ce point… à ce point *bouleversé* était insupportable. Il avait l'habitude de tomber amoureux puis de passer rapidement à autre chose, mais cela lui avait toujours semblé assez simple. Il y avait quelques semaines ou même quelques mois de bonheur enivrant et de plaisir physique, suivi de quelques jours ou semaines de mélancolie. C'était quelque chose dont il avait pris l'habitude, mais cela en revanche… pourquoi

Bonnie le bouleversait-elle à ce point ? Il y avait trop de *sentiments* mélangés dans tout cela, et aucun d'eux n'était simple. Tout était devenu un enchevêtrement de choses compliquées et il n'aimait pas cela, pas du tout. Voilà ce qui arrivait lorsque l'on fricotait avec une amie.

— Jérôme ?

Bonnie continuait à le dévisager avec une expression inquiète et Jérôme comprit qu'il fallait répondre.

— Comme neuve, dit-il en souriant bien que son visage lui parût raide et inflexible.

— Et ne vous inquiétez pas. Je ne dirai ni à lui ni à Morven de qui il s'agissait, ainsi, vous n'aurez pas à vous soucier de voir débarquer quelqu'un prêt à venger mon honneur. Même s'il y a peu de chance que cela arrive, ajouta-t-elle en gloussant. Je ne pense pas qu'ils seront surpris. Ils ont toujours cru que je provoquerais ma disgrâce.

— Vous devriez le leur dire.

Jérôme fut lui-même surpris par la force de sa réponse. Il ajouta :

— … Et ils ont intérêt à venir venger votre honneur. Pour l'amour du ciel, de quel genre d'individus s'agit-il ?

Jérôme savait que les yeux de Bonnie étaient posés sur lui, mais il ne croisa pas son regard. Il se sentait raide et en colère, comme s'il voulait frapper quelque chose ou quelqu'un, mais il ne parvenait pas à savoir qui ou quoi ou… Seigneur, tout se mélangeait bon sang !

— Merci.

Jérôme ferma les yeux et raffermit sa prise de la main de Bonnie.

— Je ne veux pas que vous partiez. Je n'aurais plus personne avec qui faire des bêtises.

Sa déclaration ressemblait à celle d'un enfant gâté, mais il n'y pouvait rien.

— Allons, vous aurez toujours Cholly, Algae et Gideon, répondit-elle en pressant ses doigts. Vous vous débrouilliez très bien sans moi avant que je ne fasse irruption dans votre vie. Je m'attends à lire votre nom chaque semaine dans la presse à scandale, donc ne me décevez pas.

— Ce n'est pas la même chose, grommela-t-il.

— J'espère bien.

Elle rit et percuta doucement son épaule à nouveau. Il essaya de faire la même chose, mais il avait le cœur serré, il se sentait toujours en colère et… et… il ne savait pas exactement ce qu'il ressentait, mais il n'aimait pas cela. Pas du tout. Peut-être était-ce une bonne chose qu'elle parte, finalement. Les choses reviendraient à la normale, sa vie également, sans que cette folle créature ne rende tout tellement compliqué. Sa gorge se serra.

— Je ferais mieux de partir, déclara Bonnie en remuant comme si elle s'apprêtait à s'éloigner de lui.

Jérôme serra sa main plus fort et elle s'immobilisa en souriant.

— Si je reste, nous allons tous les deux finir nus, et, aussi charmante soit cette idée, je ne suis pas sûre qu'elle soit bonne.

Il sentit le désir s'éveiller en lui instantanément et se força à le réprimer. Bon sang, il n'était quand même pas une telle fripouille, si ? Elle partait demain, et il ne la reverrait probablement jamais. Ce n'était pas parce qu'il avait douloureusement envie d'être en elle que c'était une raison suffisante pour céder à ce désir. Seigneur, elle était peut-être déjà enceinte.

— Bonnie, si quelque chose arrive, si —

— Cessez de vous inquiéter, répondit-elle en secouant la tête. Tout ira bien.

— Mais…

— Je sais, dit-elle.

Elle se pencha et déposa un baiser sur sa joue.

— Vous êtes un homme bon, Jérôme Cadogan, et n'importe quelle femme serait fière de devenir votre épouse. Si les choses n'étaient pas ce qu'elles étaient, je sais que c'est ce que je ressentirais.

— Bonnie, dit-il d'une voix rauque.

Elle pressa un doigt sur ses lèvres et sourit à nouveau, les yeux très brillants. Lorsqu'elle répondit, sa voix était tremblante.

— Ne me faites pas pleurer, le supplia-t-elle.

Elle déplaça son doigt pour lui caresser le visage. Il la contempla, déchiré, il ne savait pas quoi faire ni quoi dire hormis :

— Vous allez me manquer.

Il fallait qu'il lui dise au moins cela. Ce n'était rien de moins que la vérité.

Une grosse larme roula le long de sa joue et Jérôme sentit son cœur se serrer.

— Regardez ce que vous avez fait, misérable, se plaignit Bonnie qui essuya la larme en riant et en pleurant en même temps.

— C'est la vérité, insista-t-il.

Il avait lui aussi très envie de pleurer, ce qui était ridicule. Il ne pleurait jamais, pas même lorsqu'il croyait avoir le cœur brisé quand une relation se terminait mal.

— Arrêtez, gémit-elle.

Elle se pencha et posa sa bouche contre celle de Jérôme.

Un désir brûlant s'alluma aussitôt et il l'entoura de ses bras en l'attirant vers lui et en l'embrassant plus passionnément ; son corps réagit en conséquence.

Mais cette fois, elle rompit le baiser et plongea les yeux dans les siens. Jérôme savait qu'ils ne pouvaient pas. C'était fini. Si elle ne voulait pas l'épouser, il le fallait.

Il inspira profondément en essayant de se calmer. Il la serra dans ses bras juste un peu plus longtemps. Il y avait une douleur triste et douce dans sa poitrine et il avait du mal à respirer.

Bonnie le serra plus fort, et déposa un autre baiser sur sa joue.

— Au revoir, Jérôme, murmura-t-elle. Je ne vous oublierai jamais. Aussi longtemps que je vive.

Elle se leva et cette fois il ne l'en empêcha pas. Elle ramassa la chandelle et la flamme trembla en projetant des ombres folles autour d'elle.

— Il n'y a qu'une chandelle, dit-elle en lui jetant un regard interrogateur.

— Ce n'est pas grave, dit-il. Ce n'est pas la première fois que je me promène ici dans le noir. Je retrouverai mon chemin.

Bonnie hocha la tête et le regarda encore un instant.

— Soyez heureux, dit-elle doucement.

Elle partit.

Jérôme resta immobile longtemps, et lorsqu'il finit par se lever, il n'avait aucune idée de ce qu'il allait faire. Retourner en ville, supposait-il, reprendre sa vie là où il l'avait laissée avant que Bonnie n'y fasse son entrée. Il sourit tout seul, il savait que cet été resterait à jamais gravé dans sa mémoire comme une période de chaleur, de soleil, et de plus de rires qu'il n'en avait jamais connus.

— Soyez heureuse, ma très chère Bonnie, murmura-t-il à l'obscurité, avant de repartir vers sa chambre.

Chapitre 7

Je suis dans un tel pétrin. Que dois-je faire ?

— Extrait du journal de Bonnie Campbell.

22 octobre 1814. Upper Walpole Street, Londres.

Cela faisait trois semaines qu'elle n'avait pas vu Jérôme. Trois semaines qu'elle lui avait dit au revoir en lui souhaitant d'être heureux. Trois semaines de retard de règles.

Durant ce laps de temps, la presse à scandale avait fait moult mentions de Jérôme Cadogan. Apparemment, il fréquentait de nouveau ses amis et, bien qu'il n'y ait eu aucune mention d'un comportement révoltant de sa part, il avait été aperçu en compagnie de lady Héléna suffisamment souvent pour que cela se remarque. Bien, s'était dit Bonnie. C'était une bonne chose. Elle lui avait rendu sa liberté, comme promis, et il épouserait lady Héléna, ferait la fierté de sa maman et vivrait heureux pour toujours et… et…

Bonnie enfonça son visage dans l'oreiller et sanglota bien qu'elle méprisât sa réaction. Cela ne changerait rien. Elle n'était plus vierge, et Morven n'en serait que plus déterminé à la marier à son cousin pour lui épargner la honte. Bien sûr, elle n'avait pas l'intention d'accepter cela, mais elle savait à quel point il était difficile de tenir tête au comte. Il était impressionnant, et il n'hésitait pas à faire ce qu'il fallait pour obtenir gain de cause. Cela serait déjà suffisamment difficile de garder le silence sur l'identité du père. Elle savait qu'il essaierait de la convaincre que ce bébé avait besoin d'un nom de famille. Comment nier cela ? Elle ne voulait pas condamner l'enfant à être un bâtard, mais elle ne voulait épouser personne d'autre que Jérôme et ne souhaitait pas le piéger de cette façon. Elle espérait simplement qu'Anderson ait trop de fierté pour s'occuper du bâtard d'un autre. Elle en avait conclu que cela dépendrait sûrement de son niveau de détresse financière. S'il refusait de l'épouser, Morven l'aiderait. Il l'enverrait dans un endroit tranquille et la laisserait élever son enfant en paix. Il n'apprécierait pas cela, mais il le ferait.

Malgré tout, Bonnie ne parvenait pas à regretter le bébé qu'ils avaient créé. Elle aurait une partie de Jérôme pour toujours, et cela signifiait plus que tout à ses yeux. Elle avait toujours adoré les enfants et avait espéré avoir une grande famille. Lorsqu'elle était petite, elle avait rêvé d'un mari qui la chérissait et d'une tripotée d'enfants à aimer et sur lesquels veiller. Elle en avait vraiment marre d'être seule, mais elle avait constaté qu'être seule était moins désagréable que d'être parmi des gens qui ne désiraient pas votre compagnie. Elle savait qu'elle était très loin d'être une jeune lady parfaite ; mais même si elle doutait de sa propre valeur, elle savait quand même qu'elle méritait mieux que cela.

Au moins, elle aurait un fils ou une fille à aimer, et qui l'aimerait. Elle ferait une formidable mère, elle y mettrait tous ses efforts et ferait de son mieux, ainsi elle recevrait l'amour de l'enfant qui souhaiterait sa compagnie. N'est-ce pas ?

Il faudrait sûrement prévenir Jérôme. Ce n'était pas juste qu'il ignore l'existence de leur enfant, mais pas maintenant. Si elle lui disait maintenant, il se sentirait obligé d'agir avec honneur, et elle doutait d'être capable de le convaincre à nouveau du contraire. En vérité, elle doutait même d'être capable de suivre ses propres principes, quand l'idée d'affronter le futur toute seule était si intimidante. Comme il serait facile de retrouver Jérôme, de tout avouer, et de le laisser prendre soin d'elle. L'idée était terriblement tentante, sauf quand elle imaginait comment elle se sentirait vis-à-vis de ce choix dans un an ou deux… lorsqu'il serait bel et bien pris au piège. Il adorait sa compagnie parce qu'elle était amusante et prête à vivre des aventures folles avec lui, mais lorsqu'ils seraient mariés et auraient des enfants, il faudrait mettre un terme à tout cela et il verrait qu'il avait fait une erreur. Il était déjà suffisamment difficile de faire fonctionner un mariage voulu par les deux partis quand l'amour était au rendez-vous. Quand ce n'était pas le cas, les choses pouvaient dégénérer très vite. Elle n'arrivait pas supporter l'idée qu'il la regarde avec de la rancœur ou des regrets, ni celle de subir les reproches que sa mère lui adresserait sans le moindre doute — qu'elle les dise à haute voix ou pas.

Non. Elle lui dirait un jour. Plus tard. Peut-être lorsqu'elle serait installée.

Bonnie s'essuya les yeux, se gronda de s'apitoyer ainsi sur son sort et s'assit dans le lit. Elle fut aussitôt assaillie par la nausée et gémit. Elle n'avait pas encore été réellement malade, Dieu merci, mais elle se sentait très mal et avait complètement perdu l'appétit. Cela semblait étrange et très injuste qu'elle se retrouve enceinte et que pour la première fois de sa vie, elle perde du poids, mais il n'y avait pas de doute.

Des coups furent frappés à sa porte et la bonne pénétra vivement dans la chambre. Elle déposa une tasse de thé et un gâteau sur la table de chevet.

— Miss Stone part faire des emplettes ce matin, miss, et souhaite savoir si vous désirez l'accompagner ?

Bonnie attrapa le gâteau et prit une bouchée prudente qu'elle mâcha doucement.

— Non, merci, Jenny. Je vous prie de présenter mes excuses à miss Stone, mais j'ai de la correspondance à rédiger.

— Très bien, miss. Dois-je préparer le carnet de timbres ?

Bonnie acquiesça et saisit la tasse de thé. Le morceau de biscuit semblait s'être niché au fond de sa gorge. Il fallait qu'elle parte. Dans peu de temps, sa condition serait apparente. Jenny serait la première à deviner et ensuite tout irait très vite. C'était

Morven qui avait employé la jeune femme et elle s'empresserait de tout lui raconter, Bonnie n'en doutait pas. La jeune femme fut envahie d'une bouffée de chaleur, suivit par une vague glacée en réalisant que Jenny devinerait probablement qui était le père et aurait sans doute l'amabilité de livrer de ce petit détail aussi. Oh, Seigneur. Eh bien, il faudrait qu'elle nie en bloc. Elle leur dirait que c'était un autre homme, un invité au bal de fiançailles, peut-être ? Elle pouvait dire qu'elle était saoule et ne savait pas de qui il s'agissait. Cela ne la présenterait pas sous un jour très glorieux, mais il était probable que personne ne s'en étonne. Bonnie était de la mauvaise graine, tout le monde avait toujours pensé cela. Ils seraient sans doute très contents d'avoir eu raison.

Quoiqu'il en soit, un énorme scandale éclaterait, et il ne serait pas très gentil de sa part de faire tremper la pauvre Ruth dans cet horrible bourbier. Elle s'était montrée très bonne envers Bonnie, et ses propres chances de faire une union convenable étaient déjà suffisamment fragiles malgré son énorme fortune à cause de la grossièreté de son père.

Elle était terrorisée, mais il ne servait à rien de retarder l'inévitable. Elle ne pouvait pas mettre Ruth dans l'embarras, donc elle ne pouvait pas rester. Elle n'accepterait pas l'humiliation d'être ramenée en Écosse par Gordon Anderson, et ce n'était plus qu'une question de temps avant qu'il apparaisse sur le seuil de la porte. Non, elle retournerait en Écosse, mais quand elle serait prête, et… elle n'était pas prête.

Elle était peut-être lâche, mais elle avait besoin d'un peu de temps pour se faire à l'idée de devenir mère célibataire avant de pouvoir regarder Morven dans les yeux et tout avouer. Eh bien, ce serait du gâteau.

— Pourquoi sommes-nous ici ?

Jérôme sursauta et regarda autour de lui ; une voix impatiente l'avait fait sortir de sa rêverie.

Lady Héléna Adolphus le regardait, bras croisés. Elle était ravissante, toute vêtue d'une pelisse d'un vert profond qui faisait ressortir la couleur de ses yeux. Une charmante coiffe, bordé de feuilles de velours vertes, complétait sa toilette, et Jérôme avait remarqué les nombreux regards admiratifs qu'elle avait reçus alors qu'ils traversaient Bond Street ; un valet et sa bonne les suivaient discrètement à quelques pas derrière eux.

— Euh… pour faire des emplettes ? proposa Jérôme.

Mais il se doutait que ce n'était pas la réponse qu'elle attendait. Elle leva les yeux au ciel avec un soupir exaspéré ; le jeune homme se félicita d'avoir eu raison.

— Oui, mais pourquoi est-ce que *vous* êtes ici ?

Jérôme ouvrit la bouche puis la referma, incertain de la meilleure réponse à donner. La sortie avait été organisée quelques jours auparavant, et, bien qu'il eût accepté d'y participer, il aurait été incapable de se souvenir des détails de la conversation même si sa vie avait été menacée.

— Pour le plaisir de votre compagnie, s'aventura-t-il avec un sourire maladroit.

Héléna poussa un grognement fort peu distingué et lui lança un regard qui aurait fait pleurer de jeunes enfants. Il n'était pas un jeune enfant, se rappela-t-il avec férocité, et réprima le désir urgent de tirer sur sa cravate.

— Oh, je vous en prie, soupira-t-elle. Vous n'avez pas plus d'intérêt pour moi que je n'en ai pour vous. C'est votre satanée mère qui ne cesse d'arranger ces sorties, nous le savons tous les deux, et dans quel but, je l'ignore. Sans doute a-t-elle dû remarquer que vous préféreriez être n'importe où plutôt qu'ici ; quant à moi, je n'ai pas non plus la moindre intention de vous épouser.

Jérôme la regarda pendant un long moment avant de laisser échapper un soupir.

— Oh, Dieu merci, déclara-t-il.

— Vraiment ! s'écria Héléna d'un ton indigné. Il n'y a pas besoin d'être grossier.

— Oh, lady Héléna, je vous prie de m'excuser… je…

Elle ricana et secoua la tête.

— Oh, bouclez-la, dit-elle avec un petit rire en surprenant Jérôme. Ce n'est pas comme si j'en avais quelque chose à faire.

Elle poussa un lourd soupir, puis lui jeta un coup d'œil, un sourire en coin sur les lèvres.

— Le problème, c'est que j'aimerais bien en avoir quelque chose à faire. Mon frère et sa femme s'affichent et roucoulent dans toute la maison et je meurs d'envie de tomber amoureuse de quelqu'un, mais cela n'arrive pas. Cela m'ennuie tant.

— Je sais, déclara Jérôme en hochant la tête.

Il les fit contourner deux dandys aux tenues criardes qui prenaient des airs et gloussaient en occupant toute la place.

— Vraiment ? demanda-t-elle, visiblement surprise.

— Oui, répondit-il avec un air contrit. J'ai dû tomber amoureux une demi-douzaine de fois ces dernières années, mais la seule personne que je souhaiterais aimer…

— Oh.

Héléna rougit et Jérôme se rendit compte de son erreur.

— Oh, non, dit-il précipitamment. Je ne parle pas de vous.

Les sourcils de la jeune femme se haussèrent, et Jérôme sentit ses propres joues se teinter en réalisant qu'il venait, une fois encore, de l'insulter malgré lui.

— Je vous prie de m'excuser, dit-il avec un grognement. Peut-être ferais-je mieux de garder la bouche fermée.

— Ce serait plus prudent, acquiesça-t-elle sèchement. Mais beaucoup moins amusant.

Elle lui sourit, et Jérôme poussa un soupir de soulagement.

— Eh bien, c'est bon de savoir que l'on me trouve encore amusant, au moins.

— Eh bien non, répondit lady Héléna avec un soupir à fendre l'âme. Vous êtes un modèle de vertu ces derniers temps, horriblement ennuyeux. Qu'est-ce qui vous prend ?

— Je ne sais pas.

Jérôme haussa les épaules et accepta docilement de tourner lorsque Héléna lui tira le bras pour admirer une vitrine. Il expliqua :

— … Mon frère m'a réprimandé il y a peu, et je lui ai promis de faire des efforts, c'est une des raisons, mais…

— Mais ? demanda-t-elle en arrachant son regard d'un ouvrage assez bizarre, constitué d'un assemblage de dentelles et de froufrous qui faisait fureur sur les chapeaux des dames en ce moment.

— Mais… je ne sais pas, admit-il.

Que pouvait-il dire d'autre ? Qu'il se sentait à la dérive ? Que sa vie n'était qu'une succession sans fin de jours grisâtres qui se fondaient les uns dans les autres et qu'il étouffait d'ennui ? Que son amie lui manquait ?

La vision brève d'une paire d'yeux rieurs et de deux fossettes jaillit dans son esprit et il soupira. Il sentait qu'Héléna l'observait.

— *Lassitude*, dit-elle en émettant le diagnostic avec un sourire en coin. Je connais bien. Je suis moi-même en phase terminale.

— Que devons-nous faire pour y remédier ? lui demanda-t-il en priant pour qu'elle ait une réponse.

Une fois de plus, elle leva les yeux au ciel et Jérôme se dit que tout individu envisageant sérieusement de courtiser Héléna Adolphus aurait besoin de posséder une forte personnalité et un ego solide, autrement il serait un homme brisé en moins d'une semaine.

— Si je le savais, je ne serais pas ici en votre compagnie, ne croyez-vous pas ? rétorqua-t-elle.

Jérôme éclata de rire. Même s'il préférerait s'enfoncer des épingles dans les yeux plutôt que d'épouser Héléna, il l'appréciait. Elle était de bonne compagnie, dans un style brutal et douloureux.

— C'est juste.

Elle lui sourit, puis se tourna de nouveau vers le chapeau.

— Qu'en pensez-vous ? demanda-t-elle en penchant sa tête d'un côté puis de l'autre.

— C'est une abomination.

— Oui, déclara-t-elle avec un lourd soupir. C'est ce que je me disais aussi.

— Et maintenant ?

Il patienta pendant qu'elle réfléchissait en serrant les lèvres.

— Lorsque l'on doute, il faut manger de vastes quantités de gâteaux. Ramenez-moi chez moi. Je sais de source sûre que la cuisinière a préparé des scones ce matin, et sa confiture de mûre est une merveille. Il nous faut étouffer notre ennui à l'aide de crème et de marmelade.

— Cela me va, répondit Jérôme qui était soulagé de plus avoir à prétendre la courtiser.

Tandis qu'ils marchaient, une pensée lui traversa l'esprit : il aurait aimé amener Bonnie chez *Gunter's*. Mon Dieu, elle aimait tant les gâteaux et les sucreries. Il imaginait très bien son expression en découvrant toutes les confections délicieuses que l'élégante boutique proposait.

Il était probable qu'elle…

Il arrêta cette rêverie avant qu'elle n'aille trop loin. C'était fini. Elle l'avait dit, et elle avait raison. Il savait qu'elle avait raison.

Et pourtant…

24 octobre 1814. St James, Londres.

— De quoi diable s'agit-il, Thomas ? grommela Jérôme lorsque son valet le sortit d'un rêve désagréable.

 Il avait mis des heures à s'endormir ; maintenant il avait du mal à ouvrir les yeux et était d'humeur irritable.

— Bon Dieu. Quelle heure est-il ?

— Je vous demande pardon, monsieur. Il n'est pas encore huit heures, mais une jeune dame en bas demande à vous voir sur le champ. Elle dit que c'est une urgence.

Jérôme se réveilla instantanément, le cœur battant. *Oh, Seigneur. Bonnie.*

— Quelle jeune femme ? demanda-t-il en rejetant les couvertures.

— Une miss Stone, monsieur.

Jérôme s'immobilisa. Il fronça les sourcils en essayant de se rappeler de qui il s'agissait. Malédiction. Ruth Stone. L'amie chez qui Bonnie séjournait.

— Hâtez-vous, Thomas, ordonna Jérôme.

Les deux hommes s'activèrent, et dix minutes plus tard, Jérôme, encore en train de boutonner son veston, descendit les escaliers en direction du salon où il trouva une miss Stone très agitée qui l'attendait.

— Que s'est-il passé ? demanda-t-il en faisant fi de toutes les formalités auxquelles un gentleman devait se plier lorsqu'il saluait une lady.

Miss Stone hocha la tête en direction de sa bonne.

— Veuillez attendre dehors, je vous prie, Rachel.

La domestique, une femme d'un âge plus avancé avec une expression féroce, parut mécontente et lança un regard désapprobateur en direction de Jérôme.

— Vous pouvez laisser la porte entrebâillée, ajouta miss Stone en lui renvoyant un regard tout aussi féroce.

La bonne abdiqua et obéit. Jérôme patienta difficilement et se tourna aussitôt vers son invitée lorsque la femme disparut.

— Que s'est-il passé ? demanda-t-il à nouveau en serrant les poings pour s'empêcher de la secouer pour obtenir la réponse. S'agit-il de Bonnie ?

Miss Stone hocha la tête.

— Elle est partie.

— Partie ? Partie où ?

— Si je le savais, je ne me présenterais pas ici à une heure aussi déraisonnable de la matinée, déclara sèchement miss Stone.

Elle réalisa à quel point elle avait répondu grossièrement, prit une profonde inspiration et quelques secondes pour se reprendre.

— … Je vous prie de m'excuser, Mr Cadogan…

Jérôme fit un geste impatient.

— Pas besoin d'excuses, miss Stone. Dites-moi ce que vous savez. A-t-elle dit quelque chose ? A-t-elle laissé un message ?

Miss Stone hocha la tête. Elle plongea la main dans son réticule et lui tendit le message, mais serra les doigts lorsqu'il essaya de s'en emparer. Jérôme leva les yeux vers elle alors qu'ils tenaient tous les deux la lettre.

— Ce qui est écrit là-dessus est de nature privée, Mr Cadogan. J'aurais fait tout mon possible pour la retrouver moi-même, mais je suis censée partir quelques jours avec mon père, et je suis extrêmement pressée. Si je ne suis pas prête à temps, il va s'énerver, puis il voudra savoir ce qui m'a mise en retard. Et s'il s'agit de quelque chose qui ressemble de près ou de loin à un scandale, il ne me laissera plus jamais hors de sa vue.

Jérôme pouvait très bien comprendre pourquoi miss Stone préférait éviter que son père ne reste constamment avec elle. Il ne l'avait pas rencontré, mais il avait la réputation d'être grossier, ce qui ne pouvait que réduire les chances de la demoiselle de trouver un bon parti.

La jeune femme prit une profonde inspiration et expliqua la raison de sa présence.

— Si je suis ici, c'est parce que je crois… je crois que vous avez été un ami *très spécial* pour Bonnie, et j'espérais…

Jérôme sentit une chaleur diffuse grimper le long de sa nuque en entendant les mots de la jeune femme. Oh, miss Stone savait exactement quel genre d'*ami* il avait été pour Bonnie, voilà pourquoi elle était ici.

— Je comprends, l'interrompit-il. Je préférerais mourir que de savoir qu'il est arrivé quelque chose de mal à Bonnie. Quel que soit le problème, vous pouvez compter sur mon aide et ma discrétion.

Miss Stone poussa un soupir et hocha la tête avant de lâcher la missive, que Jérôme ouvrit avec des mains quelque peu tremblantes.

Ma très chère Ruth,

J'espère que vous me pardonnerez de vous causer le moindre souci ou la moindre inquiétude, mais j'ai décidé qu'il me fallait partir. Mr Anderson risque d'arriver d'un jour à l'autre sur le seuil de votre porte, j'en ai bien conscience, et je ne suis pas prête à repartir en Écosse. J'y retournerai, c'est promis. Mais j'ai besoin d'un petit peu de temps seule, avant de me résoudre à accepter mon triste sort. Je vous supplie de ne pas vous inquiéter pour moi. Je ne suis pas partie avec Jenny, car je sais qu'elle m'espionne pour le compte de Morven, mais je compte engager une autre bonne, et m'installer dans un quartier respectable. Il me faut du temps pour réfléchir, sans que l'ombre de Morven ou de Mr Anderson ne vienne me souffler dans le cou. Ce ne sera que pour quelques semaines, peut-être un mois, deux au plus, et tout ira bien. J'ai assez d'argent pour prendre soin de moi, et je ne suis réellement pas aussi bête que certains aiment à le croire.

Je dois vous remercier, ma très chère Ruth, d'être une amie aussi aimante et douce envers moi, et je m'en veux de vous causer le moindre tracas, mais je ne vois aucun autre moyen d'obtenir le temps dont j'ai besoin.

Je vous écrirai à nouveau sous peu, dès que je serai installée, pour vous rassurer sur mon sort.

Votre amie,

Bonnie.

Lorsque Jérôme eut fini de lire la lettre, il leva les yeux et croisa le regard de miss Stone.

— Je sais ce que vous vous dites, dit-elle en se tordant les mains. Vous trouvez qu'il s'agit là d'une lettre parfaitement raisonnable et qu'il me faudrait respecter ses souhaits.

Jérôme hésita.

— En partie, dit-il — bien qu'il s'agisse d'une toute petite partie. Mon premier élan serait de retourner Londres sens dessus dessous pour la trouver. Une jeune demoiselle ne devrait pas se retrouver seule en ville, accompagnée ou non d'une bonne, mais Bonnie n'est réellement pas idiote.

Juste assez pour tomber amoureuse de lui, songea Jérôme avec une vague de désespoir.

Miss Stone acquiesça.

— Je le sais. Malgré son grain de folie, elle a la tête sur les épaules. J'en ai conscience, croyez-moi. C'est juste que —

Le cœur de Jérôme se tordit dans sa poitrine.

— Que ?

— Que je suis restée en sa compagnie depuis que nous avons quitté Holbrooke, et… et qu'elle n'est plus la même. Plus du tout. Je —

Miss Stone s'interrompit, un soupçon de rouge tinta ses joues.

— Vous pouvez parler franchement, miss Stone, dit Jérôme en se préparant au pire. Peu importe si cela me donne le mauvais rôle. C'est inévitable, j'en ai peur. Je sais que je suis la cause de son malheur, même si… même s'il n'était pas dans mon intention de lui faire du mal. Loin de là, ajouta-t-il à mi-voix.

L'expression de miss Stone s'adoucit juste un peu.

— Il me semble simplement que… qu'elle a le cœur brisé. Elle était si malheureuse, et, en dépit de ce qu'elle a écrit dans cette lettre, j'ai peur. Je ne peux pas m'empêcher de craindre qu'elle n'ait pas été entièrement honnête. Peut-être n'a-t-elle aucunement l'intention de retourner en Écosse.

Ruth s'avança d'un pas vers Jérôme. La peur qu'elle ressentait pour son amie se lisait très clairement dans ses yeux.

— … Et si elle comptait disparaître pour de bon ? Et si nous patientons et ne recevons jamais d'autre lettre ? Si nous partons alors à sa recherche, et qu'il est trop tard ? Il se pourrait que nous ne retrouvions jamais sa trace.

Jérôme hocha la tête.

— Je la trouverai, miss Stone. Je vous en donne ma parole. Si je découvre qu'elle a dit la vérité et qu'il n'y a pas lieu de s'inquiéter, je la laisserai tranquille jusqu'à ce qu'elle soit prête à revenir. Si, en revanche, elle est en détresse, ou…

Il s'interrompit. Bien sûr qu'elle était en détresse. Miss Stone ne venait-elle pas justement de lui dire à l'instant qu'il lui avait brisé le cœur ? Oh, Seigneur. Il faisait un beau salaud. Il fallait qu'il répare ses erreurs.

— Je vous remercie, Mr Cadogan.

Jérôme ricana et secoua la tête.

— Ne me remerciez pas, pour l'amour du ciel, dit-il avec un ton plein de dégoût en se passant la main dans les cheveux avec l'envie de les arracher. Tout est de ma faute.

Miss Stone lui sourit et fit non de la tête.

— Je crois que vous êtes un peu dur avec vous-même. Il est difficile de résister à Bonnie. Être en sa compagnie, c'est être emporté dans un tourbillon de rire et de bêtises, et elle est très persuasive. Dès que vous vous êtes rencontrés, il m'a paru évident que vous étiez semblables.

— Vous êtes trop gentille, miss Stone, déclara Jérôme qui se demandait s'il était possible qu'il ressente encore plus de haine envers lui-même. Bon, y a-t-il autre chose que vous puissiez me dire concernant le départ de Bonnie ?

Chapitre 8

Cher Mr de Beauvoir,

J'espère que vous n'êtes pas trop en colère de recevoir une nouvelle lettre de ma part. Même si vous avez suggéré qu'il était plus sage que nous gardions nos distances, vous m'avez proposé de correspondre avec vous, c'est pourquoi j'ai pris cette liberté. Il m'est impossible, après tout, d'<u>user de mes charmes</u> pour tenter de vous séduire avec du papier et de l'encre, donc vous devez probablement vous sentir rassuré et hors de danger. Si mes charmes ne suffisent pas à vous faire succomber lorsque nous sommes face à face, ce ne sont pas mes talents d'écrivain qui risquent d'accomplir cet exploit.

Quoiqu'il en soit, je voulais vous informer de ceci : j'ai adoré « conversations sur la chimie » de Mrs Jane Marcet. J'avais cru que la matière me serait impénétrable au vu de mon maigre savoir, vous pouvez donc imaginer ma surprise d'avoir, non seulement compris l'entièreté du propos, mais également d'avoir profondément apprécié cette lecture. J'ai également appris d'Harriet — la comtesse de Saint-Clair —, qui m'avait prêté le livre, que vous étiez celui qui le lui avait offert.

Vous avez éveillé mon appétit, monsieur, et même si vous l'avez fait par l'intermédiaire

*d'Harriet, je trouve qu'il serait
monstrueusement injuste de votre part de ne
pas me donner autre chose afin de poursuivre
mon éducation.*

Avec toute mon admiration,

Miss Minerva Butler.

**— Extrait d'une lettre de miss Minerva Butler
à Mr Inigo de Beauvoir.**

24 octobre 1814. Church Street, Isleworth, Londres.

Inigo de Beauvoir jeta un regard sombre à la lettre qu'il tenait dans les mains, et considéra l'idée de la livrer à la flamme la plus proche, ou peut-être de l'asperger d'acide. Peut-être pouvait-il la faire exploser ? Mais il y avait un problème : peu importait l'efficacité de l'oblitération de cette maudite chose, il en avait déjà mémorisé le contenu. À moins de se fracasser la tête avec l'objet contondant le plus proche, il était coincé avec ces mots. Tout comme il était coincé avec le souvenir de cette créature provocante, toute vêtue de jaune comme une innocente jonquille — ha ! — pressant sa bouche pécheresse contre la sienne.

— Hors de danger, murmura-t-il en passant la main sur son visage.

Grand Dieu, personne ne pouvait être à l'abri de miss Butler, même en décidant d'établir un laboratoire quelque part près du centre de la Terre — l'idée était tentante au vu de son état d'esprit actuel. Mais le visage, l'odeur, et plus précisément, la douce caresse des lèvres de la jeune femme avaient été gravés dans sa mémoire pour toute l'éternité, au détriment de son travail, de son sommeil, et de sa tranquillité d'esprit.

— Que marmonnez-vous ?

Inigo se renfrogna et regarda autour de lui, avant de se souvenir de la présence de son ami, le baron Rothborn. Solomon, ou *Solo* pour les intimes, était l'une des rares personnes dont Inigo tolérait la compagnie. Principalement parce que Solo était encore plus asocial que lui. Lorsqu'il était obligé de venir à Londres pour les affaires ou autres, Solo venait souvent trouver refuge dans le laboratoire d'Inigo : c'était un endroit où il était sûr de trouver la paix et la tranquillité. Du moins, d'habitude, c'était le cas.

Solo posa son livre en soupirant.

— Vous avez commencé à marmonner en faisant les cent pas dès l'instant où vous avez ouvert cette satanée lettre. Qui est-elle, pour que vous vous mettiez dans de tels états ?

Inigo ouvrit la bouche, puis la ferma avant de se redresser quelque peu, indigné par le sous-entendu même si ce satané bougre avait raison. Solomon avait toujours été un peu trop perspicace pour le bien-être des gens.

— Cette lettre ne vient pas d'une femme, rétorqua-t-il. Elle… elle vient d'un collègue, et je suis en colère parce qu'il raconte n'importe quoi.

Solo haussa un de ses sourcils élégants.

Inigo fit tout son possible pour lui rendre ce regard implacable, mais finit par abandonner et gémit.

— Cela fait trop longtemps que je vous connais, Inigo, déclara Solo avec un sourire en coin. Vous êtes peut-être un philosophe naturel très brillant, mais, pour l'amour de Dieu, ne vous mettez jamais à jouer aux cartes. Je peux lire en vous comme dans un livre ouvert.

— Il est clair que vous avez eu beaucoup d'entraînement, rétorqua Inigo. Au lieu de passer votre vie le nez plongé dans d'anciens volumes poussiéreux, pourquoi ne pas *faire* quelque chose… enfin, en dehors de me taper sur les nerfs ?

— Arrêtez d'essayer de changer de sujet, répliqua Solo sans se laisser déconcerter par la mauvaise humeur de son ami — il y était habitué, depuis le temps. Qui est-ce ?

— Je vous ai dit que —

— Oh, arrêtez avec cela, dit Solo en levant les yeux. S'il s'agissait d'un collègue ou d'un mystère scientifique, vous seriez en train de me faire saigner les oreilles pour tenter de me faire comprendre la nature de la chose. Étant donné que vous n'avez pas dit un mot, mais que vous êtes visiblement dans tous vos états, il s'agit manifestement d'une femme. Et cela, c'est un sujet dont je suis familier, donc, autant vous confier à moi.

Inigo croisa les bras et lança un regard noir à l'homme, mais Solo lui répondit par un air patient et tranquille. Inigo soupira.

— J'ai une… admiratrice, avoua-t-il avec le même enthousiasme que s'il admettait avoir un furoncle au derrière.

Solo haussa les épaules.

— Ce n'est pas nouveau.

Ce qui était la vérité. Dans la communauté scientifique, Inigo avait atteint le statut de célébrité, et pas seulement parmi les hommes. Quelques-unes des conférences données durant les *conversazioni* du président de la confrérie, Joseph Banks, lui avait attiré les faveurs de nombre d'épouses et de filles de ses contemporains. À présent, il avait un joli tas d'admiratrices, et quelques-unes d'entre elles s'étaient montrées remarquablement… tenaces. Inigo les considérait comme des problèmes mineurs. Aucune d'entre elles n'avait attiré son attention, et il avait balayé leurs avances et leurs tentatives de flirt sans plus de pensées ou d'efforts que pour chasser une mouche ennuyeuse.

Mais miss Butler n'était pas une mouche. Elle avait non seulement attiré son attention, mais parvenait à la maintenir sur elle, plutôt comme un chien féroce qu'il n'osait pas quitter des yeux. Peu importe de quel côté il se tournait pour lui échapper, elle était là, elle le retenait captif, elle le mettait au défi de l'ignorer en le menaçant de conséquences désastreuses s'il le faisait, et de conséquences bien pires s'il ne le faisait pas.

Il se demanda si la demoiselle serait consternée par la comparaison peu flatteuse avec un canidé enragé ; mais à son avis, cela ne la ferait même pas frémir. Cette femme attirante avait un culot monstrueux, et il ne s'était toujours pas remis du choc qu'elle l'ait embrassé. Pire, il n'était même pas sûr de *vouloir* s'en remettre.

— Par tous les cieux, elle vous a fait un sacré effet. Je ne vous ai jamais vu aussi passionné.

Inigo n'avait en réalité ni bougé ni dit un seul mot et savait bien que Solo s'amusait à ses dépens. Mais malheureusement, ce satané bonhomme avait raison ; ils le savaient tous les deux.

— Elle m'a embrassé, dit Inigo à toute vitesse.

Pour sublimer sa gêne terrible, il sentit le rouge lui monter aux joues. Il se détourna pour ne pas voir son ami éclater de rire.

— Eh bien…, répondit Solo.

Inigo pouvait entendre la note amusée dans sa voix, maudit soit-il.

— … C'est un bon moyen d'attirer votre attention. En dehors de s'allonger sur la table pour vous proposer de la disséquer, c'était probablement la seule chose que la pauvre fille pouvait trouver.

— Je suis un philosophe naturel, je ne suis pas biologiste, marmonna Inigo en croisant les bras.

— Le baiser était-il agréable ?

Malgré ses efforts pour l'oublier, son esprit reparti immédiatement à l'instant où miss Butler s'était penchée et avait pressé ses lèvres douces comme des pétales contre les siennes. Elle venait de lui parler d'un homme dont elle s'était entichée, et combien il serait affreusement facile qu'elle en tombe amoureuse. Ses yeux étaient d'un bleu impossible, et il avait aussitôt imaginé une espèce de vaurien séduisant essayant de la faire succomber ; il l'avait alors implorée de ne pas faire de bêtises. *Trop tard*, avait-elle murmuré, puis elle l'avait embrassé.

Cela avait peut-être duré une seconde, ou même moins ; pourtant, en cet instant, le cœur d'Inigo avait cessé de battre, il en était certain. Il était un homme de raison et de sciences, mais durant ce moment hors du temps il pouvait jurer que le monde avait cessé de tourner. Bleu de Prusse ; voilà quelle avait été son unique pensée juste avant qu'elle ne ferme les yeux et ne l'embrasse.

Une teinte incroyable, il n'avait jamais vu de nuance aussi sombre, aussi intense. Ses lèvres… oh, ses lèvres… Les battements de son cœur s'accélérèrent dans sa poitrine alors qu'il imaginait le rose pâle de ses lèvres pleines, leurs courbes douces aussi tendres qu'un bouton de rose…

— Inigo ? Dieu du ciel, mon vieux, que vous a-t-elle fait ? Y avait-il de l'opium dans son baume à lèvres ?

Inigo sursauta puis maudit miss Butler, se maudit lui-même, avant de maudire un peu plus miss Bulter.

— Un baiser agréable ? répéta-t-il en ayant conscience d'avoir l'air un peu rêveur tandis qu'il essayait de se souvenir et de comprendre la question.

Agréable ne semblait pas être un mot approprié à utiliser en conjonction avec miss Butler. Apocalyptique, peut-être ? Cataclysmique ? Une voix paniquée résonna encore et encore dans sa tête, tel un Oracle affolé criant danger, prenez garde, ici se trouvent des dragons… même si ce dragon-là ressemblait à Aphrodite vêtue de soleil. Oh, Seigneur, comme c'était mièvre. Qu'est-ce qui ne tournait pas rond chez lui ?

La chose suivante qu'il réalisa fut Solo se tenant devant lui et l'observant comme s'il était un des spécimens répugnants conservés dans les bocaux des laboratoires de biologie.

— Êtes-vous certain qu'il ne s'agissait que d'un baiser ?

Inigo poussa un rire légèrement hystérique.

— Juste un baiser, répéta-t-il en hochant la tête, avant de la secouer avec désespoir. Mais pas *n'importe quel* baiser.

Les sourcils de Solo se haussèrent.

— Je vois, dit-il.

Il était évident que ce n'était pas le cas. Personne ne pouvait comprendre.

— … Eh bien, mon vieux, je dirais que vous êtes dans le pétrin. Un très, *très gros* pétrin.

Lorsque Jérôme se présenta au sixième bureau d'enregistrement des domestiques, il était midi passé, et il avait envie de s'arracher les cheveux, mais sa ténacité paya. Oui, une jeune femme aux cheveux bruns avec un accent écossais avait engagé une Mrs Agnès Lacey en tant que dame de compagnie et bonne. Elle avait été embauchée sur-le-champ. Il s'avéra que cette jeune demoiselle s'était présentée sous le nom de Macdonald. En revanche, obtenir son adresse de la matrone suspicieuse du bureau, c'était une histoire autrement plus délicate et malaisante. Elle avait regardé Jérôme de haut en bas avec l'air d'une femme qui sait reconnaitre un libertin quand elle le voit, et pensait visiblement que ses intentions envers la jeune fille innocente qu'il pourchassait n'étaient pas honorables. Affreusement mal à l'aise, Jérôme pouvait difficilement réfuter cela, puisqu'elle avait entièrement raison. Même s'il préférait habituellement se couper la gorge plutôt que d'en arriver là, il en avait été réduit à prononcer sans vergogne le nom de son frère. La ruse eut l'effet escompté, naturellement, ce qui ne fit qu'aggraver sa frustration et son irritation qu'il savait alimentées par l'inquiétude sourde qui lui tordait les boyaux.

À son grand soulagement, l'adresse qu'elle lui fournit se situait dans un endroit respectable, et ce fut la seule chose qui lui permit de ne pas perdre patience durant le trajet jusqu'à Dulwich Common.

The Oaks était une belle villa en stuc, avec un toit en ardoises et de profonds avant-toits. Elle était rattachée à une villa identique sur le côté droit ; chacune possédait deux travées et un porche entouré de treillages. Après avoir frappé à la porte et présenté sa carte, il fut accueilli par une femme à l'air désapprobateur qui se présenta comme étant Mrs Morris. Elle lui lança un regard courroucé et le laissa patienter dans le salon. Cela semblait être le jour des regards réprobateurs pour lui, mais il l'avait largement mérité. Au moins, il avait la bonne adresse, songea-t-il en soupirant.

Quelques instants plus tard, il entendit des éclats de voix à travers la porte. Curieux d'entendre l'objet de la discussion, il s'approcha doucement. Mrs Morris était en train de réprimander Bonnie avec sévérité.

— J'ai cru que vous étiez une jeune fille respectable, miss Macdonald, mais vous venez à peine de mettre le pied ici et voilà déjà que vous recevez des visites de gentlemen.

Jérôme grimaça, puis se prépara pour la riposte, ce que Mrs Morris aurait fait si elle avait connu Bonnie un peu mieux.

— *Des* gentlemen ? répliqua-t-elle. J'ai cru que vous aviez dit qu'un certain Mr Cadogan était ici. Si vous m'aviez dit plus tôt qu'il y avait une meute d'hommes qui m'attendaient, je me serais sûrement hâtée davantage, car c'est bien évidemment une orgie que j'ai planifiée dans votre salon, madame ; ou peut-être est-il possible qu'un de mes amis, qui s'avère être le *frère du comte de Saint-Clair,* ait pris la liberté de venir me rendre visite pour vérifier que je sois arrivée saine et sauve à ma destination ?

Eh bien, le nom de son frère avait la cote aujourd'hui. Bonnie n'attendit pas de constater les effets de sa tirade sur sa victime, et, à peine quelques secondes plus tard, elle fit irruption dans la pièce avec des yeux noirs de rage.

— Jérôme Cadogan, je pourrais vous étrangler !

Jérôme se racla la gorge.

— Bonjour, Bonnie.

Puis, horrifié et étonné, il la vit fondre en larmes.

— Bonnie ! Oh, ma chérie.

Il se dépêcha de la rejoindre, ferma la porte qu'elle avait laissée légèrement entrouverte et la prit dans ses bras.

— Allons, allons, je suis là à présent, dit-il en la serrant fermement.

Quelques secondes plus tard, elle le repoussa.

— Oui, espèce d'i-d'idiot, et vous avez tout gâché. Maintenant, cette affreuse femme pensera que vous êtes m-mon amant et me dénoncera, bégaya-t-elle en sanglotant et en se jetant sur un siège.

Jérôme s'accroupit devant elle et lui prit la main.

— Je suis votre amant, dit-il doucement. Vous ne pouvez pas le nier.

Elle le regarda quelques instants puis les pleurs redoublèrent.

Dieu du ciel.

Il lui tendit un mouchoir et attendit que la tempête s'éloigne quelque peu.

— Bonnie, que se passe-t-il ? Qu'est-ce qui ne va pas, très chère ? Pourquoi vous êtes-vous enfuie ?

— Je ne me suis pas enfuie, dit-elle d'un ton indigné. Et j'ai prévenu Ruth des raisons de mon départ. Je suis déçue qu'elle soit venue tout vous raconter.

— Oh, allons, ma chérie. C'est votre amie, et elle se faisait un sang d'encre.

— Eh bien, c'est inutile, dit-elle en essuyant ses larmes et en se reprenant. Je vais parfaitement bien.

— Bien sûr, répondit Jérôme en soupirant. C'est pour cela que vous avez éclaté en sanglots en me voyant.

— Parce que je ne voulais pas vous voir, pour l'amour du ciel ! cria-t-elle en levant les mains. Je voulais juste avoir la paix, être loin de tout le monde. Je viens à peine de défaire mes bagages !

— Eh bien, vous m'en voyez désolé, répondit Jérôme avant de changer d'avis. Non, bon Dieu, je ne suis pas du tout désolé. Que diable faites-vous ici toute seule ? La situation était-elle si terrible qu'il vous a fallu partir loin de vos amis ? Si c'est de cet Anderson dont vous avez peur, vous n'avez qu'un mot à dire, ma chérie. Je ne le laisserai pas vous ramener en Écosse si vous ne voulez pas y aller.

Elle le regarda un long moment avant d'afficher un sourire triste.

— C'est gentil, Jérôme, mais j'ai l'habitude d'être toute seule. Ce n'est vraiment pas si terrible que cela.

Jérôme sentit son cœur se serrer en entendant cela. Combien de temps la solitude avait-elle été sa compagne ? Jérôme avait été complètement dévasté lorsqu'il avait perdu son père à dix-neuf ans. Bonnie avait perdu toute sa famille à l'exception de son père à cinq ans, puis ce dernier l'avait rapidement abandonnée chez des parents qu'elle ne connaissait même pas. Elle n'avait pas beaucoup parlé de cela, mais à présent il se demandait à quoi sa vie avait bien pu ressembler.

— Mais vous détestez être seule, dit-il en voyant les yeux de Bonnie s'écarquiller.

Il lui prit la main.

— … Je vous connais, Bonnie Campbell, et je sais que vous ne supportez ni le silence ni la solitude.

— Ce n'est pas vrai, riposta-t-elle ; mais sa voix trembla légèrement.

— Peut-être, lorsqu'il n'y a personne avec qui vous souhaitez rester, mais vous adorez vos amies, et vous avez toujours préféré ma compagnie à la solitude.

Elle rougit, ce qui apporta un peu de couleur à ses joues qui étaient bien trop pâles. Il se rendit compte qu'elle avait également perdu du poids, et sentit son cœur se serrer. Toute la vie et la vivacité qu'il adorait s'étaient évanouies, et l'étincelle avait disparu de son regard. Était-ce de sa faute ? Avait-il causé autant de dommages ? Empirait-il les choses en venant la chercher de la sorte ? Mais que pouvait-il faire d'autre ? Les amis ne s'abandonnaient pas lorsqu'ils savaient que l'un d'entre eux était malheureux et seul, peu importe si leurs attentions étaient bienvenues ou pas.

— J'aurais préféré que vous ne veniez pas, dit-elle d'un ton si mélancolique qu'il faillit se mettre à pleurer lui aussi.

— Mais je suis là, et je ne vais pas vous abandonner. De plus, cette vieille bique voudra que vous disparaissiez de chez elle, à présent que vous avez été seule dans son salon… *avec un homme.*

Il fit mine de la dévorer des yeux en faisant tourner une moustache imaginaire comme un grand méchant de conte de fées. À son grand soulagement, elle sourit.

— Vous êtes un démon, il n'y a pas de doute, Jérôme Cadogan, soupira-t-elle. Mais Ruth est partie avec son père, je peux difficilement venir et rester avec vous.

— Qu'en est-il de miss Hunt ?

Il savait très bien que la jeune femme s'était autoproclamée mère poule de leur très particulier — et *surprenant* — groupe d'amies.

— … Elle sera contente de vous voir, j'imagine, non ?

Bonnie soupira et hocha la tête.

— Je suppose que oui.

Et nous nous abstiendrons de révéler à qui que ce soit que vous vous trouvez chez elle si vous le préférez, ainsi vous pourrez avoir toute la paix et la tranquillité dont vous avez besoin. Et si Mr Anderson arrive, je lui dirai de déguerpir.

Bonnie ricana.

— Oh, je suis prête à payer pour voir cela, déclara-t-elle.

Jérôme fut plus que soulagé de voir un petit éclat reprendre place dans son regard.

Jérôme lui serra la main.

— Est-ce que tout va bien, très chère ? S'agissait-il simplement de cela, vous ne vouliez pas que cette brute vienne vous chercher ?

Bonnie mit la main de Jérôme contre son visage et embrassa ses doigts.

— En grande partie, dit-elle sans le regarder. Et également parce que je dois prendre des décisions concernant mon avenir.

L'étrange et douloureux chagrin s'éveilla de nouveau dans la poitrine de Jérôme, mais cette fois il était plus intense et mêlé de panique.

— Bonnie, dit-il.

Il savait qu'il devait lui poser à nouveau cette question, mais elle se pencha et mit un doigt sur ses lèvres.

— Non, dit-elle. Ne faites pas cela. Ne dites pas cela. Pas une nouvelle fois.

La sensation de panique s'amplifia et rendit la respiration de Jérôme difficile, mais il lui obéit. Quel autre choix avait-il ?

— Très bien, dit-il bien que déstabilisé et douloureusement conscient qu'il n'aimait pas du tout être rejeté de façon si automatique. Dans ce cas, vous feriez mieux de partir faire vos bagages, et vite. Il faut plusieurs heures pour retourner à Mayfair et nous devons partir bientôt si nous voulons avoir une chance d'arriver avant la nuit.

Bonnie souffla, mais se leva.

— Vous êtes un sacré enquiquineur, marmonna-t-elle.

— Je sais, admit-il.

— Vous causez plus de problèmes que vous n'en valez la peine, ajouta-t-elle en secouant la tête cette fois.

— Sans le moindre doute.

— Je ne sais pas ce que j'ai un jour vu en vous.

— Moi non plus, dit-il avec sincérité, mais sur un ton léger. Mais vous m'aimez quand même, n'est-ce pas ?

Elle se figea et le dévisagea. Jérôme se rendit compte qu'elle ne lui avait jamais vraiment dit qu'elle l'aimait, pas en autant de mots. Ni l'un ni l'autre n'avait jamais reconnu les sentiments de Bonnie, même si Jérôme les connaissait, ce que Bonnie savait. Du moins, c'était ce qu'il croyait. S'était-il trompé ? S'agissait-il uniquement de luxure et de désir, d'un sentiment d'excitation ? Son cœur tambourinait dans le fond de sa gorge ; il savait qu'il avait mis beaucoup trop d'émotion dans sa question, trop d'inquiétude, et avait désespérément besoin d'entendre la réponse.

— Nous ferions mieux de nous dépêcher, dit-elle avant de sortir précipitamment de la pièce.

Chapitre 9

Miss Butler,

Veuillez trouver ci-joint une liste conséquente d'ouvrages à lire. Je crois qu'il y en a assez pour vous tenir occupée quelque temps. Ou en tout cas, suffisamment pour vous délester du besoin de me contacter à nouveau.

J'espère que vous trouverez le contenu satisfaisant.

De Beauvoir.

P.S. Ne sous-estimez pas vos talents d'écriture.

— Extrait d'une lettre de Mr Inigo de Beauvoir à miss Minerva Butler.

Le soir du 24 octobre 1814.

Minerva contempla la note succincte dans sa main avant de pousser un petit cri en la serrant contre son cœur. Elle jeta la liste impressionnante de titres d'ouvrages sur le côté et préféra regarder l'écriture affreusement désordonnée devant elle, plus particulièrement le post-scriptum. L'écriture sur ce délicieux petit post-scriptum était encore pire. Il avait été relégué tout en bas de la lettre, et, à la différence du message, il avait visiblement été écrit à la hâte, comme une pensée de dernière minute. Elle n'aurait pas été surprise qu'il barre la phrase avant de lui envoyer la missive tant ces mots semblaient avoir été écrits avec réticence.

Mais elle s'en moquait. Ces gribouillis à peine lisibles auraient pu lui être soutirés alors qu'il était menacé à bout portant, cela n'aurait fait aucune différence. Cela lui donnait une lueur d'espoir. Peu importe si cette dernière était faible et fragile : elle comptait bien s'y accrocher.

— Qu'est-ce que cela, Minerva ?

— Oh, rien du tout, maman, dit-elle en fourrant rapidement le message et la liste dans son réticule. Juste une liste de courses. Êtes-vous prête à partir ?

— Oui, tout à fait prête. Il ne faut pas faire attendre Robert. Je sais comment il est lorsque le dîner n'est pas servi à l'heure.

Minerva réprima l'envie de lever les yeux au ciel. Même si sa mère avait été cruellement déçue que Minerva échoue et ne parvienne pas à épouser le duc de Lorny, l'autre meilleure chose qui pouvait arriver, c'était que sa cousine réussisse l'exploit. Maintenant, elle insistait pour l'appeler *ce cher Robert* — mais jamais devant lui — et utilisait son prénom sans vergogne dès que l'occasion s'en présentait. Ce soir-là, elles dînaient avec Robert et Prue et, à son grand soulagement, Minerva resterait chez eux pendant que sa mère rendrait visite à une amie malade à Bath. Si sa chère maman avait la moindre idée que sa fille unique, pour laquelle elle nourrissait des ambitions si vertigineuses, s'était entichée d'un homme de classe inférieure, un philosophe naturel qui plus est, le choc aurait probablement raison d'elle.

Minerva en était désolée, mais il lui avait fallu beaucoup de temps pour se libérer de l'emprise des attentes de sa mère et se rendre compte qu'elle ne voulait aucune des choses que cette dernière désirait. Oh, elle n'était pas contre l'idée d'être riche ou noble ; ce n'était simplement pas dans sa liste de prérequis. Non. Elle voulait être désirée. Elle voulait de l'amour, de la romance, se sentir convoitée au-delà de la raison. Pourquoi, dans ce cas, s'était-elle entichée d'Inigo alors qu'il ne lui avait pas accordé un second regard ? Elle l'ignorait. Peut-être était-ce précisément cette raison, se dit-elle alors que le carrosse luxueux de Sa Grâce les transportait à Beverwyck, la résidence de Londres du duc.

Peut-être était-ce le défi d'attirer l'attention d'un homme si intelligent ? Car certainement, instruit comme il l'était, il ne serait pas suffisamment idiot pour tomber amoureux d'une ravissante petite écervelée comme Minerva. Sauf qu'elle commençait à réaliser qu'elle n'était pas aussi bête qu'elle le craignait. Inigo de Beauvoir ne croyait pas en l'amour. Il l'avait dit.

Minerva sourit, et serra son réticule plus fort, en rêvant d'un regard à l'étrange nuance gris-vert, et d'un homme qui se refusait à la désirer.

25 octobre 1814. South Audley Street, Londres.

Bonnie descendit lentement les escaliers en s'agrippant à la rampe si fort que ses jointures étaient blanches. Pourquoi, oh pourquoi avait-elle autorisé Jérôme à la ramener chez Matilda ? Son amie était bien trop observatrice, trop inquiète du bien-être de Bonnie pour ne pas remarquer qu'elle était malade. Ce n'était qu'une question de temps avant que Matilda n'emboîte les pièces du puzzle et découvre un tableau qu'elle n'apprécierait pas. Pourtant, Jérôme avait eu raison. Rester seule n'avait rien résolu. Lorsqu'elle l'avait vu dans le salon, en train de l'attendre, elle avait eu envie de courir dans ses bras et de le supplier de ne plus jamais la quitter.

Pathétique, se réprimanda-t-elle. Elle ne serait pas ce genre de femme qui se jetait de manière répétée au cou d'un homme qui ne voulait pas d'elle. Oui, elle l'avait fait, elle en était consciente, et à présent, elle en payait le prix, mais c'était son prix, et pas celui de Jérôme.

— Oh, bonjour, Bonnie, déclara Matilda en souriant lorsque la jeune femme pénétra dans le salon où l'on servait le petit déjeuner.

Il était évident que Matilda était debout depuis longtemps et avait fini son repas. Tout à coup, les odeurs de bacon, de kippers et d'une douzaine d'autres aliments que Bonnie adorait habituellement, s'élevèrent autour d'elle et son estomac se retourna en signe de protestation.

— Est-ce que tout va bien, très chère ?

Bonnie s'obligea à sourire.

— Oh, oui. Je vais bien. Je suis juste un peu fatiguée et… et je pense que le poisson que l'on m'a servi au déjeuner hier n'était pas aussi frais qu'il aurait dû l'être.

— Oh, fit Matilda dont le visage grimaça de compassion. C'est affreux. Pauvre de vous. Y a-t-il quoi que ce soit que je puisse vous apporter ?

Bonnie secoua la tête.

— Je prendrai juste un morceau de pain grillé et du thé. Je suis certaine que je me sentirais mieux après cela.

— C'est vraiment dommage, soupira Matilda en lui passant le plateau de tartines grillées. Je comptais passer chez madame Lanchester. Mes nouvelles tenues doivent être prêtes, et j'espérais avoir votre avis.

— Désolée, Tilda. Je ne peux vraiment pas.

— Oh non. Cela me fait passer pour quelqu'un d'affreusement égoïste. Je désirais profiter de votre compagnie plus que tout, très chère, mais il vaut mieux que vous restiez vous reposer. Dans tous les cas, je comptais rendre visite à Prue et Minerva. Je suis sûre que Minerva viendra avec moi.

— Oh, oui, répondit Bonnie qui s'affaissa presque de soulagement à l'idée d'avoir la journée pour elle. Minerva se fera un plaisir de vous accompagner, et elle possède un goût incroyable en matière de mode.

— Eh bien, je vais vous laisser à votre déjeuner et à votre jour de repos. J'espère vraiment que vous vous sentirez très bientôt en meilleure forme. Dois-je demander à ce que l'on vous apporte une tisane d'écorce de saule ? demanda Matilda en se levant et en quittant la table.

— Oh, non, j'ai tout ce qu'il me faut ici, merci. Ne vous inquiétez pas pour moi. Je vais passer une journée tranquille à lire, et j'attendrai avec impatience votre avis sur ces nouvelles robes à votre retour.

Bonnie avait dit cela en adressant un sourire qu'elle espérait rassurant à Matilda, jusqu'à ce que cette dernière soit convaincue que tout irait bien et la laisse seule.

Une fois Matilda partie, Bonnie s'installa devant le feu du salon élégant et parcouru la pile de livres que Matilda avait laissés pour elle. Elle en choisit un en soupirant et contempla la première page pendant cinq bonnes minutes avant de réaliser qu'elle n'irait jamais plus loin que le premier mot. Elle reposa le livre avec les autres et attrapa la presse à scandale, qui avait été livrée ce matin-là. Peut-être pourrait-elle se distraire avec la folie et le malheur d'autrui, se dit-elle en soupirant. Elle avait marre de s'apitoyer sur le sien.

Sans grand intérêt, elle jeta un coup d'œil sur chaque histoire avant qu'un nom familier n'attire son attention.

Mr C. le jeune frère du comte de S. C. a été aperçu ces derniers temps en compagnie de lady H. Le couple formait un tableau charmant alors qu'ils faisaient des emplettes ensemble, bras dessus bras dessous sur Bond Street, d'après notre source. Nous prédisons une annonce sous peu pour ces deux-là ; les cloches du mariage sonneront avant Pâques.

Bonnie sentit son estomac se retourner, et la nausée qu'elle avait combattue toute la matinée se réveilla avec vengeance. *Idiote, idiote*, se réprimanda-t-elle. *Vous saviez que cela allait arriver. Si*

*vous ne l'épousez pas, quelqu'un d'autre le fera. Sa mère y
veillera.*

Elle se leva et jeta le journal froissé sur le sol. Sa vision était
troublée par les larmes et elle se sentait mal, encore plus misérable
qu'elle ne l'avait jamais été de toute sa vie. Les coups discrets
frappés à la porte, et l'apparition du majordome de Matilda ne
furent donc pas accueillis avec joie. L'annonce de l'arrivée de lady
Héléna et la vision de la beauté ténébreuse pénétrant dans la pièce
comme si elle sortait d'un magazine de mode furent un coup
supplémentaire dont Bonnie se serait bien passée.

— Pardonnez-moi d'interrompre votre matinée, miss
Campbell, déclara lady Héléna avec une surabondance de joie qui
donna à Bonnie l'envie de balancer des objets à travers la pièce.
J'étais venue rendre visite à miss Hunt, mais, ayant appris son
absence, j'espérais pouvoir vous imposer ma compagnie un petit
moment. Je dois dire que je m'ennuie à en pleurer et que je suis
désespérément à la recherche de quelque conversation animée.
J'étais certaine que vous étiez exactement la personne qu'il me
fallait pour cela.

Elle regarda Bonnie avec un grand sourire qui faiblit juste un
peu quand elle s'aperçut que Bonnie se contentait de la dévisager.

Elles s'étaient rencontrées, bien sûr, au cours de divers
événements mondains. En fait, Bonnie avait apprécié la jeune
femme, admirant à la fois sa beauté et son esprit aiguisé, mais
surtout sa langue impitoyable. Mais en cet instant, elle voulait
enfoncer la presse à scandale entre les dents parfaitement blanches
de lady Héléna jusqu'à ce qu'elle s'étouffe.

Héléna jeta un coup d'œil au journal froissé sur le sol et ses
joues se colorèrent légèrement.

— Oh, fit-elle.

— Oh, l'imita Bonnie en croisant les bras.

Les deux femmes se dévisagèrent.

— C'est faux, déclara Hélène après un long silence malaisant. Il ne veut pas m'épouser, et je n'ai pas la moindre intention de devenir sa femme, même si c'était là son souhait… ce qui n'est pas le cas, répéta-t-elle.

— Je ne vois pas en quoi cela change quoi que ce soit, que vous le vouliez ou non. Sa mère est favorable à cette union. Jérôme exaucera probablement son souhait.

Les élégants sourcils bruns d'Héléna se foncèrent au-dessus de ses yeux d'un vert profond.

— Croyez-vous qu'il soit si facilement manipulable ? Ce n'est certainement pas l'impression que j'ai eue, mais j'ose imaginer que vous le connaissez mieux que moi.

— Qu'est-ce que c'est censé vouloir dire ? répliqua sèchement Bonnie en serrant les poings.

Les yeux d'Héléna s'écarquillèrent. Elle était visiblement surprise par l'animosité qui émanait de Bonnie, qui se montrait grossière, pleine de haine et affreusement injuste, et ce en toute connaissance de cause. Mais elle ne parvenait visiblement pas à s'en empêcher. Lady Héléna était tout ce que Bonnie n'était pas. Elle était mesurée, belle, intelligente et svelte ; et Bonnie ne doutait pas que ses manières fussent impeccables. Pas étonnant que lady Saint-Clair tienne désespérément à cette union.

— Simplement que Jérôme et vous êtes de bons amis, répondit prudemment Héléna. Je sais qu'il a beaucoup d'estime pour vous.

Bonnie ricana et se tourna en direction du feu avant de perdre complètement le contrôle et d'éclater soit de colère, soit en sanglots.

— Miss Campbell, si vous souhaitez entendre la vérité sans fard, je n'éprouve pas le moindre intérêt envers Jérôme Cadogan, tout comme il n'en a aucun pour moi, et même si sa mère remuait ciel et terre, mon frère n'accepterait jamais cette union. Premièrement, Jérôme est un puîné et je suis la fille et la sœur d'un duc. Ce ne serait pas un mariage très profitable de mon côté, mais même en oubliant cela, mon frère ne me forcerait jamais à épouser un homme que je n'aime pas et que je ne désire pas avoir comme mari. Est-ce suffisamment clair ?

Même si elle savait qu'elle aurait dû se tourner vers lady Héléna pour la supplier de lui pardonner son comportement abominable, Bonnie en fut incapable. Les larmes coulaient le long de ses joues et elle ne parvenait pas à les arrêter. Soudainement, elle se mit à trembler, et fut emportée, impuissante, par l'affreuse vague d'émotion qui l'assaillit de tous les côtés.

— Oh, ma chère.

Bonnie tourna la tête, horrifiée mais résignée en découvrant lady Héléna à ses côtés. La jeune femme l'entoura de ses bras et la serra fortement.

— Oh, ma pauvre. Je suis terriblement désolée. Dieu du ciel, je dois être la dernière personne que vous ayez envie de voir ce matin. Je m'étonne que vous ne m'ayez pas attaqué avec le tisonnier. Je pense que c'est ce que j'aurais fait à votre place.

Bonnie poussa un rire hystérique, puis la tempête qu'elle avait tenté si vaillamment de repousser déferla. À sa grande surprise, lady Héléna la tint contre elle et lui caressa les cheveux en murmurant des paroles rassurantes alors qu'elle laissait éclater le chagrin qui lui rongeait le cœur. Elle n'avait aucune idée du temps que dura le raz-de-marée de tristesse, mais lorsqu'il reflua, une vague de nausée prit sa place. Bonnie eut d'abord chaud, puis froid, et elle s'enfuit en courant de la pièce.

Elle abandonna sa pauvre invitée et se précipita en des escaliers avant de débouler dans sa chambre juste à temps pour attraper le pot de chambre et vider le contenu de son estomac à l'intérieur.

À travers les vomissements et les gémissements, Bonnie n'eut que vaguement conscience de la porte qui s'ouvrait et se refermait, du linge humide que l'on plaça dans sa main. Des mains attrapèrent le pot de chambre dégoûtant et lui tendirent un verre d'eau. Elle leva alors la tête et croisa des yeux d'un vert profond rempli de compassion et d'inquiétude.

— Lui avez-vous dit ? lui demanda Héléna.

Bonnie eut honte de ne détecter ni victoire ni malice dans la question, alors qu'elle avait tenté de les déceler.

Elle avait ressenti de la haine envers cette femme à cause de sa propre jalousie et lady Héléna ne lui donnait en retour que gentillesse. La surprise d'avoir été démasquée aussi facilement devait se lire sur son visage, car Héléna lui sourit et déclara :

— Prue prend du volume, mais ne le dites à personne. Vous arborez la même expression qu'elle affiche depuis un mois ou plus.

Bonnie ferma les yeux et secoua la tête.

— Je ne peux pas, murmura-t-elle. Je ne le piègerai pas. Il ne m'aime pas. Je le savais lorsque nous…

Elle jeta un coup d'œil à Héléna puis rougit, de plus en plus honteuse.

— Je me suis mise moi-même dans le pétrin. Il n'y a personne d'autre à blâmer.

— Et pourtant !

— Non ! s'écria Bonnie en enroulant ses bras autour d'elle-même. Vous devez me jurer de ne rien lui dire. Ni à personne d'autre, mais surtout pas à Jérôme.

— Cet enfant est autant sa responsabilité que la vôtre, déclara Héléna d'un ton étonnamment féroce. Ce sera son fils ou sa fille aussi. Il a droit de savoir.

Bonnie hocha la tête, elle savait que Héléna avait raison.

— Je ne compte pas lui cacher éternellement, je le jure, mais je ne veux pas le mettre dans une situation où il sera obligé de m'épouser. Il m'a déjà fait une demande après m'avoir déflorée, alors qu'en vérité je me suis jetée sur lui à plusieurs reprises, mais c'est mon ami, et je ne détruirai pas sa vie ni notre amitié en le liant à moi pour toujours. Je l'aime trop pour cela. Ne pouvez-vous comprendre ?

Héléna la dévisageait, et Bonnie vit avec surprise des larmes briller dans ses yeux.

— Vous vous exposeriez à la honte et la disgrâce rien que pour vous assurer de son bonheur ?

Bonnie acquiesça. Héléna tendit une main et ébouriffa les boucles courtes de Bonnie.

— … J'aurais aimé vous rencontrer plutôt, Bonnie Campbell, mais tout n'est pas perdu. Vous pouvez me compter parmi vos amis. Je dois vous dire que je ne suis pas d'accord avec votre décision, mais… je ne dirai pas à Mr Cadogan que vous portez son enfant.

Tout l'air s'échappa des poumons de Bonnie dans une expiration tremblante.

— Merci, dit-elle.

Héléna sourit, mais Bonnie savait qu'elle était sceptique et qu'elle s'inquiétait pour son avenir. Eh bien, se dit-elle avec lassitude, elle n'était certainement pas la seule.

Chapitre 10

Cher Mr de Beauvoir,

Je me suis forcée à attendre quatre jours entiers avant de répondre à votre message ; je n'appellerai pas cela une lettre, car vous étiez tellement avare de mots que j'ai soupiré d'envie d'en lire plus en arrivant à ce petit post-scriptum laconique. Vous a-t-il couté de l'écrire ?

Vous remarquerez que j'apporte un soin tout particulier à mon écriture aujourd'hui. Admirez ces lettres qui montent et qui descendent gracieusement, et ces accents bien nets—l'on appelle cela des signes diacritiques — j'ai vérifié. N'êtes-vous pas fier que je fasse preuve de tant de curiosité ?

Est-ce que votre cœur bat un tout petit peu plus vite ?

Bien que je meure d'envie de vous taquiner davantage, je vous épargnerai ce supplice, même si j'imagine très bien votre expression horrifiée. Au lieu de cela, je vous dirai simplement que j'apprécie beaucoup le journal scientifique « Philosophical Transactions of the Royal Society ». J'espère que vous ne serez pas trop déçu de découvrir que mon article favori était celui-ci : « Les restes d'un mammouth retrouvés près de Rochester ». Peut-être suis-je biologiste dans l'âme ? (Ou me disputerez-vous en m'expliquant que le terme exact est paléontologiste ?) Ceci vous chagrine-t-il ? Je vous prie de ne pas être jaloux. Mon attachement et mon intérêt demeurent entièrement vôtres.

— Extrait d'une lettre de miss Minerva Butler à Mr Inigo de Beauvoir.

Le soir du 28 octobre 1814. Soirée mondaine de Mrs Manning, Bruton Street, Londres.

Matilda regarda la foule en se demandant si elle n'aurait pas mieux fait de rester chez elle. Bonnie aurait certainement préféré cela, soupira-t-elle en regardant le visage pâle de la jeune femme. Elle parlait à lady Héléna. Les deux femmes étaient devenues incroyablement proches en très peu de temps. Cela avait étonné Matilda, compte tenu des ragots entourant Héléna et Jérôme, mais les deux jeunes femmes ne se quittaient plus, et Héléna semblait jeter sur Bonnie des regards possessifs que Matilda trouvait étranges et légèrement vexants. Elle n'était pas très fière de se rendre compte qu'elle était quelque peu jalouse que Bonnie se soit confiée à Héléna — car c'était sûrement le cas.

Elle se transformait en une misérable mêle-tout. Si elle n'y prenait pas garde, elle deviendrait une vieille femme envahissante fourrant sans cesse son nez dans les affaires des autres. Voilà ce qui arrivait lorsqu'on avait trop de temps libre, supposait-elle. Pourtant, elle avait assez de problèmes personnels. Mr Burton lui avait écrit pour la prévenir de son arrivée à Londres la semaine suivante, disant qu'il lui rendrait aussitôt visite. Même s'il ne l'avait pas écrit de façon explicite, le sous-entendu était clair. Il désirait obtenir la permission de la courtiser publiquement ; et il désirait l'obtenir maintenant.

Matilda bâillonna la panique qui faisait tambouriner son cœur et prit une grande gorgée d'orgeat en essayant d'imaginer que c'était du brandy. Peine perdue.

Même si dehors, la nuit était froide et humide, l'atmosphère de la demeure luxueuse de Mrs Manning frisait le climat tropical : les domestiques veillaient à maintenir des feux vifs dans les cheminées, et l'agglutinement de tant de corps contribuait à la fournaise ambiante. Matilda se fraya un chemin parmi la foule rassemblée devant le salon principal et déboucha dans le grand hall d'entrée. Il y faisait un peu plus frais. Elle essaya de déterminer quelle pièce, entre celle où l'on jouait aux cartes et celle de musique, était la plus attirante.

— Vous hésitez, miss Hunt ? Cela ne vous ressemble pas.

Matilda fit volte-face. Elle avait tout de suite su à qui appartenait cette voix moqueuse et traînante.

— Oh, c'est vous, dit-elle.

Elle poussa un profond soupir, comme si elle était affreusement déçue, alors que son cœur bondissait dans sa poitrine avec ce mélange habituel de terreur et de joie. Aussi contradictoires fussent ces deux émotions, ce mélange était parfaitement normal lorsqu'elle se trouvait en présence du marquis de Montagu. Toute jeune femme saine d'esprit aurait été terrifiée et aurait fait son possible pour s'échapper. Malheureusement, l'homme avait pour effet de faire perdre la raison à Matilda, et elle n'arrivait jamais à savoir si elle voulait le frapper avec un objet très lourd et contondant ou l'embrasser passionnément. Elle ne pouvait s'empêcher de croire que la seule façon d'embrasser Montagu sans danger était de le faire s'il était inconscient. Peut-être devrait-elle considérer cela comme une option ? Ainsi, elle pourrait se débarrasser de cette envie sans mettre davantage en péril sa vertu ou sa santé mentale. Du laudanum, peut-être ? Elle pouvait corser son champagne.

Après avoir réfléchi à l'idée, Matilda parvint à cette conclusion : elle avait définitivement perdu la raison et il n'y avait plus rien à faire pour elle.

— Oui, en effet, j'hésite, admit-elle en s'éventant.

La température venait-elle de passer de tropicale à carrément infernale, ou était-ce l'effet de son imagination ? Elle espérait que ce ne soit pas la conséquence de l'apparition du marquis dans son habit de soirée. Après tout, elle l'avait déjà vu avant… et non, cela ne l'aidait pas à être moins sensible au charme de son visage magnifique ou de sa silhouette. Une simple humaine ne pourrait jamais s'habituer à la vision céleste d'un ange tombé du ciel.

— J'ai besoin de votre avis, monsieur. Que devrais-je faire ensuite ? Quelques parties de cartes, ou écouter un peu de musique ?

— Oh, non, miss Hunt. Je ne suis pas assez idiot pour vous donner mon avis, car vous choisirez l'exact opposé de ce que je choisirais, et je ne vous reverrai plus de la soirée.

Il tendit son bras vers la jeune femme.

— Accordez-moi l'honneur de vous escorter, je vous prie.

Matilda regarda son bras et plongea ensuite son regard dans ses yeux d'argent. Ils étaient aussi changeants que de la fumée et ne révélaient rien. Ils paraissaient plus sombres dans cette lumière, presque gris foncé.

— Je ne vais pas vous mordre, dit-il.

— Je ne vous crois pas, rétorqua Matilda.

Elle prit néanmoins son bras, consciente des muscles durs sous sa main gantée. Elle batailla pour contenir la vague de chaleur qui bouleversait son équilibre et provoquait en elle des envies dont elle n'aurait même pas dû avoir conscience de l'existence. Elle réprima un soupir alors qu'il l'entraînait vers le salon de musique. Naturellement. Il serait difficile pour lui de la tourmenter à son aise durant un jeu de cartes ; il pouvait lui murmurer des choses tendancieuses à l'oreille durant un récital.

— Vous avez renvoyé mon cadeau, dit-il après l'avoir fait s'asseoir dans le coin le plus reculé du salon.

— Eh bien, naturellement, répondit Matilda.

Elle tâcha d'ignorer le fait qu'il avait pris place à ses côtés — c'était aussi évident que d'essayer d'ignorer un tigre à dents de sabre allongé sur vos genoux.

— Il m'a de toute évidence été donné par erreur, car un gentleman ne se serait jamais permis d'envoyer un cadeau si intime et d'une telle valeur à une demoiselle à moins d'y être fiancé. Pas s'il a le moindre respect pour elle.

Elle sentit la pression de son regard posé sur elle et se força à rester concentrée — ou du moins, à le paraître — sur la performance des musiciens.

— J'ai le plus grand respect pour vous et je suis sûr que vous le savez. J'ajoute que vous n'avez pas eu les mêmes scrupules lorsque je vous ai envoyé l'orchidée. On m'a rapporté qu'elle se trouvait à votre chevet.

Matilda ne parvint pas à réprimer la bouffée de chaleur qui s'empara de sa nuque. Maudit soit-il.

— Je ne peux pas croire que vous soyez descendu si bas, faire espionner ainsi ma chambre ! s'énerva-t-elle en conservant une voix basse, à peine plus forte qu'un murmure. Qu'allez-vous faire ensuite ? Entrer par effraction chez moi ?

Elle ne put s'empêcher de tourner la tête dans sa direction pour lui lancer un regard noir, même si elle savait qu'elle n'aurait pas dû regarder ses yeux. En effet, Montagu était semblable au cobra auquel elle l'avait un jour comparé ; ses yeux avaient probablement un pouvoir hypnotisant, car elle se sentait étourdie chaque fois qu'elle les regardait. Il y brillait présentement une lueur amusée, et un soupçon de ce qui ressemblait à du reproche.

— Je pouvais difficilement demander à ce qu'on laisse la lettre ou le cadeau à la vue de tous, expliqua-t-il d'un ton raisonnable. La personne qui a déposé le cadeau en mon nom a remarqué que l'orchidée était posée à côté de votre lit en traversant votre chambre, ce n'est pas pire que ce que n'importe quelle bonne de la maisonnée aurait pu remarquer. Si vous pensez que mon obsession m'a rendu méprisable au point de fouiller vos tiroirs, vous allez être déçue. Tout envouté que je sois, je ne suis pas entièrement dénué de fierté.

— Envouté, répéta Matilda avec dégoût. Vous n'êtes pas envouté, vous êtes un petit garçon boudeur qui s'est vu refuser une friandise. Vous êtes gâté et capricieux, vous n'avez pas l'habitude que l'on vous dise non. Plus je me refuse à vous et plus vous êtes déterminé.

— Gâté *et* capricieux. Eh bien eh bien, miss Hunt, qu'allez-vous faire de moi ?

— J'aimerais bien le savoir, répliqua-t-elle avec sincérité sur un ton exaspéré. Et bien sûr que j'ai gardé l'orchidée. C'est la plus belle chose qu'il m'ait été donné de voir, maudit homme. Je ne pouvais pas supporter l'idée de l'abandonner, même si je m'en mords les doigts. À l'exception de l'homme qui me l'a offerte, c'est la chose la plus capricieuse et exigeante que j'ai rencontrée. Sans mentionner ma crainte constante de la tuer.

Il se pencha et dit à son oreille d'une voix douce et caressante comme de la soie :

— La broche n'était-elle pas belle ?

Le souffle du marquis, chaud contre sa peau, fit frissonner Matilda qui fut prise de l'envie de se tourner pour poser sa bouche contre la sienne. Oh, Seigneur, sa bouche… sa bouche, sa terrible, sensuelle, dangereuse bouche. Pourquoi Matilda le désirait-il à ce point alors qu'elle savait ce que cela voudrait dire pour elle ? Elle n'était qu'une idiote.

— Si, bien sûr, s'obligea-t-elle à répondre. Et elle était également complètement inappropriée. Si je l'avais arborée, j'aurais tout aussi bien pu écrire votre nom sur ma peau, car vous l'auriez pris comme un signe de possession. Vous ne m'achèterez pas, monsieur. Votre argent ne me fera pas soulever mes jupons devant vous, comme si j'étais une vulgaire prostituée.

Elle crut entendre Montagu hoqueter, mais c'était ridicule. Rien ne perturbait jamais l'impassibilité du marquis, tout le monde le savait. Elle ne possédait certainement pas ce pouvoir, à son grand regret. Elle désirait le tourmenter aussi ardemment qu'il la tourmentait. Elle voulait l'empêcher de dormir et envahir ses moindres pensées, de jour comme de nuit. Elle voulait le rendre fou d'elle, qu'il soit aux prises d'une folie qui les consumerait tous deux et provoquerait leur perte.

— Vos croyances quant aux gages d'une prostituée sont complètement erronées, ma chère.

Sa réponse avait été prononcée sur cet exaspérant ton mesuré. Bon sang, elle avait tellement envie de le voir perdre son sang-froid !

— Cependant, ajouta-t-il sur un ton dangereusement bas et sombre, j'admets être à présent obnubilé par l'idée de mon nom écrit sur votre jolie peau.

Les yeux de Matilda volèrent aussitôt malgré elle vers ceux de Montagu. Il était là, ce cobra qu'elle redoutait, dont le regard intense la rendait captive. Elle était consciente de sa propre respiration, rauque et irrégulière, de sa poitrine écrasée dans l'étreinte de son corset tandis qu'elle luttait pour faire pénétrer suffisamment d'air dans ses poumons. Sa peau était en feu — elle avait chaud, trop chaud — tout son corps s'était enflammé, jusqu'à l'endroit intime entre ses jambes, le plus brûlant de tous, qui vibrait de désir. La fumée argentée qui flottait dans les iris du marquis semblait consumer les couches de tissus, la soie, la dentelle et la mousseline, tout cela réduit en cendres dans le brasier de ce regard possessif qui imaginant son nom écrit sur son corps nu. Il avait envie que cela arrive. Il était en train de le visualiser en cet instant et, que le ciel lui vienne en aide, le corps de Matilda répondait en vibrant de désir.

— Arrêtez, lui dit-elle d'une voix paniquée en s'arrachant à son regard.

— Je ne peux pas.

Une fois de plus, la tête de Matilda se tourna vivement dans sa direction et elle le regarda avec étonnement. Sa réponse avait été honnête. Elle avait entendu sa frustration, et quelque chose d'autre, quelque chose qui aurait pu être de la surprise ou même… de la peur.

Trop tard. La seconde qu'il avait fallu à Matilda pour diriger son regard vers lui avait suffi au marquis pour détourner son visage. Il regardait droit devant lui et son expression était aussi indéchiffrable et froide qu'à l'accoutumée, mais elle avait entendu. Elle avait entendu.

— Miss Hunt ?

Matilda sursauta lorsqu'une voix féminine rompit le charme. Lady Héléna la regardait.

— Lady Héléna, dit-elle en essayant d'afficher quelque chose qui ressemblât à un sourire.

Elle avait désespérément tenté de conserver un ton égal et de ne pas paraître aussi pantelante et agitée que si l'homme à ses côtés avait glissé la main sous ses jupons. C'était tout comme, quand on voyait l'effet qu'il avait sur Matilda avec quelques mots ou un regard.

— Pardonnez-moi, miss Hunt, mais…

Elle jeta un regard à Montagu, qui était apparemment absorbé par la musique, avant de se pencher pour murmurer à l'oreille de Matilda :

— Bonnie ne se sent pas bien. Il faut qu'elle rentre tout de suite.

Cette phrase en particulier fut pour Matilda la douche froide dont elle avait besoin pour retrouver la raison. L'une de ses amies avait des ennuis. Bonnie avait besoin d'elle. Elle se leva, accorda à peine au marquis la politesse d'un au revoir avant de s'envoler.

Il ne lui fallut que quelques instants pour demander à faire venir son attelage, puis elle suivit Héléna pour retrouver Bonnie. Elle était pâle et manifestement malheureuse.

— Oh, ma chère. Vous n'auriez jamais dû venir. Je m'étais dit que vous étiez encore un peu pâle. Oh, si seulement nous étions toutes les deux restées à la maison, ajouta-t-elle avec sincérité.

— C'est absurde, répondit Bonnie en se forçant à sourire. C'est une soirée charmante, et je me sens affreusement mal de vous la gâcher. J'insiste pour que vous restiez, sinon je me sentirais misérable. Lady Héléna m'accompagnera.

— En vérité, je me demande si nous n'avons pas toutes les deux attrapé le même mal, dit Héléna d'un ton grave. Je suis assaillie par la plus affreuse des migraines et je serais très heureuse de m'échapper de cette chaleur infernale.

Matilda jeta un coup d'œil à Héléna. Elle était certaine qu'elle mentait, mais elle ne comprenait pas pourquoi. La sœur du duc était aussi fraîche et charmante qu'à l'accoutumée, et bien qu'il fût possible qu'elle soit réellement malade, il n'en paraissait rien. Elle était l'image même de la santé.

— Très bien, répondit Matilda, résignée.

Elle aussi, aurait aimé s'échapper, mais ne voulait pas imposer sa compagnie aux deux jeunes femmes si elles ne la désiraient pas, et son instinct lui disait qu'elles préféreraient qu'elle reste et les laisse en paix.

Lorsqu'elles furent parties, elle se retrouva de nouveau à hésiter dans le hall d'entrée. La tentation de retourner aux côtés de

Montagu était insoutenable, mais elle ne ferait pas cela. Elle n'avait pas perdu la raison au point d'inviter un cobra dans son lit, et retourner à ses côtés en serait l'équivalent.

Je ne peux pas.

La phrase prononcée par Montagu résonna à ses oreilles, et elle se réprimanda. Il fallait qu'elle cesse de se comporter comme une idiote. Lui ne pouvait pas arrêter parce qu'il était un homme et qu'elle avait blessé sa fierté masculine en se refusant à lui encore encore et encore. Il n'était pas juste un homme, il était un marquis, et c'était une race à part. Il devait trouver absolument révoltant le fait de découvrir quelque chose qu'il ne puisse pas acheter ou soumettre à son bon vouloir. Quelqu'un lui avait-il déjà dit non ? Eh bien, c'était une bonne chose qu'il reçoive cette leçon. Il fallait bien que quelqu'un lui apprenne ce que ses parents, ses gardiens et ses professeurs avaient échoué à faire pénétrer dans son crâne obstiné et arrogant. On ne pouvait pas tout acheter. Il existait des choses qui appartenaient à d'autres gens. Il n'était pas un Dieu tout-puissant, et elle continuerait à lui dire non jusqu'à ce qu'il comprenne.

Matilda bouillonnait d'une colère indignée légitime lorsqu'elle pénétra dans la salle de jeux. Malheureusement, cette fureur ne diminua pas la tension sous sa peau, le besoin qui vibrait en elle et qui la faisait se sentir faible et vide. Elle était encore tremblante de l'effort qu'elle avait dû fournir pour ne pas le toucher, dans la lumière tamisée du salon de musique de Mrs Manning, où tout le monde aurait pu la voir et réaliser qui elle était réellement : l'idiote qui s'était entichée du marquis.

— Miss Hunt.

— Mr Cadogan, répondit Matilda en se dépêchant d'aller vers lui pour se raccrocher à la bouée de sauvetage qu'il venait de lui lancer.

Oui, n'importe quoi, n'importe quoi pour qu'elle ne pense plus à ce désir insensé qui l'entraînait vers le fond.

— Comment allez-vous ? demanda-t-elle.

— Je vais bien, miss Hunt, et vous ?

Ils échangèrent les politesses d'usage, puis Jérôme s'approcha d'un pas et dit avec une expression sérieuse :

— J'avais espéré voir Bonnie ici, dit-il d'un air un peu penaud en faisant tourner son verre dans ses mains. J'aurais voulu lui rendre visite, mais… eh bien, elle m'a dit de rester à l'écart.

Matilda acquiesça.

— C'est mieux ainsi. Les gens commençaient à parler, et… et vous savez tout aussi bien que moi combien il est facile de détruire la réputation d'une femme.

Jérôme blanchit, et miss Hunt regretta le ton un peu accusateur qu'elle avait employé. Il était injuste que ces deux-là ne puissent pas être amis, que le monde les juge avec tant de sévérité, mais c'était ainsi. Si Mr Cadogan ne comptait pas faire de demande à Bonnie, son attention soutenue envers la jeune femme ne pourrait que lui porter préjudice. Surtout lorsqu'on savait à quel point ces deux-là étaient indisciplinés et insouciants lorsqu'ils étaient ensemble.

— Dans tous les cas, j'ai bien peur que vous ne l'ayez manquée, poursuivit Matilda d'un ton plus doux. Elle ne se sentait pas bien. Oh, rien de sérieux, j'en suis certaine, ajouta-t-elle en voyant l'inquiétude briller dans les yeux de Jérôme. Elle n'est pas au mieux de sa forme depuis le jour où elle est arrivée. Une chose qu'elle a mangée, je crois. Je pense qu'elle croyait aller mieux, mais elle a apparemment été trop optimiste.

— Elle est… m-malade ?

Matilda lui sourit et posa une main réconfortante sur son bras. Il avait l'air très inquiet, et elle était soulagée de voir que Bonnie n'était pas seule dans son malheur. Aussi cruel cela puisse paraître, c'était encore pire quand la femme était la seule à avoir le cœur brisé et à se sentir délaissée.

— Je ferai venir le docteur demain, peu importe les protestations de Bonnie cette fois. Qu'est-ce qu'elle peut être entêtée à ce sujet ! Je ne peux m'empêcher de me demander si elle s'est forcée à se convaincre qu'elle allait mieux simplement pour éviter cette visite. Lady Héléna l'a ramenée à la maison, donc vous n'avez pas d'inquiétude à avoir. Elle est entre de bonnes mains. Ces deux-là semblent être devenues d'excellentes amies.

— Lady Héléna ?

Mr Cadogan semblait estomaqué par l'information.

— Eh bien, oui. Elle est passée le lendemain de l'arrivée de Bonnie, et depuis ce jour-là, elles sont inséparables. Je dois dire qu'Héléna passe plus de temps à South Audley Street qu'à Beverwyck. Bien sûr, cela ne me dérange pas, ajouta-t-elle en riant — elle ne voulait pas qu'il pense qu'elle s'en plaignait. Mais, ajouta-t-elle, je me demande s'il ne se trame pas quelque chose. Mr Cadogan, vous êtes affreusement pâle. Ne me dites pas que vous avez attrapé la même maladie ?

— N-Non… je… enfin, oui. Oui, je pense qu'il vaudrait mieux que je sorte quelques instants pour… pour prendre l'air. Si vous voulez bien m'excuser, miss Hunt.

Chapitre 11

Miss Butler,

Veuillez, je vous prie, cesser de m'écrire. Laissez-moi, reportez donc vos attentions sur les séduisants ducs et nobles qui jetteraient probablement leur cœur à vos jolis pieds si vous mettiez pour eux la moitié des efforts que vous faites pour me faire perdre la tête. Ou ayez au moins pitié de moi et cessez d'envoyer des lettres portant la plus légère des odeurs de jasmin. Elle n'est jamais suffisamment présente pour que l'on en soit certain, tout juste assez discrète pour me rendre fou ; je me demande si c'est mon imagination qui me fait croire que votre odeur s'attarde sur le papier.

Je suis un homme de science, je sais de quoi il s'agit. C'est de l'envie, du désir, et rien de bon n'en découlera si vous persistez.

Pour l'amour du ciel, laissez-moi en paix.

*— **Extrait d'une lettre de Mr Inigo de Beauvoir à miss Minerva Butler, jamais envoyée.***

29 octobre 1814. South Audley Street, Londres.

Jérôme descendit rapidement la rue en direction de la demeure de miss Hunt. Il était bien trop tôt pour rendre visite à qui que ce soit, mais il s'en moquait. Il casserait la fichue porte et réveillerait toute la maisonnée s'il le fallait. Il lui avait fallu rassembler tout son sang-froid pour patienter aussi longtemps. Il n'avait pas dormi. Ce qui avait commencé par un terrible pressentiment s'était amplifié jusqu'à devenir une certitude durant les longues heures sombres du début de la journée, et il devait voir Bonnie.

Il grimpa les marches du perron, leva la main pour frapper à la porte d'entrée, puis se figea. Si ses soupçons s'avéraient justifiés et que Bonnie était réellement enceinte, il serait vraiment inconsidéré de sa part de tambouriner à la porte et de la réveiller à une heure aussi déraisonnable. Malédiction. Il resta là, hésitant, ne sachant que faire. Il pouvait à peine respirer et voulait allouer cet état au fait d'avoir parcouru la courte distance jusqu'à la maison de miss Hunt au pas de course, mais en vérité il ressentait cela depuis la soirée de la veille, lorsque Miss Hunt lui avait dit que Bonnie ne se sentait pas bien. Cette nouvelle avait vidé l'air de ses poumons aussi efficacement qu'un coup de poing dans le plexus solaire. Elle l'avait également ébranlé et sorti de la torpeur dans laquelle il se trouvait depuis le moment où Bonnie l'avait laissé seul, assis dans le couloir sombre de Holbrooke.

Elle était sienne. Que l'idée lui plaise ou non, il l'avait rendue sienne. Peu importait à qui revenait la faute, qui avait mené, qui avait cédé. Ils avaient tous les deux été là, ils avaient tous les deux partagé ce rapprochement passionné, et à présent ils faisaient face aux conséquences. Un enfant. Elle portait son enfant. Il réprima le sentiment de terreur, la panique qui lui serrait la poitrine, ainsi que la petite voix intérieure de lui qui hurlait *je ne suis pas prêt*. Il était trop tard pour réfléchir à ce genre de choses. Personne ne lui avait pointé un pistolet sur la tempe ; il aurait pu se retirer et ne pas laisser sa semence prendre racine à l'intérieur d'elle. Sauf qu'il en avait été incapable. Il avait perdu la raison, le désir l'ayant rendu fou, indomptable et possédé ; ce qu'il ressentait chaque fois qu'il posait les mains sur Bonnie.

Bon sang de bonsoir, il ne pouvait pas être vu en train d'attendre sur le pas de sa porte. Les rumeurs à leur sujet commençaient tout juste à s'apaiser, à présent remplacées par les ragots ridicules concernant sa relation avec lady Héléna. En se maudissant et en maudissant la vie de manière générale, Jérôme partit en direction de l'auberge la plus proche pour prendre un petit déjeuner et laisser s'écouler la matinée.

Ruth grimpa les marches devant la porte d'entrée de chez Matilda et toqua. Elle arrivait un peu trop tôt pour être polie, mais elle avait hâte de voir Bonnie, et elle que ses deux amies se moqueraient de l'heure trop matinale.

Ruth avait été ébranlée par la façon dont Bonnie s'était enfuie et ne pouvait pas s'empêcher d'imaginer qu'il y avait plus de raisons à la fugue de son amie qu'elle ne l'avait supposé au départ. Durant son récent voyage avec son père, elle avait disposé de beaucoup de temps pour réfléchir, ce dernier ayant participé à nombre de réunions d'affaires qui duraient des heures. Elle ne croyait plus en l'explication de Bonnie.

Si la cause de sa fuite avait été due à l'arrivée imminente de Mr Anderson, Bonnie lui en aurait parlé, n'est-ce pas ? Elles n'étaient peut-être pas des amies très intimes, mais elles étaient tout de même proches. Ruth avait cru que Bonnie avait confiance en elle, pourtant, elle ne lui avait pas révélé le véritable problème. Un horrible soupçon trottait dans la tête de Ruth ; elle ne voulait pas lui accorder de crédit, mais dès qu'il se présenta dans son esprit elle ne put s'en défaire. Elle n'avait pas réussi à fermer l'œil de la nuit ; il fallait qu'elle voie Bonnie tout de suite. Si ses soupçons s'avéraient fondés, Bonnie aurait besoin de tout le soutien de ses proches. Peut-être que la jeune femme ne se confierait toujours pas à elle pour l'instant, mais Ruth avait besoin que Bonnie comprenne qu'elle pouvait compter sur elle et qu'elle ne la jugerait pas. Mais comment lui faire passer le message si Bonnie ne révélait pas la vérité ? Ruth n'en avait pas la moindre idée, mais elle espérait trouver un moyen le moment venu.

— Bonjour, Baines, dit Ruth au majordome impeccable qui adressa un sourire chaleureux à la jeune femme en prenant son chapeau et ses gants.

Ruth se faisait un devoir de se souvenir du nom des domestiques qu'elle rencontrait régulièrement. Même si elle faisait beaucoup d'efforts pour se fondre parmi l'aristocratie, et que beaucoup de gens des classes supérieures méprisaient totalement le petit personnel, elle refusait de croire que les bonnes manières devaient diminuer en fonction de la classe sociale de la personne à qui l'on s'adressait, au contraire.

Dans beaucoup de maisons, ce comportement lui attirerait le mépris des domestiques qui pouvaient se révéler encore plus snobs que leurs maîtres et maîtresses, mais fort heureusement, le personnel de Matilda ne se donnait pas de tels airs.

— Bonjour, miss Stone. J'ai bien peur que miss Hunt ne soit pas présente, vous venez de la manquer. Mais il me semble que miss Campbell prend son petit déjeuner, si vous voulez bien me suivre.

Ruth suivit l'homme à travers l'élégant hall d'entrée jusqu'au petit salon. C'était une pièce printanière et joyeuse, décorée dans un jaune citron ensoleillé, mais cela ne semblait pas avoir d'effet sur Bonnie, qui dévisageait sa tasse de thé avec une expression d'intense misère.

Elle sursauta, surprise, lorsque Baines annonça son invitée, et changea aussitôt l'expression de son visage. Elle sourit à Ruth en déclarant :

— Ruth, quelle bonne surprise ! Je suis heureuse que vous soyez venue.

Les demoiselles patientèrent pendant qu'un valet de pied apportait à Ruth une tasse de thé et dressait un autre couvert pour le petit déjeuner, puis le majordome et lui se retirèrent.

— Je suis tellement désolée, Ruth, déclara Bonnie en prenant la main de son amie. Jérôme m'a dit à quel point vous étiez inquiète. Je n'ai jamais voulu —

— Oh, peu importe, déclara Ruth avec un geste impatient. C'est du passé. Je voulais simplement savoir si tout allait bien pour vous, et c'est le cas, donc c'est oublié. Ce qui m'importe réellement, c'est la raison pour laquelle vous êtes partie, Bonnie. Quelle était donc cette chose si terrible que vous ne puissiez vous confier à moi ? Et n'allez pas me dire que vous étiez effrayée par Gordon Anderson. D'après tout ce que vous m'avez raconté, aussi terrible soit-il, vous n'avez jamais eu de mal à lui tenir tête. Ma parole, si vous êtes capable de rabattre le caquet du comte de Morven — qui est censé être un véritable ogre — vous ne me ferez pas croire que Mr Anderson vous fait trembler au point de vous faire fuir.

Désemparée, Ruth constata que les yeux de Bonnie se remplissaient de larmes, et elle lui serra la main plus fort.

— Bonnie, vous êtes mon amie, vous ne l'ignorez pas ? Vous m'êtes très chère, et je ne vous laisserai jamais tomber. *Jamais*, ajouta-t-elle avec férocité. Peu importe les circonstances.

Bonnie laissa échapper un sanglot étouffé.

— Oh, très chère, dit Ruth en sentant sa propre gorge se serrer. Oh, j'espérais tellement avoir tort, mais ce n'est pas le cas, n'est-ce pas ? Vous êtes… vous êtes…

À son grand désarroi, elle vit Bonnie écarquiller les yeux en réalisant ce que Ruth sous-entendait, et son visage prit aussitôt une couleur affreusement verdâtre.

— Non, souffla-t-elle d'une voix si horrifiée que Ruth craint qu'elle ne s'évanouisse. *Non* ! Comment… comment avez-vous su ? Oh, mon Dieu, ce n'est qu'une question de temps avant que tout le monde le sache, si ce n'est pas déjà le cas. Je dois partir.

Elle bondit sur ses pieds, mais Ruth ne lâcha pas sa main et l'empêcha de s'éloigner.

— Vous n'irez nulle part, déclara-t-elle avec tant de force que Bonnie lui lança un regard surpris.

Ruth se mordit la lèvre. Elle savait très bien qu'elle avait un caractère ferme ; en réalité, autoritaire ne serait pas un mot trop fort pour la caractériser. Même si elle faisait de son mieux pour dissimuler pareil défaut, il était dans sa nature de prendre les décisions, surtout lorsque les gens se montraient aussi manifestement têtus.

— Mais, Ruth, la supplia Bonnie d'une voix tremblante. Je me suis enfuie par ce que je n'osais pas apporter une telle honte dans votre foyer. Je ne suis allée chez Matilda que parce que Jérôme a insisté, et je comptais partir dans quelques jours, mais… mais si lady Héléna et vous avez déjà deviné —

Les deux femmes sursautèrent lorsque la porte s'ouvrit à nouveau.

— Mr Cadogan souhaite vous voir, miss Campbell.

Le majordome quitta la pièce une nouvelle fois, et Ruth remarqua aussitôt l'expression qui habitait les yeux de Jérôme. Bonnie se leva d'un bond avec un air affreusement paniqué.

— Bonnie, dit-il d'une voix si tendre que Ruth faillit soupirer de soulagement.

— Oh, non, dit Bonnie.

Elle s'évanouit. Avant même que Ruth n'ait le temps de pousser une exclamation, Mr Cadogan avait rattrapé Bonnie. Ruth se dépêcha de se lever et de déplacer une chaise pour qu'il puisse asseoir la jeune femme. Jérôme s'assit face à Bonnie, qui était affalée sur le siège, et lui frotta les mains pendant que Ruth fouillait son réticule à la recherche de ses sels. Elle les agita sous le nez de Bonnie.

— Je remercie le ciel que vous soyez venue, déclara Ruth avec un soulagement palpable alors que Bonnie commençait à revenir à la vie. Elle était sur le point de s'enfuir à nouveau. J'étais terrifiée à l'idée de ne pas parvenir à l'empêcher.

— Je m'en occupe, répondit Mr Cadogan avec fermeté.

Ruth poussa un soupir de soulagement.

— Oh, dit-elle. Je remercie le ciel, j'aurais dû savoir que vous feriez la bonne chose.

Il ricana.

— Je ne vois pas pourquoi, marmonna-t-il.

Il reporta toute son attention sur Bonnie qui revenait à elle. La jeune femme soupira, battit des paupières, et un sanglot s'échappa de ses lèvres lorsqu'elle vit Jérôme à genoux devant elle, les mains entourant les siennes.

— Oh, ma chérie, dit-il d'une voix empreinte de tristesse. Bonnie, pourquoi ne me l'avez-vous pas dit ?

Ruth se leva et regarda ailleurs ; Bonnie éclata en sanglots.

— Oh, Jérôme, non, hoqueta-t-elle. N-Ne soyez pas gentil avec moi. Tout est de ma faute…

— Ne faites pas l'oie, dit-il avec beaucoup de tendresse d'un ton amusé. Faudrait-il que je vous batte pour m'avoir laissé vous mettre enceinte ?

— M-Mais vous ne vou — voulez pas m'épouser, gémit-elle en redoublant de sanglots.

— Oh, Bonnie, n'en faites pas une histoire. Je devais bien épouser quelqu'un, et je préfère que ce soit quelqu'un que j'aime, plutôt qu'une lady coincée à la dot faramineuse. Au moins, vous n'attendrez pas de moi que je sois sage : vous êtes pire que moi.

Bonnie le contempla un long moment, puis sa lèvre trembla et elle se remit à pleurer.

Ruth sentait que sa compagnie était de trop, elle rangea donc la petite fiole dans son réticule. Elle était à mi-chemin vers la porte lorsque cette dernière s'ouvrit à nouveau. Le majordome entra et déclara sans laisser transparaître le moindre intérêt à toute cette activité :

— Mr Gordon Anderson.

Le nom fut accueilli avec un silence glacial et avec autant d'enthousiasme que le chant du glas.

Ruth se figea alors que l'homme pénétrait à grands pas dans la pièce… enfin, cela devait être un homme, songea-t-elle. À bien y regarder, cela aurait pu être une montagne.

Elle leva les yeux, les leva encore, et cessa de respirer. Ruth était une femme robuste qui était très grande. Elle s'était toujours sentie un peu maladroite et faisait figure d'amazone lorsqu'elle se trouvait aux côtés de la plupart de ses amies aux silhouettes bien plus délicates. À côté de cet homme, elle avait l'impression d'être une gracieuse petite nymphe.

De toute sa vie, elle n'avait jamais vu un tel spécimen ; il y avait quelque chose d'animal en lui. Il paraissait à peine apprivoisé. Une crinière de cheveux châtains encadrait une mâchoire puissante qui possédait l'ombre subtile d'une barbe d'un jour, et ses yeux avaient la même couleur que ceux d'un chat. Sa présence semblait dévorer tout l'espace disponible dans la pièce qui rétrécissait par la seule présence de sa silhouette massive.

Oh, mon Dieu, pensa Ruth. *Oh mon Dieu*. Les genoux de la jeune femme semblaient réagir de façon étrange.

Il était magnifique. On aurait dit que son visage avait été taillé dans le roc, il était tellement impressionnant ! Ses yeux étaient incroyablement beaux, sa peau bronzée, ravagée par les intempéries ; il était tellement impressionnant ! Ses épaules étaient massives, ses bras étaient puissants, et il était probable que les cuisses sous kilt le soient aussi, et était tellement, tellement… *impressionnant*.

Son cœur se mit à battre de façon erratique dans sa poitrine. Le regard furieux de l'homme balaya la pièce et s'arrêta sur la jeune femme pâle assise dans la chaise.

— Argh, Bonnie Campbell, petite diablesse. Enfin je mets la main sur vous ! Empaquetez vos affaiyres, créature infernale, j'ai autre chose à faiyre que de passer une seconde de plus dans cette affreuse ville.

Ruth poussa une exclamation de surprise. Bonnie avait clairement menti à propos du physique de Gordon Anderson, et, avant qu'il ne se mette à parler, Ruth avait caressé l'espoir qu'elle ait aussi menti sur son caractère. Apparemment pas.

— Elle ne va nulle part, gronda Mr Cadogan en bondissant sur ses pieds.

Il vibrait de colère, son visage était blanc et ses poings serrés.

— … Et je vous prie de rester poli lorsque vous vous adressez à ma fiancée.

— Oh, Jérôme, non, le supplia Bonnie en attrapant sa main.

— Chut, ma chérie, répondit Mr Cadogan en lui souriant.

L'expression de son visage avait changé lorsqu'il s'était adressé à elle, devenant si tendre que Ruth fut certaine que tout irait bien si Bonnie se montrait raisonnable.

— Et qui diable êytes-vous ?

La voix grave d'Anderson résonna ; son accent écossais était assez épais pour que Ruth fasse fi de son absence de bonnes manières et le regarde comme s'il était le dernier gâteau à la crème et qu'elle était la seule à pouvoir l'attraper.

Elle se rendit compte un peu trop tard de sa bouche ouverte et la referma en essayant de prendre une expression moins ébahie. Ce n'était qu'un homme, se réprimanda-t-elle. Un homme imposant, viril, magnifique, un spécimen glorieux de son espèce, oui, mais… oh, à quoi bon ? Elle abandonna l'idée de ne pas s'en émouvoir et le contempla avec émerveillement, observant la scène qui se déroulait sous ses yeux.

— Je suis Jérôme Cadogan, et miss Campbell vient de me faire le très grand honneur d'accepter ma demande en mariage.

— Oh, vraiyment ? répliqua Anderson.

Ses yeux d'un étrange marron doré se posèrent sur Bonnie.

— … Et pourquoi feriez-vous une telle chose, Bonnie, sans me prévenir ? Hein ? J'aurais pu m'épargner ce trajet horrible, ney croyez-vous pas ?

Jérôme blanchit en entendant la réponse Bonnie :

— Nous ne sommes pas fiancés. Mais plutôt mourir que de vous épouser, et vous le savez, donc dans tous les cas, vous avez perdu votre temps.

— Je n'crois pas, répondit Anderson avec une expression ferme. Morven désire cette union. Si vous n'comptez pas honorer cet arrangement, vous pouvez le lui dire vous-même.

— Non. Je n'irai pas.

Bonnie se leva. Ses joues avaient repris leur couleur, et ses yeux brillaient de rage.

— … Et certainement pas avec vous. Vous pouvez vous trouver une autre dot à épouser, car vous n'aurez pas la mienne.

L'expression de Mr Anderson s'assombrit, et l'on put distinguer une note qui ressemblait à du désespoir dans le grondement rauque de sa réponse.

— J'ai besoin de cet argent, Bonnie. Pour l'amour du ciel, femme, vous n'l'ignorez pas ! J'ai attendu suffisamment longtemps. Je vous ai donné le temps que vous réclamiez pour trouver un autre époux, et cela n's'est pas produit.

— Si, bon sang, elle l'a trouvé ! cria Jérôme en se plaçant devant Bonnie. Elle deviendra ma femme, et l'on se retrouvera vous et moi en enfer avant que je ne l'abandonne.

— Oh, aye[1] , dans ce cas, pourquoi n'dit-elle pas la mêyme chose ? demanda Anderson en se rapprochant d'un pas de Jérôme et, ce faisant, dissimulant une bonne moitié de la pièce.

Ruth fit de son mieux pour ne pas regarder ses genoux, visibles entre les chaussettes épaisses et le bord du kilt. Elle échoua.

— Parce que je n'ai pas eu le temps de faire sortir la demande de ma fichue bouche avant qu'une espèce d'énorme homme des cavernes pataud ne fasse irruption dans la pièce et se mette à vociférer ! rétorqua Jérôme, furieux.

Ruth admira son courage. Elle avait toujours trouvé les hommes Cadogan impressionnants physiquement, même si le comte était certainement plus raffiné et élégant que son frère. Mais même la pièce semblait se ratatiner devant ce gigantesque highlander. Cependant la réputation de Mr Jérôme Cadogan était celle d'un bagarreur et fauteur de troubles — *entre autres* — et le fait que l'homme qui lui faisait face avait la carrure d'une montagne ne semblait pas l'ébranler le moins du monde.

Alors qu'elle contemplait l'énorme Écossais indiscipliné qui vibrait de tension, une pensée lui traversa l'esprit : ce Mr Anderson avait besoin d'être encadré. Une tête de mule avec autant de détermination avait besoin que quelqu'un lui apprenne comment ne pas agir avec la délicatesse d'un éléphant dans un magasin de porcelaine.

— Eh bien, demandez-le-lui alors, déclara Anderson en plissant les yeux.

Ruth reporta son attention sur la scène. Jérôme secoua la tête.

---

[1] Aye: Interjection très utilisée en Écosse, signifie « oui » ; « d'accord »

— Non, dit-il. Il n'y aura pas de demande. Elle doit m'épouser. Elle porte mon enfant.

Ruth poussa une exclamation de surprise, Bonnie gémit et enfouit sa tête entre ses mains.

— Pardonnez-moi, ma chérie, dit doucement Jérôme en se retournant vers elle et en lui prenant les épaules. Mais vous avez besoin de quelqu'un pour veiller sur vous, et je suis fatigué de votre détermination à ne pas me piéger. Je me suis piégé tout seule, et il n'y a personne d'autre à blâmer, et certainement pas vous. Nous nous marierons dès que possible. Je ne veux pas d'un fils ou d'une fille qui grandisse sans nom, et c'est tout.

Bonnie éclata en sanglots et Jérôme la prit dans ses bras en la serrant avec force, comme s'il craignait qu'elle ne tente de s'échapper à nouveau.

— Que le diable vous emporte tous les deux ! s'exclama Anderson.

Il était visiblement furieux, mais peut-être n'était-ce pas la seule émotion qu'il éprouvât, car il passa une de ses mains massives dans ses épais cheveux emmêlés en déclarant :

— Maintenant, quoi ?

Il avait posé cette question d'une voix si basse qu'il s'était probablement parlé à lui-même. Il y avait une note franchement désespérée dans son ton à présent, comme celle d'un homme qui atteint le bout d'une route très longue et difficile, et découvre qu'en fait, elle se prolonge à l'infini.

Ruth sentit une bouffée de compassion tourbillonner dans son cœur en le regardant, ainsi qu'une chose ressemblant fortement à du désir lui tirailler le creux de l'estomac. Elle voulait aller vers lui, s'asseoir sur ses genoux et lui prendre la tête pour la poser sur son épaule pendant qu'elle caresserait les rides sur son front pour les faire disparaitre. La vision lui coupa le souffle. C'est alors qu'il leva la tête, comme s'il la voyait pour la première fois, et au moment où leurs yeux se croisèrent, Ruth sentit que sa dernière once de santé mentale s'envolait dans un nuage de fumée.

— Vous f-faut-il épouser une femme qui a de l'argent, Mr Anderson ?

Elle avait fait de son mieux pour ne pas bégayer, mais elle savait qu'il était affreux de dire une telle chose à voix haute. C'était exactement le genre de remarque vulgaire que les aristocrates s'attendaient à entendre de la bouche d'une femme issue d'une famille de marchands, bien sûr, mais elle s'en moquait. Les mots de son défi résonnaient dans ses oreilles, et le besoin de l'accomplir faisait bondir son cœur comme un poulain vieux d'un jour. Elle avait perdu l'esprit. S'il n'était pas parti dans ce nuage de fumée, alors il avait dû disparaitre quand elle avait admiré les genoux nus d'Anderson.

Un air incrédule flotta sur son visage quelques instants, puis éclata d'un rire amer.

— Aye, et alors ? demanda-t-il avec un air soupçonneux. J'imagine qu'une élégante dame anglaise comme vous me méprise à cause de cela ?

Une élégante dame anglaise ? Ruth rougit.

— N-non, s'écria Ruth en secouant la tête avec vigueur. Pas le moins du monde. Ai-je raison de croire que vous êtes l'héritier du comte de Morven ?

Le regard suspicieux s'accrut, et il croisa les bras.

— Aye, acquiesça-t-il

Ruth le contempla, son regard se posa sur la fossette de son menton et elle serra les poings pour lutter contre l'envie de la toucher, de passer la main sur la barbe rêche et rugueuse de cette mâchoire intransigeante. Son cœur battait si fort et si vite qu'elle se sentait étourdie, et pendant un instant elle se demanda s'il y avait des cas de folie dans sa famille. Parce que si c'était un fait avéré, la maladie s'apprêtait à faire un retour fracassant.

— Quel… quel âge a le comte ? demanda Ruth qui se demanda d'où pouvait lui venir ce culot.

À présent, elle tremblait devant l'énormité de ce qu'elle était en train de faire, le défi résonnait dans ses oreilles encore et encore.

Dire une chose profondément scandaleuse à un homme séduisant. Dire une chose profondément scandaleuse à un homme séduisant…

Il croisa ses bras massifs et les genoux de Ruth menacèrent de faiblir lorsqu'elle vit ses biceps tendre le tissu de son manteau et qu'elle imagina ces mêmes bras se refermer autour d'elle.

— Vous êtes bien curieuse, miss… ?

— Miss Stone, répondit-elle en sachant que son émotion était audible. Oui, c'est affreusement grossier de ma part, je le sais, mais je vous assure que j'ai une très bonne raison.

— Morven a soixante-neuf ans, si j'me souviens bien, dit-il en la regardant désormais avec curiosité.

Ruth hocha la tête. Elle fit de son mieux pour rester calme et lucide sous le regard inquisiteur de cet homme qui lui donnait chaud et l'étourdissait. Soixante-neuf ans. Les chances que son père vive assez vieux pour la voir obtenir un titre de noblesse semblaient bonnes. Elle avait entendu Bonnie dire que le comte menait une vie très dure, il était donc improbable qu'il continue ainsi très longtemps. Ruth prit une profonde inspiration. Elle savait qu'elle était sur le point d'outrepasser la notion de vulgarité et d'aller droit en enfer.

— De combien se compose la dot de miss Campbell ?

— Oh, Ruth ! Non ! s'exclama Bonnie qui prêta soudain attention à la conversation.

Elle repoussa Jérôme et courut vers son amie.

— Non. Peu importe ce que vous pensez, Ruth, non. Ne faites pas cela. Le titre n'en vaut pas la peine. Il n'a pas un sou, le château est pratiquement une ruine, il se situe à des kilomètres de tout, et, pire encore, c'est une brute stupide qui a autant de sensibilité qu'un caillou ; il n'y a pas un seul os civilisé en lui.

Pas un seul os civilisé en lui. Ruth contempla l'homme et quelque chose de chaud et d'obscène fit fondre ses entrailles.

Anderson prit un air un peu furieux en regardant les deux femmes, visiblement déconcerté.

— Cinq mille livres, dit-il après un silence tendu.

Bonnie gémit.

Ruth ferma les yeux pendant un long moment. Elle les rouvrit, prit une profonde inspiration, regarda l'homme droit dans les yeux et déclara :

— La mienne est de cinquante mille. Pourquoi ne pas m'épouser ?

Chapitre 12

Ma chère Kitty,

*Je ne sais par où commencer. Je ne me suis
absentée qu'une heure, mais cela a suffi pour
que tout le monde perde la tête.*

**— Extrait d'une lettre de miss Matilda Hunt à
Mrs Kitty Baxter.**

29 octobre 1814. South Audley Street, Londres.

Ruth était vaguement consciente que la porte s'ouvrait au
moment où elle énonçait son outrageante requête. Quelque part,
dans les recoins brumeux de son esprit, elle remarqua également
l'exclamation choquée de Matilda. Mais rien de tout cela ne
comptait. Tout son être était rivé en direction de l'homme qui se
tenait face à elle.

Les yeux de ce dernier étaient écarquillés, et il la dévisageait
comme si des cornes et une queue venaient de lui pousser.

— N'avez-vous pas entendu c'qu'elle a dit ? demanda-t-il avec
lenteur, comme si elle n'avait pas toute sa raison.

Il n'avait peut-être pas tort.

— … Je n'ai pas d'argent, et je vis dans les terres sauvages
des Highlands. Cela n'changera jamais, ney vous avisez donc pas
de croire que vous pourrez me transformer. Je n'aiyme pas la
société, et mêyme si celle-là est une petite furie effrontée, ajouta-t-
il avec un mouvement de tête en direction de Bonnie, je n'peux
prétendre qu'un seul mot de son discours soit faux.

Ruth déglutit et tâcha de retrouver sa voix.

— Je comprends.

Elle aurait aimé répondre d'un ton plus ferme et pas avec cette voix faible qui ne lui ressemblait pas. Mr Anderson soupira.

— Aye, il n'y a pas de mal. Je ne dirai à personne —

— Non, Mr Anderson, vous vous méprenez, dit-elle en se précipitant dans sa direction, paniquée, alors qu'il s'apprêtait à quitter la pièce.

Dans son affolement, elle saisit son bras avant de pousser une exclamation en sentant le muscle puissant sous ses doigts ; elle le lâcha aussitôt, comme si le contact l'avait brûlée, et vit une expression profondément choquée dans les yeux félins de l'Écossais.

— Je veux dire que je comprends parfaitement. Vous n'avez pas d'argent, vous n'aimez pas la société, et vous n'avez aucunement l'intention de changer et de passer du temps en ville. J'accepte tout cela.

— Ruth ! s'exclamèrent Matilda et Bonnie à l'unisson, mais l'attention de Ruth ne vacilla pas.

Elle en était sûre, c'était lui qu'elle *voulait*. C'était peut-être une forme de folie passagère, mais elle était sous son emprise et incapable d'y échapper. Toute sa vie, elle avait fait de son mieux pour faire plaisir à son père, pour être une gentille fille, pour attirer le genre d'époux qu'il voulait, c'est-à-dire un mari avec un titre de noblesse. Elle n'avait jamais pris le temps de se plaindre ou d'expliquer ce qu'elle voulait ; elle avait un devoir à accomplir, celui d'élever le rang social de la famille en épousant un noble. Mais elle n'aimait pas vraiment les mondanités, n'avait jamais vraiment voulu faire partie de l'aristocratie. La seule chose qu'elle ait jamais espérée, c'était qu'avec le titre vienne une propriété de campagne dans laquelle elle puisse s'enterrer une fois son devoir accompli. Mais ceci, en revanche… c'était parfait. L'héritier d'un comté ! Elle n'aurait jamais rêvé viser si haut. Un baron ou un vicomte, voilà ce qu'elle avait osé espérer, et elle ne s'était jamais approchée du but. Son père était trop grossier, l'apparence de sa fille rendait les choses… *plus compliquées*, s'était-elle dit, et son caractère… eh bien, elle était directe, ne prenait pas de gants pour s'exprimer, et avait une opinion sur… eh bien sur tout.

— Qu'en dites-vous, Mr Anderson ? Vous avez besoin de mon argent, j'ai besoin d'un mari avec un titre de noblesse.

— Je n'ai pas encore le titre, miss Stone, répondit l'homme sans détacher les yeux de Ruth.

— Y a-t-il la moindre raison pour que vous n'en héritiez pas ? demanda-t-elle, aussi franche que jamais.

— Je suppose que je pourrais mourir, dit-il en passant sa main sur son menton, les yeux rivés sur elle.

Le bruit râpeux qui s'ensuivit donna envie à Ruth de poser elle aussi les mains sur lui. Elle combattit son envie de le dévisager et se concentra sur ses paroles. Honnêtement, il semblait fort peu probable que la mort ose venir chercher Gordon Anderson. Elle s'enfuirait de terreur.

— Mais si vous aviez des fils à votre mort, l'aîné hériterait du titre ?

Il haussa les sourcils.

— Aye.

Ruth ressentit la vague de chaleur la traverser des pieds à la tête, mais elle ne flancha pas. Une chance comme celle-ci ne se représenterait sûrement jamais, et elle n'allait pas la laisser filer entre ses doigts.

— Laisseriez-vous votre épouse gérer la maisonnée sans interférer ?

— Aye, tant que cela n'interfère pas dans ma vie.

— Bien sûr que non. Une maison bien gérée ne fait qu'ajouter à votre confort. Et les enfants, seront-ils aussi laissés à ses soins ?

— Les filles, sans aucun doute, déclara-t-il en écartant ce point comme s'il était de moindre importance.

Ruth réprima son irritation ; elle était habituée à l'idée que l'on n'accordait aux représentantes du sexe féminin aucune utilité ni valeur autre que celle de faire des unions avantageuses.

— … Les fils, en revanche, ont besoin d'apprendre de leur pèyre.

Père. Cet homme lui donnerait de beaux fils en pleine forme, cela ne faisait aucun doute. Il serait leur père. La respiration de Ruth s'accéléra.

— Mais vous autoriseriez votre femme à avoir son mot à dire dans leur éducation ?

Il se frotta la nuque en l'évaluant du regard.

— Aye. J'imagine que oui.

Ruth prit une profonde inspiration, acquiesça de la tête d'une manière très professionnelle et tendit la main.

— Nous avons un marché, dans ce cas, Mr Anderson.

— Oh, Ruth, non ! s'exclama Bonnie. Jérôme, faites quelque chose !

Jérôme ouvrit la bouche ; il semblait avoir eu assez de chocs pour la journée sans avoir en plus à régler les problèmes des autres.

— Ruth, ma chérie, déclara Matilda en s'avançant vers elle et en lui prenant la main avant qu'Anderson ne puisse la serrer. Ne trouvez-vous pas que c'est un peu soudain ?

— Soudain ? déclara Ruth avec un rire amer. Matilda, c'est ma sixième saison. Je suis prête à accomplir mon devoir auprès de ma famille, mais les seules offres que j'ai reçues jusqu'à présent ont été si détestables que je n'ai tout simplement pas pu dire oui. Il faut accepter la réalité, et la réalité, c'est…

Elle se retourna et regarda à nouveau Mr Anderson des pieds à la tête. Tout son mètre quatre-vingt et un peu plus. Elle réprima l'envie de soupirer.

— … La réalité, continua-t-elle en maudissant sa voix soudainement faible et fluette, c'est que nous irons très bien ensemble.

Elle se retourna vers l'homme en question, qui avait observé l'échange en silence, retira sa main de celle de Matilda et lui offrit une nouvelle fois.

— Eh bien, Mr Anderson, qu'en dites-vous ?

Il tendit la main et la respiration de Ruth resta coincée dans sa gorge en sentant sa paume chaude et calleuse entourer la sienne.

— Marché conclu, miss Stone, grogna-t-il.

Un air méfiant dans ses yeux suggérait qu'il n'était pas certain de n'être pas devenu fou lui aussi. Elle ne pouvait l'en blâmer. Bonnie avait peut-être beaucoup moins d'argent, mais elle était beaucoup plus jolie que Ruth et, même avec ses formes voluptueuses, elle n'était pas aussi large et imposante. Enfin, avec un peu de chance, il s'habituerait à elle.

— Parfait, dit-elle.

Elle fit beaucoup d'efforts pour sourire alors que tout ce dont elle avait besoin, c'était de s'allonger dans une pièce sombre avec un grand verre de brandy.

Il réduisit en miettes tous ses espoirs de s'octroyer un moment de calme en déclarant :

— Vous feriez mieux d'aller faiyre vos bagages.

Ruth bondit, paniquée.

— F-Faire mes bagages ? demanda-t-elle en s'efforçant de garder son calme. M-Maintenant ?

— Aye, dit-il avec une lueur provocatrice et amusée dans le regard. Je pars demain matin. Nous nous marierons dès notre arrivée en Écosse. À votre place, je n'perdrais pas de temps.

— Anderson, espèce de brute, s'exclama Bonnie.

Elle s'approcha et s'exclama, hors d'elle :

— Vous ne pouvez pas exiger qu'elle vous obéisse. Je sais que vous êtes un monstre insensible, mais si la pauvre créature a suffisamment perdu la raison pour accepter de vous épouser, le moins que vous puissiez faire est de lui donner quelques semaines pour s'habituer à l'idée, et pour que ses amis puissent lui dire au revoir.

— Quoi, et lui donner le temps d'y réfléchir pour qu'elle change d'avis ? demanda-t-il en secouant la tête, le regard fixé Bonnie. Je n'suis pas aussi idiot.

— Non, tout va bien, Bonnie, répondit Ruth.

Elle était étonnée du calme qu'elle ressentait à présent, ou peut-être était-ce le choc qui s'installait ? Elle se sentait comme engourdie.

— … Mr Anderson a raison. Il n'y a aucune raison de tergiverser, mais mon père voudra certainement vous parler de ma dot.

— Ma petite dame, si le bonhomme veut me donner cinquante mille livres, je suis prêt à accepter beaucoup de choses, tant que je garde le contrôle sur la dépense de cet argent.

— J'ai moi-même de l'argent et des biens, déclara Ruth avec méfiance. Cela ne fera pas partie de la dot.

Anderson fit un geste de la main.

— Je ne suis pas avare. Ce qui est à vous reste à vous et vous le dépenserez comme bon vous semble, mêyme si je vous souhaite bonne chance pour faire cela à Wildsyde.

— W-Wildsyde ? bégaya Ruth.

— Au château de Wildsyde, expliqua Bonnie avec un regard inquiet. C'est là qu'il vous emmène. Oh, Ruth. C'est tellement loin d'ici. Êtes-vous sûre de n'avoir pas fait une horrible erreur ? Vous pouvez le faire attendre, vous savez. Pour cinquante mille livres, il peut bien passer un mois à genoux à vous remercier du fond de son sombre cœur, ajouta-t-elle en jetant un regard noir au grand Écossais.

Anderson haussa les épaules, indifférent, mais quelque chose de sombre et de malveillant avait brièvement brillé dans ses yeux jusqu'à ce qu'il croise le regard de Ruth. Soudainement l'image même de l'innocence, il déclara :

— Je n'ai pas d'objection à me mettre à genoux pour ma femme.

Pourquoi ces mots firent-ils violemment rougir Ruth ? Elle n'en était pas certaine.

— Demain matin, cela me va, Mr Anderson, dit-elle en trouvant refuge dans son meilleur ton de femme d'affaires. Mais je crois que nous avons embêté mes amis assez longtemps, je vais vous conduire à mon père. Plus vite nous aurons réglé les détails, mieux cela sera.

Après avoir fini sa tirade, elle étreignit Bonnie et lui fit jurer de lui écrire, embrassa Matilda en répétant la demande, et sortit de la pièce avant de perdre tout son sang-froid.

Bonnie regarda Ruth partir avec Gordon Anderson derrière elle et fondit aussitôt en larmes.

— Oh, ma chérie, dit Jérôme.

Il la prit à nouveau dans ses bras et Bonnie enfouit son visage dans sa cravate en sanglotant.

— J – je suis désolée, balbutia-t-elle. Je n'arrête pas de pleurer. Je ne suis pas comme cela d'habitude.

— C'est le bébé, répondit Jérôme d'une voix rassurante en lui caressant le dos avec des gestes circulaires. J'ai entendu dire que cela rendait les femmes très émotives.

Subitement, on aurait pu entendre une mouche voler dans la pièce et Bonnie leva les yeux vers lui à l'instant où lui aussi, se souvenait que Matilda était dans la pièce. Elle les regardait, les yeux écarquillés.

— Je suis désolée, M-Matilda, déclara Bonnie.

Elle était mortifiée et honteuse d'avoir amené ce scandale dans la maison de son amie.

— Oh, Bonnie. Espèce d'idiote, soupira Matilda avant d'ouvrir les bras pour l'accueillir. Pourquoi ne me l'avez-vous pas dit ?

Jérôme s'éloigna en direction de la fenêtre et fit mine d'être terriblement intéressé par quelque chose qui se passait à l'extérieur pendant que Bonnie et Matilda s'étreignaient en pleurant. Lorsqu'elles parurent à nouveau calmes, il revint parmi elles et Bonnie sentit sa gorge se serrer à nouveau lorsqu'il lui prit la main.

— Eh bien, ma chérie. Ruth n'est pas la seule qui doive faire ses bagages. J'aimerais que nous nous mariions à la chapelle de Holbrooke, si vous n'y voyez pas d'objection.

Bonnie secoua la tête, trop malheureuse pour dire un mot. Elle venait de détruire la vie de son meilleur ami. Il n'était pas prêt à se marier et à devenir père, elle le savait, mais il le ferait par devoir. La tristesse la submergea, jamais elle ne s'était détestée à ce point.

— Votre m-mère sera-t-elle présente ? demanda-t-elle.

Elle savait que c'était lâche, mais elle désirait repousser la rencontre le plus possible.

— Non, dit-il avec douceur en lui lançant un regard compréhensif. Elle est en ville, et Jasper et Harriet ne seront pas de retour de leur lune de miel avant un moment. Nous aurons la maison pour nous tout seuls, du moins pour quelques jours. Ensuite, il faudra lui faire face.

Bonnie hocha la tête. Il ne prendrait pas le risque de parler à sa mère avant le mariage, car il savait qu'il y avait de grands risques que lady Saint-Clair prenne très mal la nouvelle. Une fois que ce serait fait, elle devrait l'accepter, car il serait alors impossible de faire marche arrière. Ensuite, elle détesterait Bonnie pour toujours. Très bien. Ce n'était pas comme si Bonnie n'avait pas l'habitude d'être indésirable. Elle avait bien survécu jusque-là, non ? Tant que personne ne traitait son enfant de la même façon en lui donnant l'impression de ne pas être à sa place, de pas être à la hauteur, eh bien, Bonnie pouvait supporter tout le reste.

— Je devrais vous accompagner, déclara Matilda. Ce n'est pas bien que Bonnie soit seule le jour de son mariage. Elle devrait avoir une amie à ses côtés. Je ne resterai pas, ajouta-t-elle. Mais je ne veux pas qu'elle se sente seule, car ce n'est pas le cas.

Elle se tourna vers Bonnie pour la regarder.

— … Elles viendraient toutes si vous le leur demandiez, vous savez.

Bonnie sourit, elle savait que c'était la vérité.

— Je sais, dit-elle. Et cette pensée est très réconfortante, mais je ne veux personne, Matilda. Peut-être, lorsque nous reviendrons en ville, nous pourrons faire une petite fête, comme nous l'avons fait pour Aashini. Ce serait bien.

Matilda fronça les sourcils, le trouble s'installa dans ses yeux bleus.

— Mais, Bonnie…

— Je vous en prie, Matilda.

Sa voix se brisa. Elle ne savait pas comment expliquer le fait qu'elle voulait que personne ne soit témoin de ce qu'elle avait fait, que personne ne soit aux premières loges pour admirer les malheurs qu'elle causait au seul homme qu'elle avait jamais aimé et qu'elle aimerait jamais.

— Très bien, déclara Matilda.

Bonnie comprit qu'elle était un peu blessée. Elle l'étreignit avec force.

— Merci, lui dit-elle du fond du cœur. Vous toutes avez été si gentilles avec moi. Je vous en prie, dites aux autres que… que j'ai été idiote. Je préférerais ne pas avoir à l'expliquer moi-même.

— Oh, ma chérie.

Matilda lui rendit son étreinte avec force, avant de la relâcher.

— … Eh bien, ajouta-t-elle vivement, nous ferions mieux de préparer vos affaires.

Matilda quitta la pièce avec hâte, laissant une fois de plus Bonnie seule avec Jérôme.

— Bonnie ?

Bonnie se tourna vers lui et afficha un sourire sur son visage. Le pauvre homme sacrifiait son avenir pour épouser une fille qu'il n'avait jamais désiré avoir, pour accepter le fardeau d'un enfant qu'il n'avait pas voulu non plus, du moins pas tout de suite. Le moins qu'elle puisse faire, c'était d'avoir l'air contente.

— … Est-ce que tout va bien ?

— Bien sûr, dit-elle en obligeant sa voix à paraître guillerette et enjouée. Nous allons nous marier. Je suis la fille la plus heureuse du monde.

Chapitre 13

Cher Jasper,

*Je pense qu'il vaut mieux que je vous écrive
pour vous prévenir tout de suite. Je me suis mis
dans un beau pétrin, comme vous l'aviez prédit.
Il n'y a pas moyen d'y échapper, Jas. J'ai été
tellement idiot…*

**— Extrait d'une lettre de Mr Jérôme Cadogan
à Jasper Cadogan, le comte de St Clair.**

30 octobre 1814. Demeure de Holbrooke, Sussex.

Ils partirent en direction de Holbrooke le jour même et se
marièrent l'après-midi suivant. Jérôme ne fut que gentillesse
envers Bonnie qui fit son mieux pour agir comme à l'accoutumée.
Elle aurait dû être heureuse. Elle obtenait tout ce dont elle avait
toujours rêvé. Elle épousait un homme qu'elle aimait, ils allaient
avoir un enfant. Ce serait le début de la grande famille heureuse
dont elle avait toujours voulu faire partie. Mais comment cela
aurait-il pu être ? Comment leur famille pourrait-elle être
construite sur des bases d'amour et de bonheur alors que Jérôme ne
voulait pas d'elle ? Du moins, pas en tant qu'épouse. Elle n'était
pas faite pour la vie de Jérôme, elle le savait. L'intérêt qu'il avait
éprouvé envers elle n'avait été dû qu'à la nouveauté ; cela le
changeait des blondes fragiles qui avaient su conquérir son cœur,
contrairement à elle. Même si toutes ces jolies filles n'avaient pas
su le retenir très longtemps, elles avaient eu son amour pendant un
petit moment. Il était connu pour tomber très facilement amoureux,
pourtant cela n'avait pas marché avec Bonnie. Pas du tout. Ce n'est

pas comme si elle n'avait pas eu sa chance. Elle avait essayé, et avait échoué, parce qu'elle n'était pas ce qu'il voulait.

Si elle n'était pas venue, il serait encore libre et pourrait profiter de la vie. Lorsque toutes ses envies auraient été assouvies, il se serait installé avec une charmante jeune femme qui aurait su le divertir, plaire à sa mère, et le rendre fier lorsqu'il sortait en public à ses côtés. Bonnie ne pouvait pas lui offrir ces choses-là. Elle était trop bruyante, trop rustre. Elle était trop, dans tous les sens du terme. Même son corps était vulgaire. Ses courbes généreuses étaient de celles que l'on jugeait désirables chez les femmes de petite vertu, le genre de femmes avec lesquelles vous passiez une nuit avant de les oublier, pas chez les élégantes ladies que vous preniez pour femme.

Bonnie avait du mal à imaginer assister à des dîners élégants en sa compagnie, participer à des discussions polies et mondaines sans faire un pas de travers. Elle essaya d'imaginer une vie ou Jérôme n'était pas toujours sur le qui-vive, à s'attendre à être embarrassé par une parole ou une action scandaleuse venant de Bonnie.

Elle avait vu la lettre qu'il avait écrite à son frère. Oh, elle n'avait pas eu l'intention de fouiner, elle était tombée dessus. Le haut n'était pas correctement replié, et elle avait pu voir le début. Elle n'avait pas continué la lecture ; ce n'était pas comme si elle avait besoin d'en lire plus. Il n'y avait rien qu'elle ne savait pas déjà.

> *Il n'y a pas moyen d'y échapper, Jas. J'ai été tellement idiot…*

Son cœur se serra.

— Venez, mon épouse, déclara Jérôme en sortant Bonnie de ses pensées. Je veux profiter de vos charmes !

Il mima de façon théâtrale une expression obscène et elle rit. Qu'aurait-elle pu faire d'autre ? Il faisait tant d'efforts pour être gentil, pour ne pas faire comme s'il était déçu, comme s'il ne souhaitait pas n'avoir jamais un jour posé les yeux sur elle.

— Vous avez à peine mangé, déclara Jérôme en regardant la charmante table que la gouvernante avait préparée pour eux. La pauvre femme avait été affolée lorsqu'ils lui avaient annoncé leur mariage imminent. Bonnie avait fait de son mieux pour ignorer les regards et les murmures du personnel consterné. Elle savait ce qu'ils pensaient, et ils avaient raison. Elle l'avait piégé. Peut-être n'en avait-elle pas eu l'intention, mais elle l'avait fait, et maintenant elle devrait endurer les ragots.

— Je n'ai pas faim, dit-elle en repoussant son assiette. Cette journée a été tellement charmante et je suis bien trop excitée.

L'expression de Jérôme s'adoucit et il prit la main de Bonnie.

— Vraiment, ma chérie ? Je sais que tout ne s'est pas déroulé exactement comme vous l'auriez rêvé, mais cela semblait être la meilleure chose à faire. Si vous êtes tombée enceinte dès la première fois où nous…

Bonnie sourit toute seule en voyant les joues de Jérôme se colorer légèrement. Comme il était amusant de voir Jérôme rougir.

— … Eh bien, le problème, c'est que cela fait déjà plus de six semaines et je préfère ne pas rendre les choses trop évidentes.

— Oh, je pense qu'elles sont déjà assez évidentes.

Bonnie détourna le regard et son sourire s'évanouit. Les mots avaient sonné de façon bien plus amère qu'elle n'en avait eu l'intention. Oh, Seigneur, il fallait qu'elle fasse attention. Peu importe ce qui arriverait, il fallait que Jérôme la croie follement heureuse. Il avait tant sacrifié pour elle ; c'était le moins qu'elle puisse faire.

— N'aviez-vous pas évoqué l'envie de profiter des charmes de votre femme ?

Elle lui lança un sourire coquin, se leva et s'enfuit de la pièce. Il l'attrapa avant même qu'elle n'atteigne la porte, la prit dans ses bras, et l'embrassa.

Oh.

— Oh, Bonnie, souffla-t-il en l'embrassant le long du cou avant de revenir sur sa bouche. Oh, ma chérie. J'ai été incapable de penser à autre chose qu'à ceci, à vous… depuis la dernière fois où nous nous sommes vus. Seigneur, vous m'avez tant manqué.

Bonnie ferma les yeux pour lutter contre les larmes. Comme il était bon, doux et gentil de sa part de dire des choses aussi charmantes. Il avait l'air tellement sincère qu'elle pouvait presque le croire. Presque.

Il n'y a pas moyen d'y échapper, Jas. J'ai été tellement idiot…

Jérôme recula ; il respirait fort.

— Nous avons besoin d'un lit, déclara-t-il avec une lueur diabolique dans les yeux. C'est notre nuit de noces, je ne veux pas scandaliser le personnel en vous prenant sur la table de salle à manger, et c'est ce que je ferai si nous ne partons pas d'ici.

Il attrapa sa main et la tira hors de la pièce en direction de l'escalier.

Bonnie rit en courant derrière lui. De tout son cœur, elle aurait aimé être aussi heureuse qu'il feignait de l'être, mais s'il parvenait à faire semblant, et bien elle y arriverait aussi. Elle prétendrait être heureuse, jouerait à la parfaite épouse et la parfaite mère, elle ferait semblant de ne pas savoir que son mari regrettait l'avoir épousée et que sa famille avait honte d'elle. Elle ne doutait pas qu'il existait pire situation ; simplement, en cet instant précis, aucun autre exemple ne lui venait en tête.

Cher Jasper,

Je pense qu'il vaut mieux que je vous écrive pour vous prévenir tout de suite. Je me suis mis dans un beau pétrin, comme vous l'aviez prédit. Il n'y a pas moyen d'y échapper, Jas. J'ai été tellement idiot jusqu'ici, et je sais que vous ne comprendrez pas cela, mais je remercie le ciel que c'eût été le cas.

Si je n'avais pas agi de manière aussi affreuse, je n'aurais jamais défloré Bonnie, je ne l'aurais jamais mise enceinte — oui, me méprisez-vous ? —, et elle serait peut-être retournée en Écosse pour épouser ce foutu Gordon Anderson avant que je n'aie eu le temps de réaliser la vérité.

Je suis allée la chercher, pour agir avec honneur, et j'avais l'impression d'être un agneau que l'on menait à l'abattoir, avec le poids d'une telle responsabilité sur les épaules. Comme il me paraissait affreux d'avoir une femme que je n'avais pas désirée ainsi qu'un enfant. Un enfant ? Moi ? J'avais envie de pleurer de peur tant j'étais paniqué.

J'étais donc là, en train de faire ma demande, quand ce satané géant d'Écossais fait irruption et menace d'emmener Bonnie loin de moi, car elle lui avait été promise par Morven.

Jasper, je n'ai jamais eu aussi peur de toute ma vie.

Tout à coup, tout est devenu si clair, j'ai vu à quoi ressemblerait ma vie si Bonnie n'en faisait pas partie. Elle serait morne, vide, dépourvue de joie et de rires. J'étais misérable ces dernières semaines passées sans elle, mais ce n'est qu'au moment où j'ai failli la perdre que j'ai compris pourquoi. Je l'aime. Je l'aime de tout mon cœur, et je vous supplie de me pardonner pour la façon honteuse dont tout ceci s'est déroulé, mais si vous devez punir quelqu'un, punissez-moi.

Bonnie n'est pas aussi forte qu'elle le paraît. Toute sa vie, elle n'a connu que solitude ; elle désire plus que tout avoir une famille. Elle a besoin de se sentir aimée et acceptée, si elle pense que vous avez honte d'elle, cela risque de la blesser terriblement, bien plus que vous ne pouvez l'imaginer, et cela me tuerait. Je vous en prie, faites en sorte qu'elle se sente bienvenue. Ne lui faites pas de reproche. Tout est ma faute, et non la sienne, et je désire plus que tout la rendre heureuse.

Pardonnez-moi d'épiloguer ainsi, en plus, pour parler de <u>sentiments</u>, que Dieu me pardonne. Souhaitez-moi d'être heureux, Jas.

Votre terrible frère,

J

Jérôme claqua la porte de la chambre derrière eux et attira Bonnie dans ses bras. Il la contempla. Son cœur renfermait de l'inquiétude, bien qu'il ne comprît pas comment il pouvait y avoir encore de la place pour cela. Il avait été si stupide pendant si longtemps. Tellement aveugle. Elle lui avait manqué tout le temps où ils avaient été séparés, mais il avait cru qu'il était simplement nostalgique de leur amitié et de leurs folles aventures. Aucun de ses amis ne l'amusait comme Bonnie le faisait, aucun ne le rendait heureux de faire des activités, peu importe leur nature, qu'il s'agisse d'un de ses plans diaboliques, ou simplement de rester assis à parler et à rire. Seigneur, elle le faisait rire comme personne ne l'avait jamais fait rire. Mais il ne s'était pas rendu compte, il n'avait pas même soupçonné qu'elle lui volait son cœur un peu plus chaque jour qui passait.

Il ne s'en était pas aperçu, jusqu'à ce qu'elle dise à Gordon Anderson qu'ils n'étaient pas fiancés. Elle ne voulait pas épouser Gordon non plus, bien sûr, et Jérôme ne pouvait pas l'en blâmer ; le bonhomme était à peine civilisé. Mais l'individu connaissait très bien Bonnie et vice versa, et la terreur avait frappé le cœur de Jérôme devant l'affreuse possibilité qu'elle puisse rentrer chez elle, parmi ceux qu'elle connaissait.

Il lui avait fait un sacré coup bas en annonçant sa condition devant Anderson, l'homme auquel elle avait été promise par son tuteur, mais il ne voulait pas prendre le risque de la perdre. Elle était sienne, son enfant grandissait en elle, et cette pensée faisait jaillir en lui une vague de tendresse si intense qu'il sentait sa gorge se serrer. Ils avaient fait un enfant, et, bien que l'idée fît encore trembler son cœur de peur, ce n'était plus la même chose maintenant. C'était la peur de ne pas réussir à être pour cet enfant tout ce qu'il avait envie d'être alors qu'il ressentait déjà un tel amour pour lui ; il fut submergé d'une envie si féroce de le protéger que sa vision se brouilla.

— Bonnie, dit-il.

Il l'attira à lui et l'embrassa avec tout son être, avec tout ce qu'il ressentait en luttant pour contenir ses émotions alors que le bonheur et le désir enflaient à l'intérieur de lui. Il avait déjà assez fait d'erreurs. Un mariage miteux alors qu'elle avait sans doute rêvé d'une église, d'une jolie robe et que ses amies soient présentes pour souhaiter son bonheur. Il ferait mieux à partir de maintenant, se promit-il. Il allait être un mari et un père, et il s'arrangerait pour être digne de confiance. Attention, il n'allait pas être morne et ennuyeux ; Bonnie le détesterait s'il devenait ainsi. Son père avait été à la fois un charmant voyou et un père et mari aimant. Voilà un homme sur lequel on pouvait prendre exemple. Le cœur de Jérôme se serra. Il aurait aimé parler à son père. Il aurait su quoi faire, quoi dire, mais tant pis. Il n'était plus un enfant ; il se débrouillerait au fur et à mesure. Il ferait sans doute beaucoup d'erreurs, mais Bonnie lui pardonnerait car elle l'aimait.

Pourtant, dans un petit coin de son cœur, il doutait. Elle n'était pas heureuse. Il le savait, malgré les rires et sa façon de le regarder avec amour. Elle faisait semblant, et il ne savait pas pourquoi. Était-ce simplement à cause du bébé ? Elle était sans doute terrifiée. Lui l'était. Devenir père était déjà suffisamment effrayant, mais songer à tout ce qui pourrait mal se passer durant l'accouchement lui glaçait le sang. Et s'il la perdait ?

Il la serra plus fort, comme s'il pouvait la garder rien que pour lui et la protéger de tout grâce à cette étreinte.

— Oh, ma chérie, vous êtes mienne. Vous ne pouvez plus vous échapper à présent.

Il recula et lui sourit en tenant son doux visage entre ses mains.

— Mrs Cadogan, dit-il en embrassant son nez. Comme cela sonne bien et comme vous êtes charmante ; par contre vous portez beaucoup trop de vêtements.

— Eh bien, aidez-moi à remédier à cela, dans ce cas, répondit-elle, aussi effrontée que jamais.

Jérôme la fit tourner sur elle-même et entreprit de déboutonner, de délasser et de jeter les vêtements au fur et à mesure jusqu'à ce qu'elle se retrouve nue devant lui. Le souffle coupé, il la contempla et posa la paume de sa main sur son estomac.

— Mon fils, dit-il avec cérémonie.

— Votre fille, le corrigea-t-elle.

Il rit, puis fronça les sourcils en remarquant ce qui avait changé chez elle.

— Vous avez perdu du poids.

Elle sourit et tourna sur elle-même pour Jérôme.

— Oui. Au moins, je suis mince pour ma nuit de noces, mais vous feriez mieux d'en profiter. Bientôt, je serais grosse comme une baleine. Enfin, encore plus que d'habitude.

— Bonnie, dit-il en attrapant son poignet et en la tirant vers lui. Vous êtes magnifique, et vous ne devriez pas vous inquiéter de telles choses. Certainement pas maintenant, et n'ayez crainte…

Il posa la main sur son sein généreux et son corps réagit avec envie au contact du poids doux et chaud contre sa paume.

— … j'adore vos courbes. Vous êtes magnifique. Parfaite.

Elle rit et secoua la tête.

— Arrêtez de faire tant d'efforts. Nous sommes mariés, pour l'amour de Dieu, et vous n'avez jamais ressenti le besoin de me courtiser avant, donc ce n'est pas la peine de vous en inquiéter maintenant.

Perturbé par sa réponse, il déclara :

— Je suis sincère, —

Mais Bonnie plaqua son corps contre le sien en s'agrippant à sa nuque, en attirant la bouche de Jérôme contre la sienne, et tout ce qu'il avait eu envie de dire disparut dans le tonnerre frénétique des battements de son cœur et dans le besoin urgent d'être en elle, là, tout de suite.

Voilà, cria son cœur alors qu'ils basculaient sur le lit, voilà à quoi l'amour ressemble. C'était si facile avec elle, il n'y avait pas de faux-semblants, pas de jeux. Elle s'était donnée à lui pleinement et sans honte dès le début, mais il avait été trop stupide pour reconnaître ce qu'il tenait entre ses bras. Mais c'était fini. Il lui avait fallu beaucoup de temps pour le réaliser, mais à présent il était conscient de la présence et la rareté de ce sentiment, d'à quel point il différait de tout ce qu'il avait pu ressentir jusque-là.

Il réunit leurs deux corps, et le plaisir fut si intense qu'il eut envie de pleurer et de rire en même temps. C'était si renversant… tout ce qu'il ressentait pour elle, pour leur enfant. C'était bien plus que ce qu'il pouvait contenir en lui, que ce qu'il pouvait exprimer, mais il fit de son mieux, en honorant Bonnie de son corps comme il avait promis de le faire lorsqu'ils avaient prononcé leurs vœux. *Je vous rendrais heureuse*, lui promit-il silencieusement alors qu'elle criait son nom, agitée de soubresauts en dessous de lui. *Je vous aimerai tous les deux, je prendrai soin de vous et vous rendrai heureux. Je le jure.*

Chapitre 14

Cher Jérôme,

Harriet est transportée de joie. Vous devez dire immédiatement à Bonnie qu'elle est ravie de l'avoir comme sœur et que la perspective d'avoir une nièce ou un neveu l'enchante. Quant à moi, je n'ai toujours voulu que votre bonheur. Si Bonnie est celle qui est faite pour vous, alors nous l'accueillerons à bras ouverts. Quiconque vous aimant comme nous vous aimons peut attendre de notre part un soutien et une loyauté sans faille.

En revanche, je suis un peu irrité que vous ayez ressenti une telle hâte de donner un petit fils à maman. J'avais espéré être le premier ! Dites-moi, combien d'avance avez-vous pris, espèce de mufle ?

Vous serez heureux d'apprendre que mère rend visite à tante Agatha. Cette dernière est malade et a réclamé que l'on vienne à son chevet immédiatement, comme d'habitude. Ce qui signifie que si vous gardez profil bas à Holbrooke, vous avez au moins quelques semaines de paix devant vous avant que la tempête n'éclate. Profitez-en tant que cela dure.

— Extrait d'une lettre de Jasper Cadogan, le comte de Saint-Clair à Mr Jérôme Cadogan.

18 novembre 1814. Résidence de Londres de Saint-Clair, St James.

Ils restèrent à Holbrooke aussi longtemps qu'ils l'osèrent, mais à présent la fête était finie. Jasper avait écrit à son frère pour lui dire que lady Saint-Clair serait de retour à Londres d'ici la fin de la semaine. Le personnel à Holbrooke était loyal et discret, mais Jérôme avait déclaré qu'il ne pouvait pas prendre le risque que lady Saint-Clair découvre la nouvelle de qui que ce soit d'autre. Bonnie pouvait difficilement l'en blâmer. Lady Saint-Clair serait suffisamment furieuse sans cela.

Les semaines qu'ils avaient partagées avaient été idylliques, et si Bonnie n'avait pas connu la vérité, il aurait été terriblement facile de croire que Jérôme l'aimait vraiment et était heureux de l'avoir épousée. Les mots de soutien d'Harriet et Jasper lui avaient réchauffé le cœur, mais elle savait qu'ils se montraient gentils pour le bien de Jérôme. Harriet était une amie chère, mais même elle devait comprendre qu'il s'agissait d'une effroyable mésalliance. Elle était simplement trop gentille pour le dire.

Enfin, toutes les bonnes choses ont une fin, leur petite idylle heureuse touchait à la sienne et à présent, il fallait que Bonnie affronte la réalité. Elle remarqua le changement en Jérôme dès l'instant où ils quittèrent Holbrooke : la tension et l'inquiétude remplirent ses yeux bleus. Il lui jetait sans cesse des coups d'œil quand il croyait qu'elle ne le regardait pas, et elle ne pouvait qu'imaginer ce qu'il était en train de se dire. Comme elle, peut-être, s'était-il accordé le luxe d'apprécier le temps qu'ils avaient partagé ensemble sans réfléchir au lendemain. Il avait profité de la liberté de faire l'amour avec elle où et comme bon lui semblait, mais désormais la réalité les frappait de plein fouet, et il réalisait qu'il était coincé avec elle. L'absurdité de leur union lui apparaissait distinctement, il imaginait la colère de sa mère, qui serait malade de déception.

Au moins, Bonnie, elle, n'était plus malade. Même si son appétit n'était toujours pas de retour, elle n'était désormais plus obligée de passer la première partie de la matinée la tête penchée au-dessus d'un récipient.

Comme s'il avait pu lire dans ses pensées, Jérôme lui donna un petit coup de coude. Quand Bonnie se retourna, elle vit qui lui tendait un morceau de pomme. Il était pelé et coupé proprement, et elle vit qu'il avait ouvert le panier de mets qu'ils avaient apporté avec eux pour le voyage, alors que cela faisait à peine une heure que Jérôme l'avait fermé.

— Je n'ai pas faim, protesta-t-elle.

— Je sais, ma chérie, mais vous n'avez pris qu'une seule bouchée tout à l'heure, et seulement un petit morceau de pain grillé au petit déjeuner. Ce n'est pas bon pour le bébé.

Bonnie poussa un petit soupir résigné, mais ne put réprimer son sourire. Il était adorable et faisait tant d'efforts. Pourtant cela ne faisait que la rendre encore plus malheureuse de le savoir ; ce n'étaient que des *efforts*, il faisait de son mieux pour tirer le meilleur parti d'une situation désagréable. Eh bien, elle n'allait pas l'empirer. Elle s'en était fait la promesse et l'avait promis à Jérôme. Donc elle lui tira la langue avant de lui arracher la pomme des mains. Elle mangea le morceau, puis trois autres ensuite, même si cela lui donna l'impression d'avoir une pierre coincée dans la gorge et la fit se sentir nauséeuse.

Elle ne se sentait certainement pas mieux lorsqu'ils arrivèrent à la résidence de Londres de Saint-Clair. La maison était terriblement grande et le personnel était beaucoup plus guindé qu'à Holbrooke. Au moins, là-bas, ces derniers l'avaient fait se sentir chez elle, une fois le choc initial dissipé. Peut-être parce que le personnel avait des yeux : ils avaient été témoins du chemin qu'elle et Jérôme prenaient dès le début. À Londres, son arrivée dans la famille était un coup dur pour les domestiques ; pour eux, elle n'était qu'une vulgaire inconnue sans famille et d'une réputation discutable. Ils avaient sans doute entendu, comme tout le monde, que son tuteur avait donné une dot généreuse à Bonnie — lorsqu'on prenait en compte son absence de renommée — simplement dans l'espoir que quelqu'un se trouve suffisamment désespéré pour l'en débarrasser.

Oh, ils se montrèrent suffisamment polis lorsque Jérôme leur annonça la nouvelle, ils émirent les exclamations de circonstances. Ce n'était pas la même histoire quand il n'était pas à ses côtés. Il y avait des murmures — juste assez fort pour qu'elle les entende —, sans parler de la façon dont ils la regardaient de haut, comme si c'était elle, la domestique. Même sa pauvre bonne, Agnès, était traitée comme en paria et se faisait rejeter. Bonnie put presque sentir l'impatience crépiter dans l'air lorsqu'on apprit que lady Saint-Clair devait arriver ce matin-là. Ils espéraient sans doute qu'elle jette Bonnie à la porte et fasse annuler le mariage. Cela ne surprendrait pas Bonnie. En vérité, elle pourrait difficilement l'en blâmer, se dit-elle en passant la main sur son ventre. Il y avait un renflement léger mais bien visible à présent, et elle sourit malgré elle. Comment se sentirait-elle si son propre fils se retrouvait prisonnier d'une femme qui n'était pas convenable pour lui, qui se jetterait sur lui et tomberait enceinte pour lui forcer la main ? Bonnie soupira. Elle ne connaissait que trop bien la réponse à cette question.

Assise près du feu, elle leva les yeux en direction de son mari qui faisait les cent pas. Il était agité et paraissait malheureux. Elle avait mal au cœur de lui causer tant de souffrances. Elle savait à quel point il tenait à ce que sa mère soit fière de lui, tout comme elle savait que leur mariage et la raison de ce dernier ne lui apporteraient que de la honte. Mais il fallait affronter l'épreuve, et le moins qu'elle puisse faire était de l'affronter à ses côtés et de prendre sa défense. Elle ne laisserait pas lady Saint-Clair penser du mal de lui. Elle dirait à la mère que tout était de sa faute, qu'elle avait tout prévu dès le départ. Ce n'était pas comme si cela allait faire la moindre différence, de toute façon, c'est ce que lady Saint-Clair penserait, donc autant que Bonnie protège Jérôme d'une partie du blâme. Au moins, elle avait l'habitude de ce genre de critique.

— Elle est ici.

Bonnie se leva, le livre qu'elle avait fait semblant de lire glissa de ses doigts sans vie sans qu'elle ne s'en rende compte. Son cœur battait la chamade, sa peau était moite, à la fois chaude et froide. *Arrêtez*, se réprimanda-t-elle. *Vous avez affronté la colère de Morven, vous avez affronté Gordon Anderson. Lady Saint-Clair n'est pas plus effrayante ni intimidante qu'eux.* Sauf que Bonnie n'en était pas convaincue. Peut-être ne fulminerait-elle pas et ne ferait-elle pas trembler les murs en hurlant et en pestant, mais ce n'était peut-être pas nécessaire.

— Bien, fit Jérôme.

Il tira sur son veston, passa la main dans ses cheveux et se tourna vers Bonnie.

— Comment me trouvez-vous ?

— Aussi séduisant que d'habitude, répondit Bonnie en le pensant du fond du cœur.

Il était si beau, elle l'aimait tant. Si seulement elle pouvait lui épargner toute cette affaire.

Il lui sourit, mais cette fois le sourire n'atteint pas ses yeux.

— Souhaitez-moi bonne chance, dit-il en se penchant pour obtenir un baiser.

Elle l'esquiva.

— Quoi ? Non, je viens avec vous, répliqua-t-elle aussitôt.

Jérôme se contenta de secouer la tête en déposant un baiser sur sa joue.

— Oh, non. Jamais de la vie. Je vous ferai venir un peu plus tard, une fois que le choc initial sera passé. Je pense qu'elle sera surtout furieuse à cause du bébé et du mariage dans son dos, et je préférerais que vous ne soyez pas là pour assister à mon sermon.

— Non ! s'exclama Bonnie en s'agrippant à son bras. Nous sommes tous les deux responsables. Je ne vous laisserai pas l'affronter seul. Ce n'est pas juste.

L'expression de Jérôme s'adoucit, et il ramena Bonnie vers lui.

— Ma chérie, je ne veux pas que vous ou le bébé connaissiez un seul instant de mal-être, dit-il avant de déposer un baiser sur son nez. À présent, asseyez-vous et tâchez de ne pas vous inquiéter, ou sortez prendre un peu l'air si vous préférez, mais ne vous tracassez pas, je vous en conjure. Mère sera fâchée, je le sais, mais elle n'est pas un ogre. Une fois la nouvelle digérée, tout ira bien.

Il n'y avait rien de plus à dire. Il avait pris sa décision, et rien qu'elle puisse faire ne pourrait l'en faire démordre. La dernière chose qu'elle voulait, c'était que lady Saint-Clair arrive et les découvre au beau milieu d'une dispute. Donc elle le regarda partir comme une bonne petite épouse puis essaya de s'asseoir et de rester sereine, mais c'était impossible. Au bout de dix minutes, elle n'en pouvait plus et décida qu'une promenade était une bonne idée.

Elle partit retrouver Agnès. Les deux femmes s'habillèrent chaudement avec manteaux et bonnets, car il faisait terriblement froid dehors, puis se dirigèrent vers la porte d'entrée. Bonnie s'arrêta en entendant des voix en colère venir de la bibliothèque. Son cœur se serra.

— Venez, déclara Agnès d'une voix douce mais ferme en entraînant Bonnie vers la porte. Nous avons toutes les deux besoin de prendre l'air.

— … feriez mieux de commencer à faire vos bagages, lança à mi-voix un valet de pied sur un ton amusé.

Le majordome ne dit rien et ne réprimanda pas son personnel. Il se contenta de détourner son visage dédaigneux, mais il devait avoir entendu.

Agnès leur lança un regard noir et Bonnie se raidit, mais elle savait qu'il valait mieux ne pas réagir afin de ne pas leur donner la satisfaction de savoir qu'ils avaient frappé juste. Les deux femmes passèrent donc le pas de la porte et s'éloignèrent bras dessus, bras dessous dans la rue. Elles marchèrent en silence pendant quelque temps jusqu'à ce que Bonnie se tourne vers sa bonne.

— Merci, dit-elle simplement.

Agnès sourit. Elle était veuve et l'on pouvait lire le chagrin sur ce visage qui avait été témoin de bien des choses. C'était une femme d'une quarantaine d'années, qui avait les cheveux gris attachés dans un chignon bien serré et le regard doux. Bonnie était reconnaissante du soutien indéfectible qu'elle lui avait apporté ces dernières semaines.

Employer Agnès avait sûrement été l'une des meilleures décisions de sa vie, d'après Bonnie. Au cours du bref entretien qui avait suivi leur rencontre, Bonnie lui avait dit de but en blanc qu'elle n'était pas mariée et qu'elle était enceinte, et que si c'était un fardeau trop lourd à porter, elle trouverait quelqu'un d'autre. Agnès avait simplement foncé les sourcils quelques instants puis avait haussé les épaules.

— J'ai élevé six frères et sœurs, et j'ai aidé maman à en mettre deux au monde. Je pense que je peux veiller sur vous, miss.

Cela avait suffi.

— Elle ne vous fera pas partir, déclara Agnès. D'après ce que je sais, c'est une femme forte, même si tout le monde la croit écervelée. Peut-être que cela ne lui plaira pas, mais elle s'en remettra.

Bonnie hocha la tête en marchant. Elle ne savait pas où elles allaient. Agnès ne lui avait pas posé la question et se contentait de cheminer à ses côtés, présence silencieuse mais rassurante dont

Bonnie était reconnaissante. Oh, comme Jérôme devait se maudire. Il devait souhaiter ne jamais l'avoir rencontrée.

Ses pensées retournèrent vers cette nuit-là, la nuit où elle avait coupé ses cheveux et s'était déguisée en jeune homme. Mon Dieu, qu'est-ce que sa mère penserait de cela ? Elle sentit ses joues rougir comme si elle venait de tout avouer. Elle repoussa cette scène et pensa à la nuit qui avait suivi. Elle se souvint avoir demandé à Jérôme de retirer le tissu dans lequel elle avait enveloppé ses seins tout en sachant à quoi cela mènerait. Il avait essayé de l'arrêter, il avait essayé de lui dire non, mais elle avait insisté, avant de le manipuler, le forçant presque à prendre sa virginité. La honte qu'elle éprouvait enflamma ses joues de plus belle et les larmes lui brûlèrent les yeux. Elle battit des paupières avec force en essayant de s'en débarrasser. Les deux femmes venaient de déboucher dans une rue animée, bordée de magasins, mais Bonnie n'avait aucune idée de l'endroit où elles se trouvaient.

Elle se sentit subitement lasse, lasse et malheureuse. Elle voulait s'allonger dans le noir et pleurer pour toutes les choses idiotes qu'elle avait jamais faites, pour la perte de tout ce dont elle avait rêvé. Non, elle était plus forte que cela, n'est-ce pas ? Elle releva le menton en inspirant profondément et en essayant de se calmer, mais son esprit était confus et elle se sentait étourdie. Peut-être aurait-elle dû manger davantage, comme Jérôme avait insisté.

Elle s'arrêta, mit une main sur son crâne qui venait de se mettre à tambouriner.

— Mrs Cadogan ? demanda Agnès.

Tout à coup, un cri retentit et elles se tournèrent toutes les deux en direction du tumulte, un peu plus haut dans la rue.

— Arrêtez, au voleur ! cria un passant.

D'un seul coup tout le monde se mit à se bousculer et se pousser les uns les autres. Un jeune garçon émergea de la foule en courant droit dans leur direction. Il trébucha sur le pied de quelqu'un et percuta Bonnie. Elle poussa un cri de surprise, son talon était trop près du bord du trottoir. Sans avoir le temps de rétablir son équilibre, elle bascula en arrière. Des hurlements et des cris retentirent, suivis du hennissement terrifié des chevaux et puis… plus rien.

Chapitre 15

19 novembre 1814. Résidence de Londres de Saint-Clair, St James.

— Suis-je pardonné ?

Jérôme, debout, contemplait la silhouette tendue qui se tenait près de la fenêtre. Sa mère était encore une très belle femme, même si ses cheveux dorés avaient perdu un peu de leur couleur. Il avait l'impression, depuis toujours, de ne pas être à la hauteur en tant que fils. Il retint sa respiration alors qu'elle tournait vers lui ses yeux bleus en réfléchissant.

— Votre comportement m'a désespéré ces dernières années, Jérôme.

Jérôme déglutit. Il aurait aimé ne pas avoir à la regarder dans les yeux alors qu'elle lui annonçait quelle déception il était.

— J'ai cru que vous ne grandiriez jamais, que vous ne trouveriez jamais ce que vous sembliez chercher. Lorsque vous avez commencé à fréquenter miss Campbell, je m'étais dit que ce serait comme avec toutes les autres ; que vous alliez vous ridiculiser et nous ridiculiser en même temps, et que Jasper serait obligé de payer d'énormes sommes d'argent pour étouffer l'affaire et faire partir la fille.

Incapable de se taire, Jérôme rétorqua en faisant de son mieux pour modérer la colère dans sa voix :

— Vous ne la ferez pas partir, mère. Je ne suis pas un enfant, peu importe votre opinion sur mes agissements. C'est ma femme et je l'aime. Elle est plus importante que tout pour moi. Je vais être père. J'aurais largement préféré vous voir les accueillir, elle et l'enfant, dans cette famille, car vous la blesserez autant que moi si vous ne le faites pas, mais je ne peux vous y contraindre. En revanche, je peux faire mes propres choix, et dans ce cas, nous serons forcés de partir et je tracerai mon propre chemin. Je ne l'abandonnerai pas, pour rien au monde. Peu importe ce que vous dites ou faites.

Jérôme carra les épaules dans l'attente de la riposte et tâcha de barricader son cœur pour ce qui allait venir, mais sa mère se contenta de soupirer avec impatience.

— Je ne crois pas avoir terminé, dit-elle d'un ton acerbe.

Jérôme rougit. Peu de gens connaissaient cet aspect de sa mère. La plupart ne voyaient que l'élégante lady bien habillée, avec des passions frivoles pour les chiffons et les commérages, une femme dont le rire cristallin pouvait encore faire tourner la tête aux hommes et qui possédait une capacité de concentration la faisant parfois passer pour une écervelée. Même si Jérôme avait toujours eu l'impression de vivre dans l'ombre de son frère Jasper, tout le monde savait qu'elle adorait ses fils, qui — pour autant que les gens sachent — avaient un comportement exemplaire. La vérité différait quelque peu. Même si on leur avait accordé beaucoup de liberté et sûrement un peu trop, leur mère avait toujours eu un sixième sens lorsqu'il y avait de réels ennuis, et son avis importait beaucoup pour ses deux fils. Ils étaient toujours blessés lorsqu'elle était en colère ou déçue.

— Je vous demande pardon, déclara Jérôme qui aurait aimé ne pas avoir l'impression d'avoir de nouveau huit ans et d'être pris en flagrant délit de vol dans les cuisines.

— Si vous aviez prêté attention à ce que je disais, au lieu de dédaigner chacun des mots que j'ai prononcés, vous auriez pu réaliser que j'ai dit *j'ai cru* que vous ne grandiriez jamais. Peut-être que ma maîtrise de la langue n'est pas au point ; j'étais certaine d'avoir conjugué la phrase au passé.

Elle lui jeta un regard noir, puis son expression s'adoucit.

— … Enfant terrible, dit-elle en secouant la tête. Vous avez changé, pourquoi et comment, je n'en suis pas certaine, mais je pense que cette jeune femme y est pour quelque chose. J'ai remarqué combien vous étiez malheureux lorsque vous étiez séparés tous les deux, c'est pourquoi j'ai soupçonné que cette fois, ce serait différent, que *vous* étiez différent.

Jérôme cligna des yeux avec force. Le soulagement puissant qui l'envahit provoqua le chaos dans ses émotions ; il hocha la tête.

— Je suis différent, elle m'a changé. Je sais que vous espériez une union avec lady Héléna, mais…

Sa mère fit un geste désinvolte et rit.

— Oh, peut-être, mais uniquement parce que j'avais peur de vous voir faire une autre bêtise. Mais si vous aimez Bonnie et que ce n'est pas uniquement une autre passade, *et qu'elle vous aime*, alors il n'y a pas d'erreur. Je ne suis pas rigide au point de faire passer la renommée illustre de notre famille avant le bonheur de mon fils. De plus, c'est Jasper, le comte, et il a fait un excellent mariage, donc vous devriez avoir le droit d'agir comme bon vous semble. Vous avez ma bénédiction, dit-elle en souriant.

Jérôme sentit toute la tension quitter son corps d'un seul coup. Étourdi de soulagement, il lui tardait de retrouver Bonnie pour lui annoncer la bonne nouvelle.

— Approchez, déclara sa mère en tendant les bras.

Jérôme alla l'étreindre. Il était toujours un peu étonné de s'apercevoir qu'il était bien plus grand qu'elle. Son odeur familière de lavande et d'herbes fraîchement coupées était si réconfortante qu'il dut cligner des yeux pour retrouver une vision nette. Elle le serra plus fort, et Jérôme eut à nouveau huit ans dans le cœur tant ce geste comptait pour lui.

— Pour votre gouverne, je suis toujours fâchée contre vous, dit-elle en reculant et en agitant le doigt. Mettre la pauvre fille enceinte avant de l'épouser dans mon dos. Oh, Jérôme, je suis si furieuse que je pourrais vous étrangler.

— Vous avez été très claire à ce sujet, mère, répondit-il d'un air contrit. Mais pourrions-nous mettre cela tout derrière nous à présent ? Bonnie doit être très inquiète et ce n'est pas bon pour le bébé.

Elle s'approcha et posa la main sur sa joue, les yeux remplis de larmes.

— Voilà mon garçon, un ange et un démon dans une seule personne, déclara-t-elle en secouant la tête. Oui, oui, bien sûr, partez chercher votre charmante épouse et laissez-moi l'accueillir comme il se doit. Nous avons beaucoup de choses à nous dire.

Jérôme lui adressa un immense sourire et sortit précipitamment de la pièce. Il retourna dans la bibliothèque, mais elle était vide. Il en sortit et interpella le majordome, un homme désagréable et ennuyeux à l'expression sinistre qui le terrifiait lorsqu'il était enfant. Le fossile grincheux devait bien être aussi vieux que Mathusalem à présent.

— Où se trouve ma femme, Potts ? demanda-t-il.

— Je crois qu'elle est sortie, monsieur, répondit le majordome. Elle est allée chercher sa bonne, et toutes deux sont parties à pied il y a peut-être une demi-heure de cela.

— Par tous les diables, marmonna Jérôme.

Il venait de faire demi-tour pour l'annoncer à sa mère quand il y eut de l'agitation à la porte qui s'ouvrit violemment, provoquant une exclamation agacée de la part du majordome.

Miss Lacey, la bonne de Bonnie, faillit tomber en se précipitant vers Jérôme. Son visage était sillonné de larmes, et son bonnet était de travers. Le cœur du jeune homme sombra dans sa poitrine.

— Oh, Mr Cadogan, cria-t-elle. Faites venir un docteur, tout de suite !

Avant que Jérôme ne puisse poser la moindre question, une ombre apparut sur le seuil de la porte et un homme entra en portant Bonnie dans ses bras.

— Oh, Seigneur…

Jérôme se précipita, à peine conscient de la voix de sa mère dans son dos qui criait des instructions alors que tout le monde se mettait en branle dans le hall.

— … Qu'avez-vous fait ! hurla-t-il.

La peur lui serrait le cœur devant le portrait de cette misérable brute qui avait les mains sur sa Bonnie immobile, affreusement immobile.

— Oh, Mr Cadogan, ce n'était pas sa faute, monsieur, dit la bonne s'interposant entre eux. Elle a été poussée sur la route. Ce brave homme a fait tout ce qu'il a pu pour arrêter les chevaux, je peux vous le jurer.

Jérôme regarda le bonhomme, et remarqua qu'il était pâle, sous le choc.

— Je suis tellement désolée, dit l'homme d'une voix rauque. Elle est arrivée de nulle part. J'ai essayé…

Jérôme ne pouvait pas l'entendre, il n'entendait rien d'autre qu'un bourdonnement dans ses oreilles alors qu'il la récupérait des bras de l'étranger. Elle remua lorsque sa tête bascula contre son épaule.

— Jérôme, dit-elle d'une voix faible. Oh, Jérôme, le bébé…

Jasper bondit de son cheval, jeta les rênes au domestique qui attendait là et grimpa les marches qui menaient à sa maison.

— Mère ! s'exclama-t-il alors qu'elle se dépêchait de le rejoindre. Où est-il ? Que s'est-il passé ?

Il avait tout laissé tomber et était parti dans la précipitation, même si le mot de sa mère contenait très peu d'informations : *votre frère a besoin de vous, je vous en prie, venez immédiatement.*

Il n'avait pas pris le temps de faire ses bagages et avait laissé à Harriet le soin de se charger de tout cela ; il avait crié qu'on lui amène un cheval et avait galopé à bride abattue jusqu'en ville. Il était couvert de poussière et mourait de chaud en dépit du temps glacial, mais tout ce qui lui importait, c'était de voir Jérôme.

— Oh, Jasper.

Le joli visage de sa mère s'effondra, elle courut à lui et il la serra contre lui, le cœur battant, tout en se demandant ce qui pouvait la mettre dans un tel état. Il la conduisit dans la bibliothèque, où ils pourraient parler en privé.

— Dites-moi, la supplia-t-il, malade d'inquiétude.

— Il s'agit de miss Campbell, je veux dire… Bonnie. Elle a quitté la maison pour se promener pendant que je parlais à Jérôme, et… et j'ai bien peur qu'elle m'ait entendue élever la voix sur lui et qu'elle se soit dit… mais ce n'était pas à cause d'elle que je criais. Seulement, parfois il est si irresponsable, mais la façon dont il parle d'elle, et il s'est montré si tendre à son égard, il essayait de penser au bébé, et maintenant… et maintenant…

Elle s'effondra à nouveau. Jasper prit une profonde inspiration en luttant pour ne pas perdre patience.

— Maman, *je vous en prie* ! Que s'est-il passé ?

Sa mère essuya ses larmes et hocha la tête en se reprenant.

— Il y a eu un accident, déclara-t-elle d'une voix épaisse. Un voleur, je crois, il courait à travers la foule pour s'enfuir et il a poussé Bonnie. Elle est t-tombée devant une voiture.

— Oh, seigneur, non.

Jasper sentit son cœur se serrer en imaginant pareille chose arriver à sa femme.

— Oui, réussit-elle à dire. Dieu merci, grâce aux réflexes du conducteur, elle n'a rien de grave, une simple commotion et quelques vilains bleus, mais… mais elle a perdu le bébé.

Jasper tenta d'avaler la boule qui s'était formée dans sa gorge.

— Oh, Jasper, dit sa mère dont les jolis yeux étaient remplis de larmes. Il est dévasté. Il dit que c'est sa faute, mais je ne p-peux pas m'empêcher de penser que c'est la mienne. Si le pauvre enfant n'avait pas cru que je désapprouverais son choix et craint ma réaction…

Elle ne put poursuivre et enfouit son visage dans ses mains.

— C'est ridicule, répondit Jasper en essayant de garder une voix mesurée malgré sa vision brouillée de larmes. Bien sûr que vous alliez être fâchée, il s'est comporté affreusement mal et nous le savons tous les deux. Il le sait aussi, mais ce n'est la faute de personne. C'est juste un horrible accident. Nous devons nous montrer reconnaissants du fait que Bonnie s'en soit sortie sans trop de blessures.

Sa mère hocha la tête.

— Je sais, m-mais je me sens si coupable, et pauvre Jérôme, il est complètement fou de douleur. Il aime beaucoup Bonnie.

Jasper sourit.

— Je sais, dit-il en lui tapotant la main. Où est-il ?

— Il passe à chaque seconde à ses côtés, mais le docteur est revenu vérifier l'état de Bonnie juste avant que vous n'arriviez, donc j'imagine qu'il fait les cent pas devant sa porte.

— Je ferai mieux de monter, dans ce cas.

Jasper se pencha et embrassa la joue de sa mère.

— … Plus de larmes, la réprimanda-t-il avec douceur. Tout ira bien, je vous le promets.

— Vous êtes un homme bien, Jasper, soupira-t-elle. Et un bon frère.

— Comme Jérôme, répondit Jasper avant de partir à sa recherche.

Jérôme était assis à côté du lit de sa femme pendant qu'elle dormait. Elle était affreusement pâle et de larges cernes étaient présents sous ses yeux. Grand Dieu, elle était si fragile, il avait failli la perdre. Même si la perte de leur enfant le remplissait d'un chagrin insondable et l'avait bien plus profondément blessé qu'il n'aurait cru, il savait que perdre Bonnie l'aurait détruit.

Soyez reconnaissant, se disait-il, mais c'était difficile : ils avaient perdu leur bébé et Bonnie refusait de le regarder. La plupart du temps, elle dormait, ne se réveillant que brièvement lorsque le docteur venait. Jérôme avait voulu que le docteur attende pour lui annoncer la triste nouvelle, mais ce dernier avait refusé en disant qu'il fallait le lui annoncer tout de suite. Il avait donc expliqué à Bonnie qu'elle avait perdu le bébé, mais qu'elle était forte et en bonne santé malgré quelques bleus, et qu'elle aurait beaucoup d'autres occasions de retomber enceinte.

Jérôme s'était préparé à des torrents de larmes qui ne coulèrent pas ; il avait attendu le départ du docteur pour pouvoir parler à Bonnie et la réconforter, mais elle s'était détournée, avant de fermer les yeux ; elle n'avait pas dit un mot depuis.

Elle s'agita et il se redressa en lui attrapant la main.

— Bonnie, dit-il en affichant un sourire sur son visage malgré son envie de pleurer. Vous voilà enfin, ma beauté endormie. J'ai cru que vous ne vous réveillerez jamais.

— Quelle heure est-il ?

Jérôme fronça les sourcils et il fallut un moment pour que son cerveau comprenne la question triviale. Il fouilla à la recherche de sa montre à gousset, la regarda pendant plusieurs secondes avant de pouvoir lui répondre.

— Il est quatre heures trente de l'après-midi. Avez-vous faim ? Je crois que Cook a fait mention d'un bouillon de poule. Elle l'a fait spécialement pour vous.

Bonnie secoua la tête.

— Eh bien, du thé alors, suggéra-t-il en sentant la panique monter dans sa poitrine sans savoir exactement pourquoi. Je crois que j'en prendrai aussi. Je vais faire venir du thé, des tartines grillées, et vous aimez cette confiture d'abricots, n'est-ce pas… ? Je vais demander —

— Je ne veux pas de thé, et je ne veux pas de tartines grillées.

Elle avait répondu avec calme, mais on sentait la tension dans sa voix.

— … Je veux une annulation.

Pendant quelques secondes, il se contenta de la regarder : les mots ne voulaient rien dire. Malgré ses efforts, il ne parvenait pas à faire en sorte que son cerveau comprenne la signification de ces paroles, de ce qu'elle venait de dire. Puis cela finit par pénétrer. Il cessa de respirer, la panique qu'il avait tenté de réprimer surgit en lui.

— Une annulation, répéta-t-il stupidement d'un air hébété.

C'était comme si quelqu'un avait basculé l'axe de la terre et que plus rien n'avait de sens.

— Morven n'a jamais accordé sa permission pour notre mariage, dit-elle d'un calme si glacial qu'il eut envie de la secouer. C'est mon tuteur. Il aurait fallu le consulter.

— Mais vous êtes majeure, dit-il.

Il peinait à respirer, son cœur battait si fort qu'il avait l'impression d'avoir couru des dizaines de kilomètres.

— Non. En réalité, Morven a le contrôle de mes finances jusqu'à mes vingt-cinq ans, sauf si je me marie selon ses souhaits.

— Je sais cela ! s'exclama-t-il, furieux cette fois. Comme si je me souciais des fichus cinq mille livres ! Je vous aurais épousée, pour cinq livres ou cinquante mille ! cria-t-il, profondément choqué et blessé, tellement blessé.

Il désirait se blottir contre Bonnie, la réconforter et pleurer avec elle la perte de leur enfant, et elle voulait… elle voulait se débarrasser de lui ?

— Ne soyez pas idiot.

Elle avait dit ça d'un ton si las que Jérôme ne sut plus quoi dire ni quoi faire.

— Je ne suis pas un satané idiot ! cria-t-il tout en sachant qu'il n'aurait pas dû élever la voix, mais il n'avait pas la moindre idée de ce qu'il était censé faire. Pourquoi dites-vous cela ? Essayez-vous de me faire du mal ?

Elle tressaillit, mais au même moment la porte s'ouvrit et le docteur pénétra dans la pièce avec une expression sévère.

— Mr Cadogan, je crois vous avoir dit que votre femme avait besoin de calme et de tranquillité ; pourtant, je vous entends crier de l'autre bout du couloir.

— Eh bien, déclara Jérôme avec amertume, elle veut tellement de calme et de tranquillité qu'elle veut que je parte pour de bon ! Suis-je censé accepter cela ?

Il sortit de la pièce avec fureur et se retint tout juste de claquer la porte derrière lui.

Il resta de l'autre côté un long moment, trop engourdi pour parler ou bouger, puis il s'assit dans la chaise qui avait été placée à côté de la porte pour lui, quand il refusait de partir lorsque le docteur était avec Bonnie. Combien de temps passa-t-il ainsi, assit la tête entre les mains ? Il n'en avait pas la moindre idée. Il entendit des bruits de pas, leva la tête et vit Jasper venir vers lui.

Il s'arrêta devant Jérôme, les yeux remplis de tristesse.

— Je suis tellement désolé, déclara-t-il.

Jérôme se mit debout maladroitement. Jasper le tira contre lui et son frère craqua. Même si sa fierté s'en trouvait blessée, son cœur l'était bien plus, et il sanglota contre l'épaule de son grand frère. Jasper resta silencieux, ce qu'apprécia Jérôme.

— Pardonnez-moi, déclara Jérôme.

Il recula et s'essuya le visage avec son mouchoir après cette scène humiliante où il n'avait pas su se contrôler.

— Je vous prie de m'excuser, répéta-t-il.

— Ne soyez pas idiot, Jerry, répondit Jasper avec un faible sourire. Après ce que vous venez de traverser, c'est bien normal, et puis je m'en moque. S'il s'agissait d'Harriet, je réagirais de la même façon et vous le savez.

Jérôme hocha la tête, car c'était la vérité, puis il croisa le regard de son frère.

— Mais est-ce qu'Harriet demanderait une annulation de mariage ? demanda-t-il avec amertume.

Jasper le regarda, bouche bée.

— Quoi ?

Il fallut un moment pour que Jérôme puisse répondre, et lorsque ce fut le cas, sa voix n'était pas tout à fait ferme.

— Elle ne veut pas de moi, dit-il avec un sourire malheureux. Après… après tout ce qu'il s'est passé. Elle ne veut pas de moi. Je pense qu'elle a compris quelle mauvaise affaire elle faisait, plaisanta-t-il, même s'il avait envie de s'effondrer à nouveau et non pas de faire des blagues à ses propres dépens.

Jasper le dévisagea, puis secoua la tête.

— Non.

— Oh, je vous assure que si, répondit laconiquement Jérôme. Elle a été très claire.

Il se rassit, il n'était pas certain que ses jambes soient suffisamment fortes pour continuer à le porter.

Jasper répéta d'un ton plus dur, comme si cela arrangeait tout :

— Non.

— Bon sang, Jasper, n'avez-vous pas entendu ce que je viens de dire ?

— J'ai entendu, répondit Jasper avant de s'accroupir devant lui. J'ai pas mal d'expérience avec les femmes qui ont mauvais caractère, Jerry, dit-il d'un ton narquois. Et j'ai vu de mes propres yeux à quel point Bonnie était entichée de vous. Elle vous aime, et cela ne s'arrête pas du jour au lendemain. Je suis sûr que c'est toujours le cas. Elle a mal. Elle a très mal, et elle déverse sa douleur sur vous en essayant de se protéger, ou peut-être en essayant de vous protéger. Ne me demandez pas pourquoi, car je ne suis certainement pas assez intelligent pour comprendre ce qu'il se passe dans l'esprit d'une femme, mais je vous dis qu'elle ne veut pas annuler le mariage.

— Elle ne veut pas ?

Jérôme désirait plus que tout croire son frère.

Jasper secoua la tête.

— S'il y a une chose que j'ai apprise ces derniers mois, c'est que vous devez parler. Ne la quittez pas des yeux avant de tout comprendre, chaque raison, chaque petite pensée se cachant derrière cette demande d'annulation. Vous devez l'obliger à vous l'expliquer, à réfléchir. Grand Dieu, Jerry, j'ai failli perdre Harriet à cause de ce qu'elle m'a entendu dire à cette andouille de Peter Winslow, alors que je n'en pensais pas un traitre mot. Si seulement j'avais su, nous serions mariés depuis déjà longtemps, nous aurions peut-être déjà des enfants, mais un malentendu ridicule s'est installé entre nous et nous a fait garder nos distances pendant des années. Ne laissez pas cette même bêtise idiote tout gâcher pour vous.

Jérôme prit une profonde inspiration en réfléchissant à ce que Jasper venait de dire ; il commençait à entrevoir une lueur d'espoir.

— Merci, Jas, lui dit-il en le pensant de tout son cœur.

— C'est mon rôle de grand frère, Petites Culottes, dit-il avec un sourire en prononçant le surnom dont il avait affublé Jérôme pendant des années.

Jérôme pouffa d'un petit rire et plissa les yeux en regardant Jasper.

— C'est bon pour cette fois, le prévint-il. Mais répétez cela et recevez mon poing dans le visage.

— Vous pouvez toujours essayer, rétorqua Jasper en se levant.

Il resta immobile quelques secondes, puis ébouriffa les cheveux de Jérôme.

— Tout ira bien. Contentez-vous de garder votre calme et ne baissez pas les bras. Ne la laissez pas vous cacher ce qu'elle ressent.

Jérôme hocha la tête.

— Non. Je vous le promets.

Chapitre 16

Cher Mr de Beauvoir,

*Cela fait trois semaines que je vous ai envoyé
ma dernière lettre, et je dois admettre que j'ai
sombré dans la mélancolie en attendant une
réponse qui n'est jamais venue. Comme vous
êtes cruel. J'ai attendu, et attendu après votre
lettre, après le sermon dévastateur que j'étais
sûre de recevoir, et… rien du tout.*

*J'en conclus donc qu'il me faut être bien plus
provocante pour attirer de nouveau votre
attention.*

**— Extrait d'une lettre de miss Minerva Butler
à Mr Inigo de Beauvoir.**

**20 novembre 1814. Résidence de Londres de Saint-Clair, St
James.**

— J'ai bien peur qu'elle ne veuille pas vous voir.

Lady Héléna hocha la tête et tendit à Jérôme une boîte
joliment emballée contenant des dragées.

— Dans ce cas, être pourriez-vous lui offrir ceci de ma part,
et… dites-lui que je suis désolée. Serrez-la dans vos bras de ma
part, je vous prie.

Jérôme lui adressa un sourire qui lui fit mal au cœur.

— Bien sûr.

— Comment allez-vous ? demanda-t-elle en sachant qu'elle n'aurait pas dû poser cette question.

Sa bonne s'était éloignée et était assise dans un coin de la pièce, mais même s'ils avaient été seuls, elle doutait qu'il lui dise la vérité. Les hommes étaient trop susceptibles lorsqu'il s'agissait de sentiments et il ne lui serait surement pas reconnaissant de lui poser cette question, mais cela avait été son enfant aussi. En vérité, il avait l'air absolument misérable, le pauvre homme, et elle avait l'impression que comme Bonnie, il avait besoin d'un câlin.

Ils levèrent tous les deux la tête lorsque la porte du salon s'ouvrit. Le majordome obséquieux qui lui avait léché les bottes lorsqu'elle était arrivée fit pénétrer un autre visiteur. Un homme.

Alors que le nouvel arrivant franchissait le seuil, Héléna se tourna pour l'étudier avec intérêt. Il était grand, possédait une silhouette athlétique aux épaules larges, et tenait un bouquet extravagant de fleurs exotiques. Il apportait avec lui l'odeur propre et fraîche d'une froide journée d'hiver, et ses cheveux sombres étaient parsemés de reflets dorés, comme si le soleil brillait sur ses cheveux en dépit de la météo grisâtre de ce mois de novembre. À sa grande surprise, il l'ignora complètement et alla droit vers Jérôme.

— Mr Cadogan…

Il avait un timbre de voix grave et plaisant, mais sa façon de parler avait quelque chose de différent.

— … J'espère que vous pardonnerez mon intrusion, mais je voulais prendre des nouvelles de Mrs Cadogan. J'avoue que je n'ai pas fermé l'œil depuis cet affreux accident. Je revois la scène dans ma tête et je pense à toutes les façons dont j'aurais pu éviter —

— Je vous prie de ne plus vous tracasser à ce sujet, Mr Knight, répondit Jérôme en affichant de nouveau ce même sourire fatigué. J'ai depuis entendu plusieurs versions de l'accident, et la seule chose sur laquelle tout le monde se met d'accord, c'est qu'il aurait été bien pire sans votre maîtrise des chevaux. Vous n'avez rien à vous reprocher.

— Pourtant, cela me rend malade.

Héléna eut l'impression que sa réponse contenait une émotion profonde qui ressemblait à de la colère.

— … Je vous en prie, dites-moi, comment va-t-elle ? L'enfant… ?

— Nous avons perdu le bébé, dit Jérôme d'une voix très calme. Mais Mrs Cadogan n'est pas blessée et se remet bien, ce dont je suis reconnaissant.

Mr Knight blêmit et passa la main dans ses cheveux avec une expression sévère. Héléna l'observa. Elle remarqua que la main était marquée et usée par le travail. Elle comprit pourquoi sa voix l'avait interloquée. Il parlait *presque* comme un gentleman, il ressemblait *presque* à un gentleman, mais il n'en était pas un. Elle l'examina de plus près, intriguée.

— Je n'ai pas les mots pour vous exprimer à quel point je suis désolé.

Héléna le crut : il avait l'air complètement effondré. Il sembla se souvenir alors du somptueux bouquet qu'il tenait.

— J'ai apporté ces fleurs pour votre épouse, avec tous mes vœux de rétablissement. S'il y a quoi que ce soit que je puisse faire pour vous ou Mrs Cadogan…

— C'est très aimable à vous, Mr Knight. Je m'assurerai que ma femme les reçoive. Elle sera touchée, j'en suis certain. Oh, mais pardonnez mes manières, ajouta Jérôme en se tournant vers Héléna. Lady Héléna, puis-je vous présenter à notre invité ?

Héléna hocha la tête, impatiente qu'il s'exécute.

—Lady Héléna, Mr Gabriel Knight. Mr Knight, voici lady Héléna Adolphus.

Mr Knight s'inclina avec raideur, prêtant à peine attention à Héléna avant de se tourner à nouveau vers Jérôme.

— Je ne vous dérangerai pas plus longtemps, Mr Cadogan. J'espère que vous vous souviendrez de mon offre. S'il y a quoi que ce soit que je puisse faire pour vous, vous n'avez qu'à demander. Je vous supplie d'accepter, monsieur, car ma conscience ne m'offrira pas de répit si vous ne le faites pas. Bonne journée, Mr Cadogan, lady Héléna.

Il sortit, une fois de plus, sans accorder grande attention à Héléna.

— Le pauvre homme se sent très mal, dit-elle une fois la porte refermée derrière lui.

Jérôme hocha la tête en sonnant la cloche pour appeler un domestique.

— Je sais. Il se sent responsable, même si tout le monde dit qu'il n'aurait rien pu faire de plus. On m'a dit que c'était un miracle que les conséquences ne soient pas bien plus fâcheuses, et c'est à lui que je dois cela.

— Que voulait-il dire, en vous proposant ses services ? Qui était-il pour faire une telle offre ?

Jérôme la regarda avec surprise.

— Vous n'avez pas entendu parler de lui ?

Héléna secoua la tête.

— Il est immensément riche. Il possède la moitié de Londres d'après ce que j'ai entendu dire, et des propriétés un peu partout. Des hôtels, des magasins et autres. Il semblerait qu'il veuille s'intégrer à l'aristocratie, mais bien sûr, personne ne daignera lui donner l'heure.

— Ce n'est pas étonnant, s'il manque autant de savoir-vivre avec les dames qu'il rencontre, dit-elle avec légèreté. Mais je ne le voyais sans aucun doute pas sous son meilleur jour. Il est

visiblement bouleversé par accident, et qui pourrait l'en blâmer ?
Je ne lui en tiendrai pas rigueur. Il a également l'air d'être
quelqu'un de généreux… de si belles fleurs de serre en novembre !
Elles ont dû coûter une jolie somme.

Elle tapota le bras de Jérôme en lui souriant.

— Je vous en prie, essayez de convaincre Bonnie de me laisser
la voir, ou de laisser Matilda venir, si elle préfère. Je sens qu'il
faudrait qu'elle parle à l'une d'entre nous.

Jérôme hocha la tête.

— J'ai la même impression.

Héléna entendit la note sombre dans sa réponse.

— Courage, répondit-elle.

Elle aurait aimé savoir quoi dire ou quoi faire pour arranger les
choses, mais elle doutait qu'il y ait quoi que ce soit qui puisse
accomplir cela. Quels mots pouvaient soulager une telle perte ?
Elle ajouta :

— Je peux venir n'importe quand, il vous suffit de me le
demander. À présent, je ferais mieux de partir, les Demoiselles
Surprenantes se regroupent chez Matilda, et je vais être en retard,
comme d'habitude.

— Vous êtes trop bonne, lady Héléna, je vous remercie.

Elle poussa un petit rire et secoua la tête en se dirigeant vers la
porte.

— Ne soyez pas bête, lui lança-t-elle par-dessus l'épaule. Je ne
suis pas bonne du tout, et vous le savez. C'est la raison pour
laquelle Bonnie et moi nous entendons si bien.

Matilda regarda le groupe des Demoiselles Surprenantes et
sourit en constatant qu'elles étaient nombreuses à être venues.

Prue, Minerva et Alice étaient assises sur l'un des canapés, Aashini, Harriet et Héléna sur un autre. Elle était infiniment soulagée que Jemima ait pu également venir ; elle était assise sur la chaise la plus proche du foyer. Elle paraissait pâle et bien trop mince, et sa façon de se blottir plus près des flammes alerta l'instinct maternel de Matilda.

Kitty était absente, car elle était de retour en Irlande avec Luke, mais Matilda l'avait tenue informée des derniers événements. Elle attendit que le thé soit servi et que tout le monde ait choisi un gâteau parmi l'assortiment de pâtisseries délicieuses et de douceurs qui leur avaient été proposées.

— Comme c'est étrange de ne pas se retrouver chez Ruth, déclara-t-elle en jetant un regard critique sur la table abondamment garnie. Elle prépare toujours de délicieux goûters. J'espère que vous êtes satisfaites de ce que je vous ai proposé.

— Plus que satisfaites, déclara Alice en tendant la main vers un autre gâteau.

Matilda sourit, satisfaite que son amie ait embrassé l'idée de manger pour deux. Elle était si menue ; mais désormais elle avait un petit renflement très distinct et semblait rayonner de vitalité.

— Mais racontez-nous tout, ajouta Alice en prenant une expression sérieuse. Comment va Bonnie, l'avez-vous vue ? Oh, la pauvre chérie, chaque fois que j'y pense…

Sa voix se brisa, elle posa son assiette et attrapa son réticule. Elle fouilla à l'intérieur jusqu'à trouver un mouchoir.

— Elle d-doit être si mal-malheureuse, sanglota-t-elle.

Minerva l'entoura d'un bras et la serra contre elle pendant qu'Alice retrouvait son calme.

— Jérôme est désemparé, déclara Harriet en posant sa tasse. Je pense qu'il a autant besoin de notre soutien que Bonnie. Il ne sait pas quoi faire pour elle, mais il fait de son mieux ; quant à Jasper, il est malheureux, car il n'a aucun moyen de protéger son frère de cette blessure. Oh, cela me brise le cœur.

Elle enleva vivement ses lunettes et s'essuya les yeux.

— Je suis du même avis. Je leur ai rendu visite en venant ici, annonça Héléna tout en en déposant un mouchoir au creux de la paume d'Harriet. Bonnie a refusé de me voir, ce que je comprends ; j'espère seulement qu'elle acceptera la visite de l'une d'entre nous très bientôt. Elle a très certainement besoin d'être entourée de ses amies dans un moment aussi sombre.

Matilda haussa les épaules.

— J'imagine que c'est différent pour tout le monde. Il faut lui laisser du temps, et s'assurer qu'elle sache que nous accourrons à la seconde où elle aura besoin de nous. Nous ne pouvons pas faire grand-chose d'autre pour le moment, à part lui envoyer des lettres.

Les filles murmurèrent leur approbation et Matilda comprit qu'elles avaient toutes envoyé des cartes et des fleurs, affichant ainsi leur soutien auprès de Bonnie du mieux qu'elles pouvaient.

— Qu'en est-il de Ruth ? demanda Minerva en soulevant ainsi le second point de la réunion ; toutes étaient très inquiètes. Je n'ai pas eu la moindre nouvelle de sa part, et vous ?

Elle les regarda à tour de rôle, mais chacune secoua la tête et des murmures d'appréhension s'élevèrent.

— Je lui ai écrit à deux reprises, mais je n'ai reçu aucune réponse, déclara Prue d'une voix d'où perçait clairement l'anxiété.

— J'ai une lettre de sa part, annonça Matilda en prenant la missive posée sur une table à côté d'elle et en la montrant. Elle nous supplie de lui pardonner de ne pas avoir répondu, mais… eh bien, laissez-moi vous la lire.

Ma chère Matilda,

Pardonnez-moi de ne pas vous avoir écrit plus tôt ni répondu à toutes les lettres qui me sont parvenues ces derniers jours. Il est très réconfortant de savoir que je ne suis pas oubliée, que je reste dans vos pensées à toutes ; vos vœux de bonheur ont voyagé avec moi. Peut-être pourriez-vous lire cette lettre au groupe lors du prochain rassemblement des Demoiselles Surprenantes. Bien sûr, j'aimerais être présente pour tout vous raconter, mais je vous promets de vous écrire davantage très prochainement et de rattraper mon retard dans les correspondances.

Je suis à présent Mrs Ruth Anderson ! Ce fait, ainsi que celui d'avoir déménagé si loin, me semble si étrange. Tout s'est déroulé dans un tourbillon, et il ne s'est toujours pas apaisé. Le château de Wildsyde est sans aucun doute le plus bel endroit que j'ai jamais vu, même s'il est très intimidant. J'adore les Highlands. Il est possible qu'un de mes ancêtres eût été Écossais, car j'ai l'impression de rentrer chez moi et un simple coup d'œil à travers la fenêtre sur la vue renversante qui se déploie sous mes yeux suffit à m'ensorceler. Comme Bonnie m'avait prévenue, le château a désespérément besoin de rénovation, quant au personnel, il est le plus désorganisé et le plus belliqueux qu'il m'ait été donné le malheur de voir. Ils m'ont surnommée « Sassenach », et j'ai l'impression que ce n'est pas très flatteur. Mais j'adore les défis, et je compte bien les faire entrer de force dans le dix-neuvième siècle, même si cela doit m'achever. L'ambiance est un peu médiévale par ici, mais il n'y a rien que le temps, l'argent, et la fermeté ne sauront surmonter.

Souhaitez-moi bonne chance les filles, et pardonnez-moi d'être une si mauvaise correspondante, mais je suis débordée pour l'instant. Je vous promets de mieux faire. En attendant, je compte sur vos lettres pour me tenir au courant de toutes les nouvelles. Je vous aime, et vous me manquez. Je vous embrasse. Mangez un gâteau à la crème pour moi, mes chéries.

Votre dévouée amie et Demoiselle Surprenante,

Ruth.

Matilda replia la lettre et regarda les autres en se demandant si elles allaient remarquer ce qui lui avait sauté aux yeux.

— Elle ne le mentionne pas, dit Prue en croisant le regard de Matilda.

— Pas une fois, ajouta Harriet.

Toutes échangèrent des regards.

— Pas même en passant.

— Il n'y a aucune mention des noces.

— Ni de la nuit de noces.

Un silence pesant emplit la pièce.

— Elle semble aller assez bien, s'aventura Alice avec espoir. Ni accablée, ni… démoralisée.

— Oui, répondit Matilda en souriant.

Elle aurait bien aimé pouvoir s'en contenter et mettre ses inquiétudes pour Ruth de côté.

— Oui, je suis sûre qu'elle va bien, ajouta-t-elle.

— C'est une femme débrouillarde, ajouta Harriet.

Matilda savait tout aussi bien que les autres que Ruth préférait peut-être prétendre que tout allait bien au lieu d'admettre son erreur.

— … Elle est forte, indépendante et intelligente, continua Harriet. C'est elle qui gère la maison de son père depuis des années, puisque sa mère est trop tête en l'air pour s'en charger. Si quelqu'un peut apporter de l'ordre dans une maison où règne le chaos, c'est bien elle. Elle est infatigable.

— Oui, c'est vrai, acquiesça Matilda en se levant. Et je pense que nous devrions lever nos verres et porter un toast à sa santé et à son bonheur, et pas avec du thé.

Elle remua une bouteille de brandy français dans leur direction et toutes murmurèrent leur approbation. Il était strictement interdit aux jeunes femmes non mariées d'en boire, et même les épouses qui en buvaient n'étaient pas vues d'un bon œil, mais personne n'allait le raconter à qui que ce soit. Elle versa à chacune d'entre elles une bonne mesure — pour se prémunir du froid — et elles levèrent leur verre.

— À Ruth, dirent-elles à l'unisson.

— À Ruth, acquiesça Matilda. *Puissiez-vous être heureuse et vous porter bien, mon amie.*

Une fois le brandy bu et la table débarrassée de la plupart de ses gâteaux à la crème, elles passèrent à autre chose.

— J'ai une lettre de la part de Kitty, déclara Harriet en souriant. Elle m'a confié la garde du chapeau et des défis qu'il contient.

Il y eut des murmures d'excitation dans la pièce, et les Demoiselles Surprenantes qui n'avaient pas encore pioché leur gage rougirent et se figèrent.

Tout le monde regarda Harriet aller chercher le chapeau. Elle le secoua et les bouts de papier bruissèrent à l'intérieur.

— Eh bien, à qui le tour ? demanda Harriet. Vous m'avez obligée à le faire, bande d'horribles créatures, donc n'allez pas croire que je ne vais pas me venger.

— Moi ! s'écria Minerva en levant la main, le visage empourpré. Je pense qu'il est grand temps.

Jemima se mordit la lèvre et secoua la tête.

— Oh, non, dit-elle en ayant l'air au bord de la syncope. Oh, non, je… je ne peux pas.

— Oh, au diable tout ceci, je vais le faire aussi, dit Héléna en prenant une profonde inspiration. Donnez-moi cela, ordonna-t-elle, aussi impérieuse que d'habitude.

— *Personne* ne devinerait qu'elle est fille de duc ! s'esclaffa Prue.

Héléna lui tira la langue, plongea la main dans le chapeau et remua les papiers avant d'en saisir un.

Elle regarda le morceau plié pendant un long moment avant de le tendre à Aashini.

— Lisez-le, dit-elle en pressant le dos de ses mains contre ses joues légèrement rosées. Je me sens mal.

Aashini prit une profonde inspiration et déplia la note.

— Seigneur.

Bouche bée, elle lança un regard paniqué à Héléna.

Héléna gémit et rebondit sur le siège en agitant les mains devant ses joues qui étaient à présent écarlates.

— Oh, grand Dieu ! Qu'est-ce que c'est ? Qu'est-ce que c'est ? s'écria-t-elle.

— Conduisez votre voiture devant le *White's* et faites signe aux gentlemen.

La mâchoire inférieure d'Héléna chuta.

— Oh, Seigneur, Robert va vous tuer, déclara Prue en dévisageant sa belle-sœur avec de grands yeux.

Bien qu'il fût courant qu'une femme conduise elle-même son attelage en ville, passer devant le club pour hommes de Saint James l'exposerait à se faire traiter de *dévergondée*.

— M-mais Prue, je n'ai plus le choix à présent, déclara Héléna, complètement ébranlée. Que vais-je faire ?

Prue réfléchit.

— Je pars visiter le domaine du Hampshire avec Robert à la nouvelle année, dit-elle en fronçant les sourcils. Si vous devez le faire, ce sera le meilleur moment. Le temps qu'il l'apprenne, nous serons à des kilomètres de distance, ce qui lui laissera le temps de se calmer avant de vous revoir. Et, ajouta-t-elle en s'égayant légèrement, cela ne dit pas *quand* vous devez le faire. Si vous y alliez, disons, très tôt dans la matinée, lorsque la plupart des gentlemen se seront depuis longtemps écroulés ou seront rentrés chez eux et que tout individu raisonnable sera en train de dormir, il est probable que personne ne vous remarque.

— Oh, mais cela n'irait-il pas à l'encontre de l'esprit de ces défis ? demanda Héléna en se mordant la lèvre. Si je dois le faire, je pense qu'il faut le faire avec panache.

Prue haussa les épaules.

— C'est vous qui décidez, très chère. Mais soyez prudente ; un défi se doit d'être excitant et un petit peu choquant, mais ne doit pas vous enfoncer dans le pétrin au point de vous y noyer.

Héléna hocha la tête, mais il était évident qu'elle ne prêtait plus attention à la conversation, trop perdue à imaginer ce qu'elle allait faire.

— À moi, dit Minerva alors qu'Harriet s'avançait en lui tendant le chapeau.

Matilda se garda de parler et se contenta d'assister à la scène. Avec un peu de chance, deux défis suffiraient pour l'instant. Elle jeta un coup d'œil à Jemima qui lui retourna un sourire faiblard et elle comprit qu'elles espéraient toutes les deux la même chose.

Harriet secoua le chapeau en faisant décoller les petits bouts de papier pendant que Minerva rassemblait son courage.

— J'y vais, dit-elle.

Elle plongea la main dans le couvre-chef.

Tout le monde se figea dans l'attente que Minerva révèle la nature de son défi. La jeune femme ferma les yeux quelques secondes, comme si elle priait, avant de déplier le papier. Un sourire se dessina sur sa jolie bouche : il était évident que le défi lui convenait tout à fait.

— Eh bien ? demanda Matilda.

Minerva se redressa quelque peu, se racla la gorge et lut à voix haute :

— Se rendre dans un lieu où vous n'êtes pas censée aller.

— Pourquoi ai-je l'impression que vous savez déjà où vous comptez aller ? demanda Matilda qui s'interrogea : devait-elle faire plus attention à Minerva ?

— Parce que c'est le cas, répondit Minerva.

Son expression innocente ne trompa personne.

— Oh ? demanda Prue d'un ton éloquent qui transcrivait exactement ce que Matilda était en train de se dire. Où cela ?

Minerva répondit alors avec un petit sourire satisfait, en déposant délicatement les mains sur ses cuisses :

— Eh bien, à une conférence de la *Royal Society*, bien sûr.

Chapitre 17

Chère Ruth,

Comme vous me l'aviez demandé, j'ai lu votre lettre aux filles lors de notre dernier rassemblement. Bien sûr, nous mourrons toutes d'impatience d'en savoir plus et je crois que vous allez recevoir une avalanche de questions dans les lettres qui cheminent à vous en ce moment même.

Dites-moi simplement une chose, ma chère, et je ne vous questionnerai pas davantage.

Êtes-vous heureuse ?

— Extrait d'une lettre de miss Matilda Hunt à Mrs Ruth Anderson.

20 novembre 1814. Résidence de Londres de Saint-Clair, St James.

Jérôme sursauta lorsque la porte de chambre de sa femme se ferma sous son nez. Miss Lacey était devenue aussi féroce qu'un bulldog depuis l'accident et préservait sa maîtresse de la moindre chose susceptible de lui causer du chagrin. Apparemment, cela incluait Jérôme.

Il était venu livrer les fleurs de Mr Knight et n'avait pas réussi à franchir le seuil. Le bouquet avait été gentiment et fermement pris de ses mains par la bonne qui l'informa que son épouse était endormie et ne devait pas être dérangée. Peut-être plus tard.

La façon dont ses entrailles se tordirent lui indiqua que *plus tard* risquait d'arriver lorsque les poules auraient des dents. Totalement découragé, il repartit dans le couloir sans la moindre idée de ce qu'il allait faire ensuite.

— Jérôme ?

Il se retourna. Sa mère était derrière lui ; il fit demi-tour pour aller vers elle.

— … Pourquoi n'êtes-vous pas avec Bonnie ? demanda-t-elle avec un regard inquiet.

Jérôme haussa les épaules en essayant de réprimer le désir enfantin de demander à sa mère de tout arranger. Il était adulte, pour l'amour du ciel, il devrait être capable de résoudre ses propres problèmes. Sauf qu'il était malheureux et ne savait pas quoi dire ni quoi faire avec Bonnie pour que tout aille mieux, parce qu'aucun mot ne suffirait et que rien ne pouvait aller mieux. Lui-même n'allait pas bien, comment Bonnie aurait-elle pu se sentir différemment ? Et comment diable pouvait-il essayer d'y parvenir alors qu'elle ne voulait pas qu'il s'approche d'elle ?

— Elle refuse de me voir, dit-il en évitant de regarder sa mère.

La compassion et le chagrin qu'il pouvait voir dans ses yeux étaient suffisants pour qu'il sente sa gorge se serrer. Il se contenta de regarder le tapis, et ne se rendit pas immédiatement compte que sa mère était partie jusqu'à ce qu'il entende des coups frappés avec détermination contre la porte de chambre de Bonnie.

Il regarda la porte s'ouvrir et sa mère offrit un sourire éblouissant à miss Lacey.

— J'aimerais voir ma belle-fille, dit-elle en se tenant sur le côté et en faisant signe à la bonne de quitter la pièce. En privé, ajouta-t-elle, avec le ton *obéissez ou subissez-en les conséquences* que Jérôme avait souvent entendu dans son enfance.

Après un instant d'hésitation, miss Lacey sortit, sa mère entra et ferma la porte derrière elle.

Bonnie contemplait, sans réellement la voir, la journée d'hiver grisâtre à travers la fenêtre. Elle entendit Agnès murmurer et crut que Jérôme était revenu pour essayer d'entrer à nouveau. Son cœur se serra.

— Faites-le partir, murmura-t-elle.

Elle ne pouvait pas le voir, pas encore. Si elle le voyait maintenant, elle flancherait, elle s'accrochait à lui et il verrait à quel point elle était faible. Lorsqu'elle serait plus forte, elle aurait assez de courage pour insister et annuler le mariage, lui rendant ainsi sa liberté. Elle ne lui avait apporté que des ennuis et du chagrin ; c'était la seule chose qu'elle pouvait faire pour lui. Peut-être ne comprendrait-il pas, au début, mais avec le temps, il réaliserait qu'elle lui avait fait une faveur. Elle se retourna pour voir ce qui prenait tant de temps, et se figea.

La mère de Jérôme était entrée dans la pièce. Lady Saint-Clair ferma la porte derrière elle et se tourna pour faire face à Bonnie qui eut soudain le cœur au bord des lèvres. Une main se dirigea automatiquement vers le haut du col de son châle et elle s'y cramponna en respirant trop vite. Oh, pas maintenant. Je vous en prie, pas maintenant. Bonnie connaissait ses fautes : elle avait séduit Jérôme, était tombée enceinte, l'avait piégé dans ce mariage, et à présent elle l'avait rendu malheureux en se montrant tellement empotée qu'elle avait réussi à se faire écraser et à perdre le bébé. Lady Saint-Clair ne pouvait pas la punir plus qu'elle ne se punissait déjà, pourtant elle ne pouvait pas endurer cela, endurer les accusations et le dégoût qu'elle lirait sans doute dans ses yeux.

Bonnie commençait à se détourner, mais les mots que prononça la femme n'étaient pas ceux auxquels elle s'attendait, et elle s'immobilisa.

— Ma pauvre enfant, dit lady Saint-Clair. Je sais ce que vous ressentez. J'ai vécu une expérience similaire lors de ma première grossesse, un an avant que je sois enceinte de Jasper. Je suis tombée des escaliers, maladroite que je suis, et… et je me sentais tellement *responsable*. Sa voix trembla légèrement et elle tendit les bras vers Bonnie avec un sourire chaleureux et compréhensif.

Bonnie émit un petit son étranglé, et la seconde d'après, elle se retrouva dans les bras de lady Saint-Clair. Le contact doux de sa belle-mère qui lui caressait les cheveux en murmurant des paroles réconfortantes, lui affirmant que tout irait bien ainsi que la légère odeur de lavande qui flottait autour d'elle soulagea quelque peu son malheur.

Lady Saint-Clair la ramena vers le lit et la borda comme si elle était une petite fille. Puis elle prit un mouchoir propre et déposa quelques gouttes d'eau de lavande sur le tissu avant de le poser sur le front de Bonnie. Elle s'assit à ses côtés et lui prit la main.

— Allons, allons, dit-elle.

En la voyant sourire, Bonnie remarqua la ressemblance avec ses deux séduisants fils. Elle était encore remarquablement belle et paraissait bien moins âgée qu'elle ne l'était en réalité ; elle avait dû être somptueusement belle lorsqu'elle était plus jeune.

— Je crois que vous vous êtes mis en tête que je désapprouvais votre présence.

Bonnie déglutit. Elle ne savait pas quoi dire après avoir été traitée avec tant de gentillesse.

— Pas plus que ce que vous êtes en droit de ressentir, dit-elle en luttant contre l'envie de pleurer. Je l'ai p-piégé et il a dû m'épouser, mais cela n'était pas mon intention, je vous le jure. Je ne pensais pas qu'il se m-montrerait aussi entêté. Je n'ai cessé de lui r-répéter que je ne voulais pas l'é-épouser. Après tout, c'était de ma faute. Je l'ai séduit. Mais il a appris pour le b-bébé.

Elle ne put retenir davantage les larmes et se répandit en sanglots, inconsolable.

Lady Saint-Clair ne répondit rien du tout. Elle se contenta de tenir la main de Bonnie et d'attendre que la tempête de larmes s'apaise.

— Et maintenant qu'il n'y a plus de bébé, il sera mieux sans vous.

Bonnie cligna des yeux. Bien sûr, elle s'était attendue à ce que sa mère dise une telle chose, mais après tant de gentillesse de sa part, elle avait cru que peut-être… eh bien, cela ne servait à rien d'ignorer l'inévitable. Ce n'est pas parce que quelque chose risque de vous rendre malheureux que vous pouvez prétendre que cela n'existe pas. Cela ne changera pas les faits.

Elle s'obligea à croiser le regard de lady Saint-Clair, n'y trouva ni malice ni jugement, en fait, elle n'y trouva rien du tout. La femme semblait simplement attendre sa réponse.

— Oui.

La mère de Jérôme ne réagit pas pendant quelques instants, puis elle prit une profonde inspiration et Bonnie eut la nette impression, mais sans comprendre pourquoi, qu'elle priait pour ne pas perdre patience.

— En dépit de ce que vous croyez, Bonnie, je vous apprécie. Il est vrai que je ne vous aurais pas choisie comme belle-fille, ajouta-t-elle en faisant grimacer Bonnie.

Lady Saint-Clair sourit et haussa les épaules.

— … Je ne vois aucune raison de prétendre le contraire. Vous n'êtes pas calme en société, vous apportez une dot misérable au mariage, ce qui n'est pas idéal pour un fils cadet, et vous avez un penchant pour les esclandres. Mais si vous pouvez rendre mon fils heureux, tout ceci n'a pas d'importance. Le bonheur de Jérôme est tout ce qui m'importe. Et en ce moment, vous le rendez très malheureux, et je n'aime pas le voir ainsi. Vous allez faire quelque chose pour remédier à cela, jeune fille.

Les jolis yeux bleus de lady Saint-Clair se fixèrent sur Bonnie si férocement que la jeune femme dut réprimer l'envie de se tortiller de malaise.

— M-Mais c'est pour cela que —

— Avez-vous demandé à Jérôme ce qu'il voulait, Bonnie ? demanda-t-elle d'une voix plus dure. Avez-vous songé à lui demander comment il se sentait au sujet de la perte de votre enfant ? Souvenez-vous, c'était le sien aussi.

Bonnie prit une vive inspiration choquée, non seulement à cause du ton soudainement tranchant de sa belle-mère, mais aussi de ses mots. Bonnie avait simplement supposé que Jérôme serait soulagé, mais… mais si ce n'était pas le cas ? Elle sentit sa poitrine se serrer, et fut incapable de répondre.

— Non, c'est bien ce que je pensais, soupira lady Saint-Clair. La jeunesse est vraiment gâchée par les jeunes, dit-elle en secouant la tête. Maintenant, écoutez-moi bien, petite oie. Je suis très heureuse de vous accueillir dans cette famille. Harriet est une belle-fille formidable et je l'aime énormément, mais elle est un peu trop raisonnable et je pense que votre caractère jovial nous fera le plus grand bien. En retour, je pense que vous pourrez bénéficier de mes conseils et du bon sens d'Harriet.

Les mots parurent presque prononcés dans une langue étrangère pour Bonnie qui peinait à en saisir le sens. Lady Saint-Clair *ne voulait pas* l'éjecter de la famille ? Elle pensait que *Bonnie* pourrait avoir une influence positive ? C'était de la folie, cela ne faisait aucun doute, et elle ne savait pas si elle devait rire ou pleurer. Bien sûr, l'avis de lady Saint-Clair importait peu. C'était bien beau que la famille l'accepte généreusement en son sein, mais Jérôme n'avait jamais voulu d'elle.

— Je peux presque entendre le tourbillon de pensées dans votre tête, remarqua lady Saint-Clair. Et mon intuition me dit que vous n'avez pas compris ce que je viens de vous dire.

— Oh, non, madame, vous… vous avez été si gentille pour moi. Bien plus que je ne le mérite et —

— Taisez-vous !

Bonnie ferma aussitôt la bouche en rougissant, choquée par l'ordre sévère.

— Voilà ce que vous allez faire, Bonnie. Vous allez demander à Jérôme de venir vous voir. Vous allez lui parler de ce qu'il s'est passé, à propos de la perte de votre bébé, et vous allez lui demander comment il se sent, ce qu'il veut. Ensuite… si cela ne marche pas… eh bien je viendrai cogner vos crânes l'un contre l'autre pour voir si l'on obtient un meilleur résultat.

Malgré tout, Bonnie sourit. Elle aimait bien lady Saint-Clair.

— Promettez-le-moi.

Bonnie hocha la tête.

— Je vous le promets.

L'expression de sa belle-mère s'adoucit et elle tapota la main de Bonnie.

— Allons, mon enfant. Cela peut vous sembler banal, mais je vous promets que tout *ira* bien, si vous faites ce que je vous ai demandé. Il faut que la vérité s'installe entre vous et votre mari, non pas ce que vous *croyez* être la vérité. Un mariage ne peut fonctionner que si les deux partis sont honnêtes et prêts à se livrer, et vous pouvez être sûre que j'aurais une discussion avec Jérôme avant qu'il ne vienne ici, vous pourrez ainsi également compter sur sa sincérité.

Elle se leva et défroissa sa robe avant d'adresser un sourire chaleureux à Bonnie.

Je vous enverrai Jérôme plus tard, lorsque vous aurez eu le temps de reprendre vos esprits, mais pour l'instant je vous suggère de dormir un peu. Il n'y a rien qui ne puisse attendre quelques heures.

Là-dessus, lady Saint-Clair sortit de la pièce dans un bruissement de soie et de jupons, laissant derrière elle une Bonnie ébahie.

Jérôme hésitait devant la porte de chambre de Bonnie. Même si sa mère lui avait assuré qu'elle souhaitait le voir, il se sentait idiot et ridiculement nerveux. Apparemment, sa maman avait tout arrangé pour lui après tout, ce qui lui donnait l'impression d'être un imbécile, comme s'il avait besoin d'être encadré. Coincé entre sa mère et Jasper, c'était un sentiment qu'il ressentait souvent, et contre lequel il se rebellait. Il importait peu qu'il soit désormais adulte, Jasper continuait de le surveiller comme un faucon, tout comme lady Saint-Clair. Plus ils soupiraient et secouaient la tête devant son comportement, plus le diable en lui cherchait à empirer les choses. Plus maintenant. Maintenant, il voulait que les choses s'arrangent, il voulait rendre Bonnie heureuse et fière de lui, et qu'elle ne regrette l'avoir épousé au point de vouloir s'en aller. Il avait envie de la voir, il le désirait si fort qu'il ressentait un tiraillement douloureux au creux de son estomac. Pourtant, il avait peur, peur que sa mère n'ait fait que précipiter la fin des choses. Elle avait poussé Bonnie à le voir, à lui parler, mais sa mère n'avait aucun moyen de savoir ce que Bonnie lui dirait.

Peut-être que Bonnie lui dirait que tout était fini, et qu'elle voulait toujours l'annulation qu'elle avait réclamée auparavant.

— Pour l'amour du ciel, espèce d'imbécile, ressaisissez-vous, murmura-t-il.

Il fit les cent pas un peu plus longtemps, puis agrippa la poignée. Il lui fallut une telle bouffée de courage pour lui faire franchir le seuil qu'il ouvrit la porte bien plus violemment que prévu, et Bonnie poussa un petit cri de panique.

— Désolé, dit-il en levant ses deux mains dans un geste de paix. Elle a heu… glissée, ajouta-t-il tout en regrettant de ne pas pouvoir ressortir et faire comme s'il ne s'était rien passé.

— Vous m'avez fait peur, dit Bonnie en mettant la main sur le cœur.

Le cœur de Jérôme, lui, se serra lorsque son regard se posa sur son joli visage. La vision était charmante, Bonnie assise dans le lit, portant une robe de chambre délicieusement frivole, remplie de volants, de dentelle et de jolis rubans. Il eut du mal à ne pas s'avancer pour ébouriffer les froufrous.

Il jeta un coup d'œil autour de lui, méfiant, au cas où son chien de garde de bonne était tapi dans un coin, prêt à lui bondir dessus.

— Agnès n'est pas ici, dit-elle en devinant le fond de sa pensée. Personne ne nous dérangera.

Jérôme hocha la tête avant d'afficher un sourire timide.

— Comment allez-vous ?

— Bien, répondit-elle aussitôt, avant de secouer la tête. Non, je suis désolée, ce… ce n'est pas l'entière vérité et… j'ai promis à votre mère de vous dire la vérité.

— Moi aussi.

— Je pense qu'elle a envie de s'arracher les cheveux, ajouta-t-elle en lui rendant son sourire.

Le cœur de Jérôme fit un bond.

— Je pense qu'elle veut nous étrangler tous les deux, rétorqua Jérôme.

Bonnie éclata de rire, et le cœur de Jérôme lui donna un étrange coup contre les côtes cette fois-ci.

— Pourquoi ne pas venir vous asseoir ?

Jérôme hocha la tête. Cet échange affreusement poli le rendait mal à l'aise. Il traîna une chaise à côté du lit ; il ne se sentait pas encore assez confiant pour s'asseoir sur le matelas, mais il rapprocha la chaise le plus possible de Bonnie.

— Donc, demanda-t-il. Comment vous sentez-vous ?

Bonnie secoua la tête.

— Non, répondit-elle.

Un éclair de tristesse et de vulnérabilité traversa les yeux de la jeune femme. Elle poursuivit :

— Vous d'abord. Comment vous sentez-vous ?

Jérôme baissa le regard, il regrettait qu'elle lui ait posé cette question. Il s'était senti prêt à pleurer avec elle lorsqu'ils avaient appris la nouvelle. Il avait voulu la serrer dans ses bras et partager son chagrin, mais elle l'avait repoussé et à présent il n'était plus sûr de lui. Mais il avait *promis* d'être honnête.

— Jérôme ?

Sa voix douce le ramena à la réalité, il se rendit compte qu'il était en train de tirer nerveusement les fibres des draps du lit. Il obligea ses mains à rester immobiles en les plaçant à plat sur ses genoux et prit une profonde inspiration.

— Je me sens misérable, dit-il d'une voix un peu inégale. J'étais venu vous chercher ce jour-là, voyez-vous. J'avais parlé à mère, et même si elle était furieuse de ce que j'avais fait, elle m'avait pardonné et voulait vous accueillir. Elle semblait contente pour moi, pour nous, et j'étais si emballé à l'idée que vous parliez toutes les deux, et ensuite… j'apprends vous étiez partie. L'instant d'après, Mr Knight pénétrait dans la maison en vous portant dans ses bras.

Il s'interrompit et leva les yeux. Elle contemplait ses mains, enroulant et déroulant les rubans de sa jolie robe de chambre autour de ses doigts.

— … En l'espace de quelques secondes, je suis passé du soulagement et de la joie extrême au plus profond désespoir. J'ai cru… j'ai cru que vous étiez morte pendant un instant…

Sa voix se brisa. Il lui fallut plusieurs secondes pour se reprendre et poursuivre :

— … J'ai à peine eu le temps d'être heureux de découvrir que vous étiez vivante avant d'apprendre que nous avions perdu le bébé.

Il la vit tressaillir en entendant ses mots, il vit ses yeux se remplir de larmes, mais il poursuivit, il avait besoin de faire sortir tout cela ; il avait besoin qu'elle l'entende.

— Je suis venu à vous, Bonnie, je voulais pleurer. Je voulais vous serrer contre moi, et que vous me serriez contre vous et que nous puissions partager ensemble le chagrin de cette perte, mais… mais vous m'avez rejeté, puis vous m'avez dit que vous ne vouliez plus de moi.

Il lui fallut un long moment avant de pouvoir reprendre la parole, et lorsqu'il aperçut la larme dévaler la joue de Bonnie, il faillit renoncer, mais il devait terminer, c'était indispensable.

— … Ce fut le pire moment de ma vie. Je ne savais pas qu'il était possible d'avoir si mal avant que vous ne m'infligiez cela.

Un silence tendu s'ensuivit, puis Bonnie fondit en larmes et se jeta dans ses bras. Inconsolable, elle répondit en sanglotant :

— Je suis d-désolée. Je s-suis t-tellement d-désolée.

Jérôme la souleva dans ses bras avant qu'elle ne tombe du lit et s'installa à ses côtés sur le matelas. La tête de la jeune femme contre son torse, ils pleurèrent ensemble. Jérôme se laissa aller un long moment, puis il croisa son regard et rit.

— Regardez ce que vous avez fait de moi, misérable. Un vrai arrosoir. Aux oubliettes, ma fierté masculine.

Les larmes de Bonnie se stoppèrent, et elle le contempla. Son nez était rouge, ses yeux humides et il ne l'avait jamais aimée si fort. L'amour qu'il ressentait était tel qu'il avait l'impression que son cœur risquait d'exploser.

— Je sais que vous n'avez jamais voulu m-m'épouser, dit-elle.

Lorsqu'il ouvrit la bouche pour répondre, elle lui lança un regard noir en ajoutant :

— La vérité ! Vous avez promis.

Jérôme fronça les sourcils. Il avait de la difficulté à se souvenir du temps où il avait été suffisamment bête pour croire qu'il ne voulait effectuer son devoir que par obligation.

— Au début, oui, admit-il. Au début, je ne faisais qu'agir comme il le fallait, et puis quand j'ai découvert que vous étiez enceinte, eh bien, il n'y avait plus moyen de faire marche arrière.

— Il n'y a pas moyen d'y échapper, dit-elle comme si elle récitait quelque chose. J'ai été tellement idiot.

La tête de Jérôme tressaillit et il la regarda.

— Vous avez écrit cela à votre frère, dit-elle.

Il ferma les yeux en essayant de se souvenir avec exactitude de ce qu'il avait écrit.

— Vous avez lu mon courrier privé ? demanda-t-il d'une voix blanche.

Bonnie se raidit dans ses bras.

— Ce n'était pas intentionnel. Vous l'aviez laissé sur le bureau. Je n'ai vu que les premières lignes, là où ce n'était pas tout à fait plié. Je n'ai pas fouiné et n'ai pas lu le reste.

Jérôme poussa un juron et soupira.

— La prochaine fois que vous ressentez le besoin de fourrer le nez dans mes correspondances, pourriez-vous avoir la décence de faire les choses correctement, je vous prie ?

Elle le dévisageait, et il lui fallut un moment pour poursuivre : il avait besoin de compter jusqu'à dix, ou peut-être mille.

— Si vous aviez pris la peine de regarder le reste de la lettre, vous seriez partie avec une opinion différente, Bonnie, dit-il en essayant de ne pas perdre son calme.

Les yeux de Bonnie étaient remplis d'inquiétude, et il soupira en resserrant son étreinte autour d'elle. Elle reposa une fois de plus sa tête contre son torse.

— Bonnie, dit-il d'un ton plus doux.

Pouvait-elle entendre son cœur tambouriner de façon frénétique ? Parce qu'il avait l'impression qu'une fanfare enthousiaste était en train de défiler dans son sternum.

— … Bonnie, est-ce que… est-ce que vous m'aimez encore ?

Il baissa les yeux vers elle et attendit qu'elle lève la tête et croise à nouveau son regard. Cela sembla prendre une éternité, l'attente fut terriblement longue, le manque d'oxygène lui faisait tourner la tête, sans oublier le tapage ridicule de son cœur et le fait qu'il avait oublié comment respirer. Quand elle finit par lever la tête, ses yeux brillaient et ses joues étaient rouges.

— Je n'ai jamais cessé, répondit-elle.

— Oh…

Tout l'oxygène qu'il avait retenu dans ses poumons sortit d'un seul coup.

— … Oh, Dieu merci.

Il lui fallut plusieurs secondes pour retrouver ses esprits, et lorsque cela arriva, une vague de colère le traversa.

— Alors pourquoi avez-vous demandé une annulation, bon sang ? demanda-t-il en se redressant si vite qu'elle fut projetée sur le matelas.

Il lui lança un regard noir, et les nuées de volants qui recouvraient la courbe généreuse de ses seins s'agitèrent au rythme de sa respiration.

— Parce que je vous aime, et que je veux votre b-bonheur, bégaya-t-elle en clignant des yeux. Parce que j'ai cru qu'il était de mon devoir de vous rendre votre liberté.

Jérôme la contempla, outré, si ébahi par la stupidité de ce qu'il s'était passé entre eux qu'il ne savait comment réagir. Il prit une profonde inspiration, puis expira lentement.

— Pas étonnant que mère veuille nous assassiner, murmura-t-il en passant la main sur son visage.

Bonnie le regardait, ses yeux étaient remplis d'inquiétude et de larmes attendant de couler.

— Oh, Bonnie…

Il ne savait plus s'il devait rire ou pleurer et suspectait le fait d'être prochainement réduit à exécuter un mortifiant mélange des deux.

— … Créature ridicule et terrible. N'avez-vous pas vu que je vous aimais, que chaque jour passé en votre compagnie depuis notre rencontre me rendait plus amoureux de vous ?

Les yeux de Bonnie s'écarquillèrent, mais elle ne répondit rien et se contenta de le dévisager.

— Je vous adore, murmura-t-il en souriant tandis que le visage de Bonnie devenait flou. Je ne veux jamais être séparé de vous, et la perte de notre bébé m'a brisé le cœur. Je compte sur vous pour m'aider à en recoller les morceaux. Pouvez-vous faire cela pour moi, Bonnie ? Je vous en prie. Car je suis profondément malheureux, et je ne peux pas continuer ainsi.

— Oh, Jérôme, sanglota-t-elle en le tirant contre elle.

Jérôme l'entoura de ses bras et la serra contre lui. Il l'embrassa doucement, tendrement, avec toute l'envie qu'il avait dû contenir depuis le moment où Mr Knight avait passé la porte avec Bonnie dans les bras. Ils restèrent silencieux pendant très longtemps, serrés l'un contre l'autre, leurs cœurs se lovant dans la paix qui existait désormais entre eux, dénuée de doutes et d'incompréhensions.

— Votre mère a été très gentille avec moi, déclara Bonnie lorsqu'ils furent assez calmés pour parler à nouveau.

Jérôme lui caressa les cheveux.

— J'en suis content, répondit-il. Elle était furieuse contre moi à cause de la façon dont je me suis comporté, mais elle a dit qu'elle pensait que j'avais changé, et que c'était grâce à vous.

— Grâce à moi ? s'exclama Bonnie, étonnée.

Il gloussa et resserra sa prise autour d'elle.

— Je sais. Je ne sais pas d'où elle a tiré cette idée saugrenue. Mais peut-être est-ce la vérité, après tout. Vous êtes une créature si débridée que je suis obligé d'être le plus raisonnable. *Moi* ! Pouvez-vous l'imaginer ?

Bonnie le contempla sans sourciller.

— Non, répondit-elle, impassible.

— Vous devez bien admettre que je suis moins diabolique que vous.

— Vous l'êtes tout autant.

— C'est faux.

— Votre comportement est bien pire que le mien !

— Ne soyez pas ridicule !

Jérôme décida qu'il n'y avait qu'un moyen de régler cette dispute, et la chatouilla. Bonnie couina avant de crier à pleins poumons. Toute la maisonnée était probablement scandalisée, se dit Jérôme. Eh bien, ils feraient mieux de s'y habituer.

Chapitre 18

Cher Mr de Beauvoir,

J'ai récemment découvert que la première femme à avoir assisté à une conférence de la Royal Society était la duchesse de Newcastle en 1667. Pepys fait mention du scandale de grande ampleur de cette dangereuse expérience, je n'ai pas réussi à trouver d'autres preuves que la chose eût été répétée. Je trouve cela étrange, puisque <u>vous</u> n'avez manifestement aucun problème à croire le cerveau féminin capable de découvertes scientifiques, sinon vous ne recommanderiez pas le livre de Jane Marcet. Pourquoi n'avez-vous pas encouragé les femmes adeptes de philosophie naturelle à se faire connaître ? Pourquoi est-il si défendu aux femmes d'éprouver le plus petit intérêt pour les domaines tels que la science et la biologie ?

Je me demande ce qu'il se passerait si j'assistais à l'une de vos conférences à la Somerset House ?

— Extrait d'une lettre de miss Minerva Butler à Mr Inigo de Beauvoir.

25 novembre 1814. Church Street, Isleworth, Londres.

— Oh mon Dieu.

Inigo contempla la lettre qu'il tenait dans les mains, un petit frétillement de quelque chose qu'il refusa de considérer réchauffant son cœur tandis qu'une onde bien plus puissante de panique éclatait dans sa poitrine. Elle n'oserait pas.

Si.

Peu importe le nombre de fois où il se répéta qu'elle n'arriverait jamais à passer la porte, au fond de lui il était certain que miss Butler trouverait un moyen d'y parvenir. Elle assisterait à l'une de ses conférences, et soit elle provoquerait un scandale faramineux, soit elle se faufilerait sans qu'il le sache… ce qui signifiait qu'il serait sur les nerfs lors de chacune de ses prochaines prestations. Oh, c'était intolérable.

Cessez de vous comporter comme un imbécile, se réprimanda-t-il. *Vous êtes un adulte, un homme de science de trente ans, pour l'amour du ciel. Vous n'allez pas devenir hystérique parce qu'un petit bout de femme a décidé de vous tourmenter avec son… son…*

La sensation de ses douces lèvres rosées se pressant contre sa bouche surgit dans sa mémoire malgré ses efforts pour l'oublier. Il était accompagné du souvenir de son parfum — quelque chose de doux comme de la vanille, purement féminin — et le bleu sombre, si sombre de ses yeux. Bleu de Prusse. L'oxydation des sels de ferrocyanure ferreux produit le bleu de Prusse. Ce n'était pas une couleur naturelle pour des yeux, mais elle-même était une créature inhabituelle, trop audacieuse, trop téméraire, trop… *belle* pour la santé mentale des hommes. Pour *sa* santé mentale.

Il secoua la tête, exaspéré par ses pensées fantasques. Il s'agissait simplement de la lumière dans la pièce, voilà tout, et du fait qu'elle l'avait tant perturbé que son souvenir de la scène était erroné. Ses lèvres n'avaient pas été aussi douces et enivrantes qu'un syllabub mêlé de brandy, son parfum féminin n'était pas resté accroché sur lui des heures, des jours durant, et ses yeux n'avaient pas été de cette couleur bleue impossible. Ce n'était que le fruit de son imagination. Le désir avait dérangé son esprit, et s'il avait un peu de bon sens, il passerait dans une certaine maison qu'il connaissait pour se payer les services des dames qui s'y trouvaient et se débarrasser de ces pulsions — certes, naturelles — bien trop primales.

Dans tous les cas, il fallait immédiatement mettre un terme à ces absurdités.

Il alla vers son bureau et attrapa brusquement une feuille vierge.

Miss Butler,

Je vous prie de faire disparaître de votre esprit la moindre intention d'assister à l'une de mes conférences à la Somerset House. Non seulement vous n'arriverez pas à franchir la porte, mais vous provoquerez un scandale qui, sans nul doute, sera douloureux pour vous comme pour moi.

Inigo hésita, le stylo posé sur le papier. Au lieu de s'inquiéter et d'ignorer le moment où elle déciderait d'apparaître et de l' l'embarrasser, peut-être était-il préférable de prendre les choses en main ? Car s'il connaissait la date de sa visite, il serait préparé, cela éviterait donc de vilaines surprises, et c'était là *l'unique* raison de sa décision de préparer une telle chose pour elle. Elle s'ennuierait sans doute à mourir, et le béguin stupide qu'elle éprouvait pour lui flétrirait et mourrait.

Oui, c'était la meilleure des choses à faire.

Il déglutit et refusa de prendre en considération le moindre tiraillement de regret.

Cependant, comme vous avez visiblement décidé d'ennuyer le monde, je ferai en sorte que vous puissiez assister à la prochaine conversazione à Soho Square. Joseph Banks est le président de la Royal Society ; sa sœur, miss Sarah Banks, organise souvent ce genre d'événement et j'ai été invité à parler pour l'occasion au prochain rassemblement. Je demanderai à ce que vous soyez incluse dans la liste des invités lorsque la date sera décidée.

Comprenez bien, je vous prie, que je fais ceci uniquement dans le but de nous éviter à tous les deux un embarras certain, et je vous supplie de ne pas vous montrer assez idiote pour croire que cette invitation recèle la moindre inclinaison romantique. Ce n'est pas le cas.

M. De Beauvoir.

Inigo contempla la feuille, satisfait. Il souleva le pot de poudre d'atacamite et en saupoudra l'encre. Il prit soin de remettre l'excédent dans le pot, plia proprement la lettre, inscrivit l'adresse, et la mit de côté dans l'attente de la poster.

C'est avec un soupir de soulagement qu'Inigo reprit son travail en prenant soin de chasser de son esprit la lettre et cette infernale miss Butler.

🎩 🎩 🎩

— Pourquoi avez-vous l'air si contente ? demanda Matilda en plissant les yeux en direction de Minerva alors que le carrosse les emmenait toutes les deux vers Saint-James, jusqu'à la maison de lord Saint-Clair.

Bonnie avait invité les Demoiselles Surprenantes à prendre le thé, et toutes mouraient d'envie de la voir. Prue avait décliné en disant qu'elle ne se sentait pas bien, mais Matilda ainsi que Minerva — qui résidait en ce moment chez sa cousine Prue — s'y rendaient ensemble.

— J'ai l'air contente ? demanda Minerva en faisant de son mieux pour paraître tout à fait innocente. Eh bien, peut-être un peu, admit-elle. Mais je suis également légèrement irritée, pour être honnête, car il me faut trouver un autre lieu pour accomplir mon défi.

— Oh ? Comment cela ?

Minerva contempla son amie. Elle savait que Matilda était perspicace. Elle avait deviné que Minerva préparait quelque chose, elle ne savait simplement pas de quoi il s'agissait. Il aurait probablement été préférable que les choses restent ainsi, mais Minerva ne put résister à l'envie de partager la nouvelle.

— Eh bien, j'avais décidé de trouver un moyen d'assister à l'une des conférences de la Royal Society. Vous savez qu'il s'agit d'une bande de vieillards coincés, soupira-t-elle. Eh bien, mon plan est tombé à l'eau et j'ai été invitée à une conférence donnée par Inigo de Beauvoir à Soho Square. Comme mon but était d'assister à la conférence et non pas de causer un esclandre, il semblerait que je doive trouver une autre idée.

Les lèvres de Minerva s'étirèrent en un sourire en imaginant ce que cette *autre idée* pourrait bien être.

— Minerva Butler, dit Matilda d'une voix sévère. Qu'est-ce que vous mijotez ?

Hmmm, elle était vraiment perspicace.

— Mijoter ? répondit Minerva en redressant légèrement le menton. Je ne vois pas de quoi vous voulez parler.

— Oh, vraiment ?

Matilda émit un ricanement qui sous-entendait qu'elle ne croyait pas un mot de la réponse de Minerva.

— … Et à quoi devons-nous ce soudain intérêt pour la science, je vous prie ?

Cette remarque piqua Minerva au vif. Oui, elle admettait que c'était son béguin pour Mr de Beauvoir qui l'avait motivée, mais elle était devenue fascinée par tout ce qu'elle lisait, et son intérêt s'était encore accru en découvrant qu'elle comprenait une bonne partie de ses lectures. Toute sa vie, elle avait cru qu'elle n'était rien d'autre qu'une jolie fille, qu'elle ne pourrait jamais participer à une conversation en évoquant autre chose que le temps qu'il faisait, la dernière tendance, ou les derniers potins. Elle n'avait rien contre ces choses-là, non. Elle adorait toujours la mode, les ragots, la danse et toutes les autres choses frivoles qu'elle avait toujours aimées, mais maintenant… maintenant, un tout autre monde lui avait ouvert ses portes, et elle voulait… elle en voulait *plus*.

— Et pourquoi cela ne m'intéresserait-il pas ? demanda-t-elle, vexée. Me croyez-vous trop stupide ? Pas Harriet. Elle m'a encouragée à poursuivre cet intérêt.

— Tout comme moi, répondit Matilda avec un air serein tout en ajustant ses gants, remuant ses doigts dans le délicat cuir d'agneau. J'applaudis de tout mon cœur. Je me demande simplement si cette attraction concerne uniquement le domaine en question, ou l'homme qui donne la conférence.

Un élégant sourcil blond se leva ; Minerva détourna le regard et contempla le paysage à travers la fenêtre en priant pour ne pas être aussi rouge que la chaleur qu'elle sentait brûler sur ses joues le suggérait.

— Mr de Beauvoir est un homme fascinant, dit-elle en réalisant que son ton était un peu sévère.

— Vous l'avez rencontré, il me semble. Dans une librairie.

Minerva lui jeta un coup d'œil et vit une lueur amusée danser dans le regard de Matilda. Elle poussa un petit soupir et croisa les bras.

— Oh, très bien. Oui ! Oui, je l'ai rencontré et oui, je… je l'admire énormément. J'aimerais le connaître davantage.

— À quel point exactement ?

Minerva sentit la chaleur monter d'un cran sur son visage, mais ne put retenir ses lèvres de sourire devant le ton taquin de la question de Matilda.

Cette dernière soupira et secoua la tête.

— J'ai à peine le temps de penser que l'une d'entre vous est à l'abri, mariée et hors de danger, qu'une autre se met à montrer des signes de folie. Tous mes cheveux seront gris avant la fin de l'année, vous pouvez en être certaine.

— Eh bien, c'est l'hôpital qui se moque de la charité, rétorqua Minerva. Pouvez-vous me raconter ce qu'il s'est passé exactement lorsque le marquis de Montagu est tombé de cheval durant cette tempête ?

Un sourire satisfait apparut sur le visage de Minerva lorsque deux taches écarlates flamboyèrent sur les pommettes de Matilda.

— R-rien, bégaya Matilda avec indignation — ce qui confirma à Minerva qu'il s'était *bel et bien* passé quelque chose. J'ai juste eu la malchance de me trouver là lorsque cet affreux bonhomme est tombé. J'ai cru qu'il était mort, pour l'amour du ciel. Il m'a causé une telle frayeur ! Mais ensuite, il a insisté pour me raccompagner jusqu'à la maison, nous étions seuls… *encore une fois*, et vous savez aussi bien que moi que je n'ai pas besoin qu'une histoire comme celle-ci s'ébruite.

— Eh bien, je n'en soufflerai mot, répondit aussitôt Minerva. Vous le savez. Mais… mais est-ce là toute l'histoire ? N'a-t-il pas flirté avec vous ?

Matilda poussa un grognement méprisant.

— Si, bien sûr. Ce misérable ne cache pas son désir de faire de moi sa maîtresse, peu importe le nombre de fois où je l'envoie au diable.

Elle resta silencieuse quelques secondes avant d'ajouter :

— Le problème, c'est que c'est *lui*, le diable, donc cela ne sert à rien.

— Vous le désirez.

Matilda regarda Minerva avec des yeux écarquillés, choquée.

— Oh, allons, vous pouvez admettre ceci devant moi, non ? ajouta Minerva avec un sourire en coin. Je comprends, vous savez. Maman m'étouffera avec sa plus belle fourrure si elle découvre que je me suis entichée d'un intellectuel, rien que cela. Pourtant, dès le moment où j'ai vu Mr de Beauvoir, j'ai su… j'ai simplement *su*. J'ai ressenti la plus bizarre des sensations dans le creux de mon estomac, ajouta-t-elle à mi-voix. Elle revient lorsque je pense à lui et… et lorsque j'imagine ses bras autour de moi, ses lèvres sur les miennes…

Minerva soupira et ferma les yeux alors qu'un frisson parcourait sa colonne vertébrale.

— … cela empire. Je le désire, mais il ne supporte pas ma vue. Je pense que c'est la même chose pour Montagu et vous, seulement, les rôles sont inversés. Il vous court après, et vous vous refusez à lui, même si…

Minerva se tut, et réfléchit à cette façon de voir les choses en repensant à la dernière lettre de Mr de Beauvoir.

— … Même si, au fond, vous le désirez aussi.

— Ne soyez pas idiote, déclara sèchement Matilda. Il faudrait que je sois folle pour vouloir un homme comme Montagu. Il ne me propose que déshonneur et honte.

— Quel rapport cela a-t-il avec le désir ? demanda Minerva avec un petit rire. Ce n'est pas comme si nous avions notre mot à dire.

Matilda resta silencieuse pendant très longtemps. Puis elle poussa un soupir de désespoir.

— Oh, Minerva, pourquoi sommes-nous si ridiculement idiotes ?

Minerva haussa les épaules avec un sourire en coin.

— Je n'en ai pas la moindre idée, dit-elle doucement. Mais cela rend la vie intéressante.

Matilda étreignit Bonnie, et fut serrée si fort en retour qu'elle en eut le souffle coupé. Les rires et les bavardages résonnaient dans la vaste pièce de l'imposante demeure ; les Demoiselles Surprenantes et également quelques-uns de leurs maris cette fois, s'échangeaient les dernières nouvelles et les derniers potins.

— Je suis si heureuse que vous vous sentiez mieux, fit Matilda en reculant d'un pas pour regarder Bonnie. Et votre tenue est splendide, ajouta-t-elle en regardant d'un air approbateur la nouvelle toilette magnifique de son amie.

Bonnie s'esclaffa.

— J'ai été horriblement gâtée, admit-elle en faisant un petit tour sur elle-même. Lady Saint-Clair… Charlotte, se reprit-elle en recevant un regard réprobateur de sa belle-mère, m'a emmenée faire les boutiques hier. Elle a dit que c'était pour me remonter le moral, mais je crois que c'était un plan infâme destiné à me fatiguer dans l'espoir que je me tienne tranquille aujourd'hui. Je n'ai jamais rencontré une femme possédant une telle énergie pour faire des emplettes !

— C'est la vérité, soupira lady Saint-Clair. Et j'ai également acheté la plus affreuse des robes orange. Je ne sais pas ce qui m'a pris. Orange ? Avec un teint comme le mien ? Oh, mon Dieu, non, c'est une combinaison fatale. Pourquoi ne m'avez-vous pas arrêtée, Bonnie ? Ce n'était pas très gentil de votre part.

Puis elle s'éloigna tranquillement. Bonnie, bouche bée, déclara :

— L'arrêter ? Une horde d'éléphants n'aurait pas suffi ! Quel culot ! Je lui ai dit trois fois de choisir la robe verte à la place, mais elle n'a pas voulu m'écouter.

Matilda éclata de rire, enchantée de la familiarité qui régnait entre les deux femmes.

— Vous voilà, lança Jérôme.

Il saisit la main de Bonnie et la plaça fermement sur son bras. Le regard qu'ils échangèrent fut si intime que Matilda dut détourner les yeux quelques instants. C'était formidable de les voir si heureux tous les deux. Elle devait bien admettre qu'elle n'avait pas cru Jérôme capable de s'apercevoir de tout ce que Bonnie pouvait lui apporter ; la seule issue qu'elle avait envisagée était celle où Bonnie finissait blessée, mais elle était plus que soulagée d'avoir eu tort.

— Miss Hunt, dit Jérôme en lui adressant un sourire. C'est un plaisir de vous revoir. J'espère sincèrement que vous accepterez l'invitation à notre bal de fiançailles lorsque vous la recevrez.

Bonnie leva les yeux au ciel.

— En quoi pourrait-ce être un bal de fiançailles ? Nous sommes mariés. C'est juste une célébration un peu tardive, voilà tout.

Jérôme haussa les épaules.

— Eh bien, peu importe ce que c'est, et peu importe la date, j'espère que miss Hunt pourra venir. Qu'en dites-vous ?

Matilda s'esclaffa.

— J'en serais ravie. Quand et où aura lieu la réception ?

— Ici même, répondit Bonnie en secouant la tête. Et dans dix jours. Vous recevrez une invitation demain normalement, mais je dois vous en parler maintenant sinon je vais exploser. C'est un bal masqué !

— Oh, oui, bien sûr, répondit Matilda en riant. Car vous n'avez jamais accompli votre défi, n'est-ce pas ?

Matilda regarda Bonnie et Jérôme échanger un regard puis éclater de rire.

— Oh, non ! s'écria Matilda en levant une main, paniquée. Ne me dites rien, je vous en supplie. J'ai déjà accepté la probabilité d'être grisonnante avant la fin de l'année, ne faites pas en sorte que cela arrive plus tôt que prévu.

Bonnie lui lança un grand sourire et se pencha pour embrasser sa joue.

— Pauvre de vous, Matilda, notre mère poule, soupira-t-elle. Sachez simplement que j'ai accompli mon défi, mais que je ne compte certainement pas rater une autre occasion de me déguiser.

— Quel sera votre costume cette fois ? demanda Matilda.

— Je n'ai pas encore choisi, répondit Bonnie en posant les yeux sur son mari. Et Jérôme refuse de me révéler ce qu'il compte porter, nous ne pourrons donc pas avoir des costumes assortis.

Elle le regarda d'un air furieux, mais Jérôme lui renvoya simplement un air innocent.

— Où serait la surprise ? rétorqua-t-il.

— Cela sera tellement amusant, n'est-ce pas, Matilda ? dit Bonnie en se penchant vers son amie avec des airs conspirateurs. Lady Saint-Clair a invité tout le gratin à une fête célébrée en *mon* honneur, dit-elle en riant. Toute l'aristocratie sera présente, et, oh mon Dieu, les vieilles mégères seront dépitées, elles qui avaient hâte de me voir partir au diable !

— Pourtant c'est exactement ce que vous avez fait, mon amour, murmura Jérôme en remuant les sourcils de haut en bas. Vous ne l'avez simplement pas encore réalisé.

Les jeunes mariés éclatèrent de rire et s'éloignèrent pour parler à quelques-uns de leurs autres invités. Matilda les regarda partir en souriant : leur bonheur était contagieux.

— Tout ira pour le mieux, je pense.

Matilda se retourna. Lady Saint-Clair était de retour et les regardait également avec approbation.

— Oui, je suis du même avis, confessa Matilda en laissant lady Saint-Clair la guider vers un siège près de la fenêtre. Vous devez être très fière et soulagée que vos deux fils aient fait un mariage heureux.

— Je le suis, répondit lady Saint-Clair avec un air un peu suffisant. Je l'admets, mon premier choix n'était pas Bonnie, mais avec du recul, je pense que ce n'était pas très perspicace de ma part. Jérôme aurait été misérable sans quelqu'un avec qui s'amuser, et nous n'avons pas entendu suffisamment d'éclats de rire depuis la mort de leur cher papa.

Elle poussa un soupir mélancolique. Matilda lui prit la main.

— C'était un sacré personnage, raconta la comtesse douairière avec les yeux perdus dans le vague. Tout le monde m'avait déconseillé de l'épouser. Sa réputation était tellement choquante. Mais je ne l'ai jamais regretté, pas un seul instant.

Un lourd silence s'ensuivit, puis lady Saint-Clair secoua la tête en chassant le passé. Elle se tourna de nouveau vers Matilda et rit.

— Le saviez-vous ? Morven a doublé la dot de Bonnie. Lorsqu'il a découvert qu'elle avait épousé le frère du comte de Saint-Clair, il a déclaré qu'il ne se laisserait pas qualifier de grippe-sous par un comte anglais. N'est-ce pas formidable ?

Matilda pouffa de rire.

— Oh, comme le fait que tout finisse bien pour Bonnie qui le mérite amplement. Je suis heureuse pour elle.

— Et qu'en est-il de vous, Tilda, très chère ?

— Moi ? répéta Matilda, alarmée par le soudain éclat dans les yeux de la femme.

En effet, il lui était venu à l'esprit qu'à présent ses deux fils mariés, la comtesse douairière pourrait peut-être reporter son intérêt sur d'autres choses… comme peut-être, trouver un mari à Matilda. Elle reprit :

— Que voulez-vous dire ?

— Eh bien, je sais que Mr Burton vous porte beaucoup d'attention, sans mentionner Montagu qui vous suit de près. J'ai entendu dire qu'il s'était montré très attentif lors de la fête de Mrs Manning.

Matilda sentit, horrifiée, qu'elle rougissait et changea rapidement de sujet.

— Malheureusement, je n'ai pas vu Mr Burton depuis mon retour en ville. Il était censé me rendre visite au début du mois, mais il a eu un empêchement. Il est ensuite venu à deux reprises, mais j'étais absente.

Dieu merci, ajouta Matilda silencieusement. Elle était reconnaissante envers la providence d'avoir gardé Mr Burton à distance, car elle n'était pas plus avancée sur sa décision.

— Hmmm, répondit lady Saint-Clair dont les yeux bleus étaient un peu trop perçants pour que Matilda se sente à l'aise. Eh bien, juste pour vous éviter la surprise, sachez que je dois inviter Montagu au bal. Peut-être devrais-je inviter Mr Burton aussi, ajouta-t-elle en étudiant Matilda qui s'appliqua à ne pas dévoiler sa consternation en entendant cela.

— Invitez qui vous voulez, répondit Matilda consciente de son ton un peu cassant.

— Oh, allons, allons, répondit la comtesse douairière en gloussant. Ne soyez pas ainsi. Je veux inviter chaque bon parti susceptible de faire un époux convenable pour vous.

Matilda ricana.

— Ceux qui ont les poches percées vous voulez dire, répondit-elle — non sans amertume. Car je ne vois pas qui d'autre pourrait faire l'affaire.

Lady Saint-Clair haussa les épaules.

— Que vous épousiez ou pas l'un d'entre eux, je m'amuserai beaucoup de voir Montagu vous regarder danser avec une dizaine de prétendants potentiels pendant qu'il mijote dans son coin.

— Oh, je vous en prie.

Matilda poussa un grognement incrédule en se demandant si le bonheur avait altéré le cerveau de la femme. Elle poursuivit :

— Montagu ne *mijote* pas. Il n'y a que de la glace dans ses veines et dans son cœur, et si jamais sa chaleur corporelle devient parfois plus que tiède, je ne l'ai jamais remarqué.

— Dans ce cas, déclara la comtesse avec un petit sourire, c'est que vous n'y avez pas prêté assez attention.

Chapitre 19

~~Cher Papa,~~

~~Chère Matilda~~

~~Chère~~

Que vais-je donc leur dire ? Quelle folie s'est emparée de moi ? J'ai l'impression que deux personnes complètement différentes vivent en moi.

Il est possible que je perde l'esprit…

— Extrait d'une lettre de Mrs Ruth Anderson, jamais terminée.

5 décembre 1814. Bal donné en l'honneur de Mr et Mrs Cadogan, Résidence de Londres du comte Saint-Clair, St James.

— C'est si beau !

Matilda tourna la tête vers Jemima Fernside, qui regardait la salle de bal somptueusement décorée avec de grands yeux, et sourit. Elle était ravie d'avoir convaincu la jeune femme de l'accompagner. Mieux encore, elle l'avait persuadée de rester toute la semaine, ainsi Matilda aurait l'occasion de l'engraisser un peu et d'essayer de découvrir la nature du problème qu'elle dissimulait.

Jemima avait toujours été une fille discrète, mais elle se montrait drôle et pleine de vie lorsqu'elle était en compagnie de personnes avec lesquelles elle se sentait à l'aise. Elles l'avaient à peine vue cette année, et chaque fois elle paraissait un peu plus frêle, un peu plus misérable et vulnérable.

— J'adore votre costume, déclara Matilda en admirant sa tenue.

Jemima était venue déguisée en Calypso, la nymphe des mers. C'était un costume plutôt osé au premier regard, mais il était confectionné de manière très ingénieuse. Elle était tout à fait décente, mais la façon dont les coquillages et les créatures marines avaient été disposés sur le vêtement donnaient l'impression d'une robe bien plus scandaleuse qu'elle ne l'était. C'était là l'œuvre d'une femme pleine de confiance en elle, et Matilda espérait pouvoir faire sortir cette femme du coin sombre dans lequel elle se cachait actuellement.

— C'est un vieux drap, lui confia Jemima dans un murmure.

Pendant un instant, le regard hanté qu'elle semblait toujours arborer s'évanouit, remplacé par de la fierté couplée à une lueur peu taquine.

— Toutes les créatures marines et les coquillages ont été fabriqués avec de vieux morceaux de tissus. En réalité, je l'avais créée pour une fête il y a deux ans, mais…

Le regard malicieux s'évanouit et elle haussa les épaules.

— … Eh bien, je n'ai jamais pu y aller. Je suis si contente d'avoir enfin une occasion de la porter ! J'ai cru que tout ce travail ne verrait jamais la lumière du jour. Même si, je dois bien le dire, elle est bien plus osée que dans mes souvenirs.

— Eh bien, je pense que vous devriez être heureuse et fière, peu importe si la tenue est un peu audacieuse. Vous allez sans doute attirer le regard d'un bel homme ce soir. Vous êtes si douée en couture ! Je suis en admiration, je n'ai pas le moindre talent dans ce domaine. J'aurais cru que votre robe avait été faite par une modiste de renommée.

Jemima rougit quelque peu, mais parut heureuse du compliment.

— Bon, où diable est passée Bonnie ? J'ai affreusement hâte de voir ce qu'elle porte.

Matilda jeta un regard à la ronde et sourit en voyant Harriet approcher, habillée comme une bergère. Saint-Clair avait toujours l'air ridiculement élégant et noble malgré sa tenue de simple marin. La paire formait un tableau charmant.

— Eh bien, Harry, vous êtes ravissante, déclara Matilda en la faisant tourner sur elle-même.

Harriet, bouche bée, déclara en secouant la tête :

— Je suis ravissante ? Matilda, votre robe est… tout simplement renversante.

— Merci, répondit Matilda.

Il était vrai qu'elle était très satisfaite de sa tenue. Elle lui avait coûté horriblement cher, d'autant plus qu'il avait fallu la confectionner en un temps record, mais l'effet était ravissant. La robe était d'une nuance dorée étincelante, le masque était assorti et le costume se terminait par un diadème enserrant ses cheveux blonds, duquel s'élevaient les rayons du soleil qu'elle était censée représenter. La robe brillait et scintillait à la lumière des chandeliers, et même si nombreuses étaient les personnes ne voulant pas lui adresser la parole — car à leurs yeux, elle ne faisait pas partie de la *bonne* société — il était impossible de l'ignorer dans ce costume. C'était une petite consolation.

— Ce n'est pas juste, dit Harriet en soupirant de frustration. L'identité de tous les invités est dissimulée par leur costume, mais je ne peux pas porter le masque *et* mes lunettes. J'ai dû renoncer au masque pour éviter de bousculer tout le monde ou de danser avec quelqu'un que je ferais mieux d'éviter.

— Nous ne pouvions pas laisser une telle chose arriver, roucoula Saint-Clair en glissant un bras autour de sa taille. Vous pourriez finir dans les bras d'un vaurien scandaleux.

— Imaginez, répondit Harriet en pressant une main contre sa poitrine et en affichant une expression choquée sous le regard dévorant de son mari.

— Suivez-moi, jeune femme, allons danser, ordonna le comte avant d'entraîner sa bergère plus que consentante sur la piste de danse.

Quelques instants plus tard, un Arlequin emmena également Jemima sur la piste de danse et Matilda contempla, un peu jalouse, les costumes colorés tourbillonner devant elle.

Une étrange sensation de picotements à la nuque la fit se retourner ; l'intuition d'être observée lui parcourut l'échine. Elle faillit crier en découvrant le marquis de Montagu derrière elle et recula instinctivement d'un pas.

— Oh ! s'écria-t-elle, furieuse. Pourquoi faut-il que vous rôdiez ainsi dans mon dos, misérable ?

Un sourcil blond se souleva derrière le masque d'un blanc éclatant.

— Comment avez-vous su que c'était moi ? demanda-t-il d'une voix traînante pendant que Matilda tâchait d'empêcher son cœur de sauter comme un lapin fou. Puisque j'imagine que vous ne vous adresseriez à personne d'autre de manière aussi insolente.

Elle faillit rire. Elle examina sa tenue. Il était habillé de blanc de la tête aux pieds, les boutons de son manteau, sertis de diamants, étincelaient, tout comme l'épingle sur sa cravate couleur neige. La couleur aveuglante faisait paraître ses yeux encore plus argentés, et ses cheveux brillaient d'un blond pâle à la lueur des bougies. Personne d'autre n'aurait pu porter ceci et avoir l'air si viril ; personne d'autre n'avait cette présence magnétique qui forçait les gens à s'écarter sur son passage et à tourner la tête pour le regarder non plus.

— Un coup de chance, rétorqua Matilda en réprimant l'envie de lever les yeux au ciel.

Comme s'il ignorait l'effet qu'il faisait aux autres.

— … En quoi êtes-vous déguisé, au juste ? demanda-t-elle en essayant de ne pas le regarder de haut en bas ; néanmoins, s'arracher à sa magnificence lui demanda un effort herculéen.

Elle avait tenté d'employer un ton moqueur en posant la question — ce ne fut pas tout à fait convaincant.

— Allons, miss Hunt, n'est-ce pas évident ? Je suis un ange.

Matilda émit un ricanement étouffé très peu féminin et se cacha la bouche de la main, légèrement embarrassée.

— Oh, dit-elle d'une voix pas tout à fait ferme. Je vous p-prie de m'excuser, mais…

Cela n'allait pas du tout. Elle se mit à rire à gorge déployée, incapable de se contrôler ; son hilarité était si violente que tous ceux qui se trouvaient à portée d'oreille se retournèrent pour les dévisager.

Montagu soupira.

— Faut-il que vous attiriez ainsi l'attention sur nous ? demanda-t-il. J'imagine que je ferais mieux de danser avec vous jusqu'à ce que vous retrouviez un semblant de contrôle sur vous.

— Quoi ?

Le rire de Matilda s'arrêta aussitôt.

— … Oh… *non*… je…

Trop tard. Le temps qu'elle retrouve ses esprits, ils étaient à mi-chemin de la piste de danse et elle ne pouvait plus refuser sans faire une scène.

Elle grommela, exaspérée par son attitude autoritaire :

— Je n'ai jamais dit que je danserais avec vous.

— Vous n'avez jamais dit le contraire non plus. Vous étiez trop occupée à glousser.

— Je ne glousse pas ! rétorqua-t-elle.

Elle poussa une petite exclamation de surprise lorsque sa main se posa sur sa taille et qu'il la rapprocha de lui — un tantinet trop près pour le respect des convenances.

— Bien sûr que non, lui répondit-il d'une voix apaisante. Je ne faisais que vous taquiner. J'aime beaucoup vous taquiner, miss Hunt. Vous êtes si merveilleusement… réactive.

Matilda lui lança un regard noir avant de réaliser qu'il la taquinait à nouveau. Elle sentit le rouge lui monter aux joues.

Les yeux malicieux du marquis brillaient d'amusement.

— Ah, vous voilà. À présent, vous brillez comme le soleil que vous êtes supposée représenter, et je vous prie de croire que cette fois, je ne plaisante pas.

Il baissa le ton et pencha sa tête pour lui murmurer à l'oreille :

— Vous faites de l'ombre à tout le monde, Mademoiselle Soleil. Personne ne brille plus que vous.

— De tous les costumes que vous auriez pu choisir, un ange ! C'est un miracle que la foudre ne vous ait pas frappé, murmura-t-elle en s'efforçant de conserver un ton calme même si la chaleur du souffle du marquis contre son cou avait fait monter sa température d'un cran. *Une nouvelle fois*, ajouta-t-elle en osant jeter un regard furieux dans sa direction.

— Ce n'est pas par la foudre que j'ai été frappé, vous le savez très bien.

Il pivota brusquement, et ces paroles, combinées à la vitesse de la danse, étourdirent Matilda qui trébucha. Un bras puissant s'enroula vivement autour d'elle et la projeta contre le corps dur et masculin qu'elle avait si désespérément essayé d'ignorer. C'était désormais impossible. Elle ne pouvait plus respirer. La chaleur, tout n'était que chaleur et désir, il brûlait à travers leurs vêtements, il la consumait de l'intérieur comme si elle était vraiment le soleil, brûlante, féroce, dangereuse.

Un air satisfait traversa le regard du marquis lorsqu'il baissa les yeux vers elle et elle comprit qu'il avait été témoin du choc qui l'avait traversée. Même si elle s'était aussitôt redressée et qu'une distance adéquate les séparait à nouveau, le mal était fait.

— Vous l'avez fait exprès, dit-elle.

Elle aurait aimé ne pas paraître si essoufflée.

— Et si c'était le cas ? Ce n'est pas comme si vous ne vouliez pas que je me rapproche de vous.

Elle leva les yeux vers lui, furieuse. D'autant plus que c'était la vérité — qu'il aille au diable !

— Je vais vous dire à quel point je vous veux proche de moi. Laissez-moi réfléchir, dit-elle en adoptant un air pensif. Que dites-vous du Pérou ?

— Je vois que vous êtes toujours déterminée à vous mentir. Pourquoi continuer à nier ce qui est évident pour nous deux ? Cela n'affecte pas votre capacité à me dire non, après tout, à moins que… si ? demanda-t-il en posant sur elle un regard bien trop perspicace.

L'ombre d'un sourire toucha ses lèvres et il déclara :

— Vous ne pouvez pas y échapper plus que moi.

— Oh, je vous en prie, répondit Matilda.

La colère faisait suffisamment barrage à la confusion qu'elle ressentait pour que sa voix soit presque ferme :

— Espérez-vous me faire croire que vous êtes esclave de vos *sentiments* ?

— Vous pourriez faire de moi votre esclave.

Il avait prononcé ces mots si rapidement qu'elle faillit ne pas les entendre, comme s'il avait parlé sans réfléchir, une chose qu'il ne faisait, d'après elle, absolument jamais. Il y avait également eu autre chose dans le ton de sa voix, quelque chose qui aurait pu être de la colère. Montagu ne se mettait jamais en colère non plus. Jamais. Elle leva les yeux vers lui avec l'envie de fouiller son expression, de chercher la moindre faille dans cette armure de glace qu'il arborait, mais il avait détourné son visage arrogant du sien.

— Oui, les nobles sont souvent les esclaves des catins, n'est-ce pas ? lâcha-t-elle d'un ton écœuré, frustrée qu'il se montre, comme toujours, imperméable à son examen. Peut-être vous dominerais-je pendant une semaine ou deux, ou quelques mois en étant rusée. Quel exploit ! Devrais-je mourir heureuse en sachant que j'ai reçu votre entière attention pendant un temps ?

— Pas une catin, riposta-t-il d'une voix douce, désarmante, toute trace de colère aussitôt effacée. Pourquoi dites-vous toujours cela ? La maîtresse du marquis de Montagu n'est pas une catin.

Matilda s'esclaffa de sa réponse, de sa façon de voir les choses du haut de son trône.

— Oui, votre maîtresse aurait une position absolument respectable.

Elle était si ennuyée par sa tentative de l'amadouer que ses doigts la démangeaient de l'envie de le gifler, possiblement de lui tordre le cou avec cette cravate blanche comme la neige.

— L'on m'accueillera à bras ouverts à l'Almack et je recevrai un nombre incalculable de propositions de mariage venant de bons partis lorsque vous en aurez fini avec moi et m'aurez jetée.

— Vous n'aurez pas besoin de vous marier, riposta-t-il sans être le moins du monde émoustillé par son sarcasme. Je vous offrirai tout ce que vous pourriez désirer. La sécurité financière. Plus qu'aucun mariage ne pourrait vous offrir. Vous seriez indépendante, riche et responsable de votre avenir. Cela vaut la peine qu'on prenne le temps d'y réfléchir, non ?

— Et qu'en est-il des enfants ?

Matilda s'en voulut de laisser transparaître une note triste dans sa question. Elle montrait trop de sentiments. *Vous êtes faible*, se réprimanda-t-elle. Cela la faisait paraître faible, émotive et ce n'était pas ce qu'elle voulait, pas devant lui. Pourtant, elle n'avait pas pu s'empêcher de le lui demander.

— Pas la peine de vous inquiéter à ce sujet. Je fais très attention à ne pas engendrer de bâtard.

Elle se figea dans ses bras, s'arrêtant presque totalement, mais il la poussa à continuer, la força à effectuer les pas de danse.

— Ne faites pas de scène, la prévint-il. C'est à vous seule que cela portera préjudice, pas à moi.

Les mots la traversèrent sans qu'elle ne les remarque ; sa précédente réponse l'avait mise dans un tel état de rage qu'elle n'entendait rien d'autre qu'un bourdonnement dans les oreilles. Il fallut un très long moment pour qu'elle soit suffisamment calme pour lui répondre ; mais lorsqu'elle le fit, les mots furent aussi tranchants et glaciaux qu'elle l'avait espéré.

— Je veux des enfants, monsieur. Une famille. Même si j'étais suffisamment folle pour envisager la possibilité de devenir votre maîtresse, et je vous assure que ce n'est *pas* le cas, cet argument me ferait refuser. Personne ne voudra m'épouser lorsque vous en aurez marre de moi et me délaisserez. Aucun de mes enfants n'aura à supporter la disgrâce de l'illégitimité. Je me marierai, ou je mourrai vieille fille. Il n'y a pas d'entre-deux. Je ne m'infligerai pas la honte d'avoir une liaison qui détruirait tout ce dont je rêve.

Il ne répondit pas, le silence s'épaissit entre eux. La danse semblait ne pas avoir de fin, son corps puissant guidait le sien avec une telle assurance qu'elle avait l'impression d'être balayée par la marée dont la puissance l'entrainait vers le fond, dans des eaux très profondes. Elle se risqua à lever les yeux vers lui et leurs regards se croisèrent. Elle cessa de respirer. Elle avait eu tort. Il n'avait pas été frappé par la foudre, il *était* la foudre, son contact était électrisant, il l'enflammait et consumait toute sa volonté. Elle se sentait brûlée au fer rouge par leur alchimie, la peur s'empara de son cœur lorsqu'elle reconnut le chant du désir parcourir ses veines. Il le savait, bon sang. Il savait ce qu'elle ressentait. Elle le comprit à l'intensité de son regard dont elle se révéla incapable de détacher les yeux. À sa grande surprise, il n'arborait pas un air suffisant. Il n'y avait aucune lueur victorieuse dans le ciel d'hiver gris de ses yeux. Avait-il peur de ce qu'il ressentait, lui aussi ? Elle se moqua de cette pensée. Bien sûr que non. Que pouvait-il donc avoir à perdre ?

La musique s'arrêta, mais il garda les yeux rivés sur elle, jusqu'à ce qu'il devienne trop difficile, trop effrayant de supporter ce regard plus longtemps. Elle se dégagea de son emprise et quitta la piste presque en courant.

Héléna regarda Matilda s'éloigner précipitamment de Montagu. Elle jeta un coup d'œil à Minerva, qui se tenait à ses côtés.

— Je me demande ce qu'il lui a dit, dit Minerva en se mordant la lèvre.

— Pas moi, répondit Héléna en prenant une gorgée de limonade et en regrettant de ne pas pouvoir boire de champagne comme les femmes mariées. C'est assez évident.

Minerva soupira.

— Je sais. Je m'inquiète pour elle.

— Pas autant qu'elle, je parie. L'air crépite lorsqu'ils sont tous les deux dans la même pièce.

— Mr Burton est-il ici ? demanda Minerva en jetant un coup d'œil aux alentours.

— Je ne l'ai pas vu.

Héléna regarda un serveur passer avec un plateau rempli de coupes de champagne.

— Bon sang, je déteste être une femme, pesta-t-elle. Je regrette de ne pas être née homme.

Minerva lui lança un regard amusé.

— Je crois qu'il est trop tard pour changer d'avis, dit-elle avec un petit sourire en détaillant le costume d'Héléna.

Cette dernière était venue déguisée en Ève. Sa robe était parfaitement respectable, mais elle était si ajustée qu'elle mettait ses atouts en valeur d'une façon qui lui plaisait. Elle avait reçu beaucoup de compliments ce soir. C'était une robe en lourd satin blanc, ornée de feuilles de figuier en soie majoritairement disposées aux endroits appropriés. Une réplique de pomme, sertie de joyaux rouges scintillants, se balançait à son poignet, attachée par un ruban, ; un serpent de soie était enroulé autour de sa taille et remontait par-dessus son épaule, sa langue rouge et pointue dardant en direction de son décolleté. Son frère, Robert, avait failli avoir une attaque en découvrant sa robe. C'était toujours le signe d'une tenue réussie.

Héléna pouffa de rire.

— Cela ne vous rend-il pas folle ? Toutes les choses que les jeunes filles de bonne famille doivent faire et ne pas faire ? Parfois, je me sens si… si étouffée que j'ai envie de hurler.

— Votre corset est-il trop serré ? demanda Minerva avec une expression innocente. Ou est-ce ce serpent qui vous asphyxie ?

— Misérable créature ! répondit Héléna en comprenant que Minerva se moquait d'elle. Ne voyez-vous donc pas de quoi je veux parler ?

— Bien sûr que si ! s'exclama Minerva en lançant un regard de pure exaspération à Héléna. Franchement, Héléna. Vous jouissez de beaucoup plus de libertés que nous autres. La fille et sœur d'un duc peut s'extirper de situations qui provoqueraient à n'importe qui d'autre la perte définitive de son statut et de sa respectabilité. Ma position est bien plus fragile que la vôtre, et regardez cette pauvre Jemima. Elle est si proche du gouffre que j'ai peur qu'elle y bascule à tout moment.

Héléna hocha la tête. Une vague de culpabilité l'envahit.

— C'est vrai. Avez-vous vu la robe qu'elle portait l'autre jour ? Il était évident qu'elle avait plié le bord des manches, et elle était si vieillotte. Oh, vous avez raison, c'est évident. Je suis gâtée et butée, mais je me sens si… si lasse ! Pauvre, pauvre de moi. Riche, populaire et gâtée, comme c'est tragique.

Minerva lui lança un sourire compatissant et passa le bras sous le sien.

— Il vous faut une occupation, dit-elle avec fermeté. Quelque chose qui vous occupe l'esprit, qui vous stimule. Prenez mon exemple. J'ai découvert que je n'étais pas si écervelée que je le pensais. En vérité, je possède le plus fascinant des livres de chimie, si cela vous dit de l'emprunter. Je vais même aller à une conférence. Vous pouvez venir si vous le souhaitez…

Héléna prit conscience que Minerva avait cessé de parler et la regardait intensément, mais elle se révéla incapable de détourner le regard ou d'empêcher le sourire qui lui tiraillait le coin des lèvres d'apparaître.

— Quoi ? demanda Minerva en regardant à travers la salle dans la même direction que son amie. Quelle est cette chose qui vous fascine à ce point ?

— Ce que vous avez dit, à propos de trouver quelque chose qui me stimule et qui m'occupe l'esprit.

— Oh, Seigneur, dit Minerva d'une petite voix. C'est Gabriel Knight.

— Oui, répondit Héléna en souriant. Je sais.

— Oh, mais, Héléna, non. Votre frère… s'il avait la moindre idée…

Héléna s'arracha à la contemplation de l'homme et jeta un regard furieux à Minerva.

— Oh, non ! s'écria Minerva, alarmée. Je n'oserais pas, mais cela se saura, même si vous ne faites que danser avec lui. Il veut une place au sein de la haute société, tout le monde le sait. Son seul moyen d'y parvenir est de faire un bon mariage, mais il est trop fier pour se montrer courtois, donc il se met tout le monde à dos.

Héléna sentit que sa curiosité, déjà piquée, s'enflammait.

— Comme c'est fascinant, murmura-t-elle.

— Oh, Héléna, non, la supplia Minerva. Robert sera furieux. Ils ne s'aiment pas. Comment pouvez-vous l'ignorer ?

Plus Minerva parlait, plus Héléna était déterminée à apprendre à connaître Mr Knight. Il était fier, impitoyable, et son frère ne l'aimait pas. Quelle irrésistible combinaison. Elle l'étudia en réfléchissant à toutes les autres raisons qui feraient de lui une conquête fascinante. Il était grand, mince, d'une beauté robuste avec sa mâchoire forte. Il avait une fossette au menton, une bouche ferme qui laissait deviner un caractère têtu à un kilomètre à la ronde, et des yeux sombres, très sombres. Héléna réprima un frisson.

Elle avait déjà eu des tas de prétendants se pâmant devant elle, lui écrivant de la poésie matin, midi et soir en la comparant à Hélène de Troie ou en faisant des envolées lyriques sur ses yeux verts, les comparant à des émeraudes, des feuilles printanières et d'autres imbécillités. Une belle brochette d'andouilles. Bien sûr, il y en avait un ou deux assez aimables qui auraient fait des époux corrects si elle avait été désespérée, mais aucun d'entre eux n'avait éveillé son intérêt, et aucun d'entre eux ne représentait de défi. Par contre, faire tomber un homme comme Gabriel Knight à ses pieds… *cela*, serait une vraie conquête.

— Suivez-moi, déclara Héléna en prenant le bras de Minerva et en déambulant nonchalamment en périphérie de la salle de bal.

Minerva soupira.

— Je comprends votre fascination et l'envie d'obtenir quelque chose que vous ne devriez pas vouloir, dit-elle à son amie d'une voix basse.

Le ton de Minerva interpella la curiosité d' Héléna qui la regarda plus attentivement. Apparemment, elle comprenait *réellement*, et plus qu'un peu, à en juger par sa réponse.

— … Dans tous les cas, soyez prudente, Héléna. Ce n'est pas… eh bien, tout le monde dit que ce n'est pas un chat de salon.

Héléna s'immobilisa avant d'éclater de rire. Tout le monde s'arrêta autour d'eux pour les regarder. Minerva devint écarlate, mais Héléna n'en avait cure, après tout, elle *était* fille de duc.

— Que voulez-vous dire, pas un chat de salon ? demanda-t-elle à mi-voix.

— Ce n'est pas moi qui le dis, murmura Minerva. C'est ce que tout le monde raconte. J'imagine qu'il n'est pas tout à fait domestiqué. Il n'a pas l'habitude d'être en bonne société. Ses manières sont affreuses.

— Minerva, très chère, rien d'autre n'aurait pu me donner davantage envie de faire sa connaissance.

Minerva hocha la tête avec une expression vaincue.

— Je craignais de vous entendre dire cela, répondit-elle avant de hausser les épaules. Oh, eh bien, on dirait que nous sommes toutes les deux vouées à la perdition. Autant s'amuser.

— Nous allons assurément nous amuser, répondit Héléna.

Les deux femmes se rapprochaient de la cible, qui étaient en grande conversation avec Silas Anson, le vicomte Cavendish.

Lord Cavendish leva la tête à leur approche et leur adressa un sourire chaleureux.

— Mesdemoiselles, dit-il. Je suis enchanté de vous voir.

— Le plaisir est partagé, lord Cavendish, Mr Knight, répondit Héléna en lançant un sourire éblouissant à ce dernier avant de reporter son attention sur le vicomte. Aashini est-elle présente ?

Elle fit de son mieux pour ne pas laisser son regard dériver vers la silhouette sombre et menaçante qui se tenait à ses côtés. L'hostilité semblait irradier de lui, mais elle ne parvenait pas à en déterminer la cause.

— Oui. Je crois qu'elle danse avec un marin à l'air canaille.

— Oh, il s'agit de Saint-Clair. Donc vous parlez d'un comte à l'air canaille. Personne ne pourrait le prendre pour un marin, n'est-ce pas ?

— Je sais ce que je veux dire, répondit Cavendish en gloussant.

— Le rang nous trahit, peu importe le déguisement, dit Mr Knight d'une voix moqueuse en tournant délibérément lentement les yeux vers Héléna. Même si certains déguisements sont plus adéquats que d'autres, ajouta-t-il.

Son regard froid balaya le costume d'Ève d' Héléna en traçant un sillon incandescent sur son passage.

— Êtes-vous en train de dire que je suis une tentatrice, Mr Knight ?

Héléna fut satisfaite par l'éclair de surprise qui traversa ses yeux sombres, même s'il fut de courte durée. Les sourcils de lord Cavendish se haussèrent, et Héléna comprit que la remarque voyagerait jusqu'aux oreilles de son frère qui la réprimanderait de s'être montrée si effrontée. Cela en avait valu la peine.

Mr Knight l'examina pendant un long moment en silence avant de répondre :

— Non.

Il se retourna et partit.

— Eh bien !

Même si elle s'était préparée à sa réaction, Héléna fulminait. Elle le suivit du regard jusqu'à ce qu'il disparaisse dans la foule puis éclata de rire.

— Quel affreux bonhomme, dit-elle en ressentant une vague d'excitation la traverser.

Oh, Mr Knight, songea-t-elle, *vous n'avez pas idée de ce que vous venez de faire.*

Chapitre 20

Mr Briggs,

Même si c'est avec une grande réticence que je vous écris, je dois avouer que vous aviez raison. J'ai de grandes difficultés financières. Il a fallu que j'emprunte de l'argent pour payer mon dernier loyer, et désormais je ne peux ni rembourser cet argent ni payer le loyer du mois suivant.

Il semblerait que je n'ai plus le choix ; je mets ma fierté et mon honneur de côté pour vous demander de plus amples renseignements sur l'homme dont vous m'avez parlé, celui qui cherche à se payer les services d'une « compagne ». Vous avez dit qu'il s'agissait d'un gentleman et qu'il était très discret. Pourriez-vous me confirmer cela…

— Extrait d'une lettre de Jemima Fernside à Mr Gerald Briggs.

5 décembre 1814. Bal donné en l'honneur de Mr et Mrs Cadogan, Résidence de Londres du comte Saint-Clair, St James.

— Eh bien, êtes-vous prête pour votre grande entrée ?

Bonnie regarda sa belle-mère, puis de nouveau le miroir en se demandant si elle ne s'était pas montrée un peu trop audacieuse pour son propre bien. Lorsqu'elle avait parlé à la comtesse douairière du costume qu'elle avait en tête, lady Saint-Clair l'avait dévisagée, avant de dire avec le plus grand calme qu'elle était une jeune femme diabolique, malicieuse et outrageante qui causerait beaucoup de problèmes à la famille. Sa belle-mère avait ensuite applaudi, enchantée, et s'était plongée dans la réalisation de l'idée de Bonnie avec beaucoup d'entrain. Même Harriet s'était jointe à elles — mais c'était principalement pour brider certaines de leurs idées les plus scandaleuses. Elle avait décrété qu'il fallait que quelqu'un le fasse.

C'était une reine qui regardait Bonnie dans le miroir. Elle sourit. Elle voulait donner quelque chose à se mettre sous la dent aux vieilles mégères tellement persuadées que Bonnie n'avait aucun avenir. Queen Élisabeth, *la reine vierge*, lui avait semblé être un choix si parfait qu'elle n'avait pu résister. Lady Saint-Clair avait quasiment vidé toute sa boîte à bijoux sur elle, et elle scintillait de toutes parts, recouverte de diamants, d'émeraudes et de rubis. Cette façon révoltante de faire étalage de son triomphe ne laissait aucune place à l'interprétation ; Bonnie n'aurait pas pu être plus claire en leur tirant directement la langue. La robe était somptueuse, d'une riche couleur bleu foncé et lourdement brodée de fils d'or. Elle pesait une tonne, Bonnie était reconnaissante à la mode d'avoir évolué depuis, car en plus de cela, la tenue était encombrante. Mais elle avait l'impression d'être une reine, et c'était ce qu'elle avait voulu.

— Oui, dit-elle en lançant à lady Saint-Clair un sourire insolent. Je suis prête.

Sa belle-mère lui renvoya le même sourire, et Bonnie vit une âme semblable à la sienne. Il lui avait fallu un certain temps pour s'en rendre compte, mais après tout, lady Saint-Clair avait épousé un coquin, un homme indompté à la réputation affreuse, et elle l'avait domestiqué. Du moins, dans une certaine mesure. Il avait cessé d'être un coureur de jupons, mais il avait gardé sa fière allure, que l'on retrouvait chez ses fils. Mais lady Saint-Clair n'était pas une femme rigide et moralisatrice, contrairement à ce que Bonnie avait craint. Loin de là. Elle était chaleureuse, compréhensive, possédait un sens aigu du ridicule et un humour affreux qui rivalisait avec celui de Bonnie. Elle parvenait également à s'en sortir en disant les choses les plus choquantes sur un ton vague et frivole ; ceux qui ne la connaissaient pas la pensaient un peu superficielle, et croyaient simplement qu'elle ne pensait pas vraiment ce qu'elle disait, alors qu'elle en pensait chaque mot, ses proches le savaient parfaitement.

Pour résumer, Bonnie avait enfin trouvé sa place. Elle avait trouvé une famille, un mari qui l'adorait même quand elle était horrible, et une mère qui l'admirait même lorsqu'elle était épouvantable — du moins, jusqu'à un certain point. De plus, son beau-frère était absolument charmant et sa belle-sœur était l'une de ses plus proches amies. La vie pouvait-elle être plus parfaite ?

Lady Saint-Clair lui offrit son bras. Elle était elle-même vêtue de façon assez scandaleuse, déguisée en reine Boadicea. Elle s'était inspirée d'une gravure de John Opie, « Boadicea haranguant les Britanniques ». Si Bonnie devait être une reine, avait-elle dit avec un petit reniflement, elle n'allait certainement pas être moins que cela.

Elles avaient conclu qu'il serait bien plus spectaculaire de faire une grande entrée lorsque tout le monde serait arrivé. Après tout, les aristocrates raffolaient des spectacles. Elles avaient également décidé que Bonnie ferait son entrée au bras de lady Saint-Clair, pour montrer la solidarité qui régnait entre les deux femmes et l'approbation de sa nouvelle belle-mère. Cela obligerait les plus rigides à accepter Bonnie dans leurs rangs sans protester.

— Savons-nous quel costume a choisi Jérôme, finalement ? demanda Bonnie dont le cœur tambourinait d'excitation alors qu'elles se dirigeaient vers la salle de bal.

— Non, il a refusé de me le dire, cet enfant exaspérant, soupira lady Saint-Clair. Pourtant, je l'ai harcelé. Mais je n'ai pas non plus voulu lui révéler ce que vous porteriez, donc je suppose que c'est juste.

Elles s'arrêtèrent juste derrière la grande double porte. Lady Saint-Clair jeta un regard critique sur Bonnie et l'étudia de la tête aux pieds.

— Absolument royale, dit-elle avec un hochement de tête approbateur. Bon, il est temps de faire s'agiter les langues. Je meurs d'envie de rabattre le caquet de lady Sumner, cette vieille bique méprisante.

Bonnie rejeta la tête en arrière et rit. Les valets de pied ouvrirent les portes et lady Saint-Clair les conduisit toutes les deux dans la salle de bal. Tout le monde les dévisagea.

Devant les centaines de personnes qui avaient le regard fixé sur elle, Bonnie cessa de respirer.

— Ne me décevez pas maintenant, Bonnie, murmura lady Saint-Clair. Levez le menton. Vous êtes une reine, souvenez-vous.

Bonnie se tourna vers sa belle-mère qui lui fit un clin d'œil. Son trac s'évanouit sous ce regard bienveillant. Elle sourit.

— Bon, maintenant, où se trouve Jérôme ? demanda Bonnie.

Elle le chercha des yeux parmi la foule tout en traversant la salle de bal en compagnie de lady Saint-Clair, et son regard s'arrêta sur un homme habillé de noir. On pouvait voir des cornes au milieu de ses épais cheveux blonds et une lueur malicieuse brillait dans les yeux bleus derrière le masque. Le diable.

Bonnie poussa un cri ravi et se jeta sur lui.

— Ooouf ! fit Jérôme en reculant d'un pas. Bonnie Campbell, petite misérable. J'ai toujours dit que vous iriez au diable.

— Comme tout le monde, répondit-elle en riant.

Elle l'embrassa sur place, devant tous les invités ; des exclamations et des murmures mi-choqués, mi-amusés parcoururent la salle de bal.

— Eh bien, je crois que vous avez annoncé le ton pour la soirée, Bonnie, dit sèchement lady Saint-Clair.

Elle leur fit signe de s'en aller en ajoutant :

— Partez et allez vous amuser, enfants terribles, mais si vous faites trop de grabuge, je vous renie tous les deux.

— Cela me paraît raisonnable, répondit Jérôme qui se pencha pour embrasser sa mère.

Elle le regarda avec amour et lui tapota la joue avant de se tourner vers Bonnie.

— Qu'attendez-vous ? Partez danser avec votre diable. Montrez au monde à quel point nous sommes heureux de vous avoir accueilli dans notre famille, à laquelle vous vous intégrez à la perfection.

Pas besoin de lui dire deux fois : quelques secondes plus tard, Bonnie était dans les bras de son mari et tournoyait sur la piste. C'était un moment de bonheur pur et simple. Après tout ce qu'il s'était passé, elle avait finalement trouvé ce qu'elle cherchait. Même si la perte de leur enfant était encore douloureuse dans son cœur, elle savait qu'ils avaient le temps, il y aurait d'autres enfants. Elle avait trouvé une place dans ce monde. Elle ne serait plus jamais seule. Elle dansa donc comme si c'était son dernier jour sur terre tout en ayant l'impression que c'était le premier et elle rit, le cœur explosant de joie et de gratitude pour tout ce qu'elle avait.

— C'est ce que j'aime chez vous, dit Jérôme en attirant l'attention de Bonnie vers son visage séduisant.

Il y avait tant d'émotion dans son regard qu'elle se sentit bouleversée.

— … Vous êtes si vivante. Tous les autres ne font qu'effectuer les pas de danse, mais avec vous… c'est comme une aventure.

— C'est la chose la plus gentille que l'on m'ait jamais dite.

Bonnie avait répondu d'une voix un peu rauque, la gorge serrée, émue. Comment une femme était-elle censée entendre de tels mots en gardant son sang-froid ? Elle se demanda si cette soirée pouvait être encore plus parfaite.

— Vraiment ? répondit Jérôme avec surprise. Ciel, je vais devoir faire mieux que cela alors.

— Oh, oui, je vous prie, murmura-t-elle en soupirant avant d'ajouter : mais pas tout de suite, car je vais pleurer je ne veux pas que cela arrive. Pas maintenant.

— Je garde cela pour plus tard, alors, promit-il avec une expression sérieuse.

Il emmena Bonnie dans une série de tourbillons qui donnèrent à la jeune femme l'impression de voler.

— Est-ce que tout va bien, Matilda ? demanda Bonnie.

Elle était en train de s'éclipser du bal avec une idée derrière la tête ; elle n'en avait pas encore parlé à son mari. Elle était peut-être une femme mariée respectable désormais, mais elle ne voyait pas de raison à ce que cela mette un terme à la rigolade. Mais Matilda semblait pâle et perturbée ; Bonnie ne pouvait pas passer à côté d'elle sans lui adresser la parole. Elle ajouta :

— Vous êtes un peu pâlichonne.

Matilda tourna la tête vers elle avec un regard distant indiquant qu'elle n'avait pas entendu ce que Bonnie venait de dire. Elle sembla revenir à elle en remarquant son amie et afficha un sourire qui ne fut pas très convaincant.

— Oh, je vous prie de m'excuser. J'étais dans les nuages. Oui, je vais bien. Cependant… j'aimerais m'entretenir avec vous, si vous avez un instant. Au sujet de Ruth.

Bonnie hocha la tête. Un sentiment de culpabilité lui serra les entrailles. Elle aussi, avait beaucoup pensé à Ruth. L'idée d'avoir laissé son amie tomber la préoccupait. À l'époque, elle était si bouleversée par sa propre situation qu'elle craignait n'en avoir pas assez fait pour Ruth, pas suffisamment expliqué dans quoi elle s'embarquait. Elle aurait dû prendre davantage en compte l'expression dans les yeux de Ruth, qu'elle connaissait très bien puisqu'elle avait ressenti le même *besoin* bouleversant en voyant Jérôme pour la première fois. Malgré son tempérament impulsif, elle avait pris le temps d'apprendre à le connaître. Enfin, en toute honnêteté, si elle avait eu en sa possession une dot de cinquante mille livres pour le soudoyer, elle aurait peut-être également fait une demande en mariage à Jérôme sur-le-champ.

Il lui paraissait très étrange que Ruth ressentît la même chose pour Gordon, mais chacun ses goûts. Elle le trouvait trop grand et maladroit. À ses yeux, il n'était qu'une brute ignorante, faite pour rester cantonnée dans les Highlands sauvages. Comment Ruth, une gentille jeune fille de bonne famille ayant été élevée de manière à s'intégrer parmi les jeunes ladies de l'aristocratie pourrait-elle supporter cet individu ? Elle n'en avait pas la moindre idée. Ruth n'était pas une petite fleur fragile, loin de là, mais il était probable que son nouveau mari la terrorise. Pourtant, ce n'était pas de la terreur qu'elle avait lue dans les yeux de Ruth, loin de là.

Matilda attira Bonnie à l'écart.

— Comment est-il ?

Bonnie n'eut pas besoin d'un nom pour savoir que Matilda parlait du nouveau mari de Ruth.

— Je n'ose répondre, répondit Bonnie avec un sourire faible. Après tout ce que je vous ai raconté.

Chaque fois qu'elle avait mentionné Gordon Anderson, elle avait empiré à la fois son caractère et son apparence. Sans oublier son hygiène personnelle. Elle ne savait pas exactement pourquoi ; elle savait uniquement qu'elle était en colère qu'on l'unisse de force à lui et qu'il ne veuille d'elle que pour sa dot, puisque l'aversion que Bonnie ressentait envers lui était réciproque.

— Avez-vous exagéré ses traits de caractère autant que vous avez exagéré son apparence ? demanda Matilda avec un regard plein d'espoir.

— Pas complètement, répondit prudemment Bonnie qui ne voulait pas faire paniquer Matilda et regrettait de ne pouvoir la rassurer davantage. Oh, Matilda… c'est juste que Gordon et moi ne nous sommes jamais entendus. Il ne suffit que de quelques minutes passées ensemble dans une pièce et nous nous sautons à la gorge, je ne peux donc pas prétendre l'avoir vu sous son meilleur jour. Il n'a pas l'habitude qu'une femme lui tienne tête et dise ce qu'elle pense, vous savez que je ne sais pas tenir ma langue. Le problème, ajouta-t-elle en sentant l'inquiétude pour son amie lui serrer le cœur, c'est que je ne pense pas que Ruth non plus, puisse s'en empêcher.

— Mais, lui ferait-il du mal ? demanda Matilda, la peur brillant dans le bleu de ses yeux. Allons, Bonnie. Je dois savoir. Ruth court-elle le moindre danger ? Est-il… est-il violent ?

— Oh, non ! s'exclama Bonnie en secouant la tête. Enfin, oui, il peut l'être, mais pas envers les femmes. Il n'hésitera pas à assommer un homme qui l'insulte, il est du genre brutal, mais je ne l'ai jamais vu lever la main sur une femme. Non, ce n'est pas cela, c'est… c'est juste un ours à la tête dure. Soit il reste silencieux pendant des jours, soit il aboie des ordres. Il n'y a rien de tendre à son sujet, aucun sentiment délicat. Ruth ne court aucun danger physique, mais je crains pour son bonheur.

— Eh bien, répondit Matilda d'une voix sinistre, je suppose qu'elle a fait son choix, comme chacune d'entre nous le doit. Personne ne l'a obligée à agir de la sorte, et nous ne saurons jamais exactement ce qu'elle s'est dit. Qui peut se targuer de connaître les pensées intimes d'un autre ?

Bonnie dévisagea son amie, surprise par son ton triste. Elle avait l'impression que Matilda ne parlait pas seulement de Ruth. La jeune femme vit l'inquiétude dans les yeux de Bonnie et poussa un petit rire sans joie.

— Nous ne pouvons plus faire grand-chose pour elle, soupira-t-elle. Je me tiens prête à partir et à la ramener au moindre signe indiquant qu'il faille l'aider à s'échapper.

— Vous êtes une bonne amie, déclara Bonnie en posant une main sur son bras. Et je me ferai une joie de vous accompagner. Si Anderson rend Ruth malheureuse, il aura affaire à moi aussi.

Matilda sourit et lui tapota la main.

— Cela devrait suffire à le faire réfléchir, dit-elle en provoquant un sourire sur le visage de Bonnie. Mais il est malvenu de ma part de vous embêter lors d'une nuit aussi glorieuse ! Quelle soirée triomphale pour vous ! Vous ressemblez vraiment à une reine, et vous ne devriez penser à rien d'autre qu'à votre propre bonheur dans un moment pareil. Vous le méritez, ma chérie.

Bonnie saisit impulsivement Matilda et la serra fortement en l'embrassant sur la joue.

— Merci, maman poule. Au moins, vous pouvez cesser de vous inquiéter pour un poussin de plus. Je vérifierai ma correspondance dans la matinée. Je n'ai pas eu un seul instant pour lire mes lettres, donc je ne sais pas si j'ai reçu quelque chose de Ruth, mais s'il n'y a rien, je lui écrirai une nouvelle fois et la supplierai de se confier à moi.

Matilda hocha la tête.

— Oui. Pas la peine de nous inquiéter avant de savoir si c'est nécessaire. Vous ne devriez pas, en tout cas. Profitez de votre bonheur, Bonnie, et embrassez votre mari. Je ne doute pas qu'il se languisse de vous.

Bonnie était plus qu'heureuse d'obéir à cette demande, et c'est avec le sourire aux lèvres qu'elle s'enfuit.

Chapitre 21

Ma très chère Bonnie,

Pardonnez-moi de ne pas avoir écrit plus tôt. Je ne sais pas exactement pourquoi, seulement ~~les choses ont été dif...~~ *il m'a fallu un temps d'adaptation.*

J'ai été ravie d'apprendre votre mariage à Mr Cadogan. Je vous envoie tous mes vœux de bonheur, même si je suspecte que vous n'en avez pas besoin. Il était évident lors de la dernière matinée où je vous ai vus qu'il est épris de vous. Chanceuse !

En ce qui me concerne, je ne me suis pas mariée pour l'amour, c'est avec les pieds sur terre que je me suis engagée dans cette union, pourtant… oh, Bonnie, très chère. J'ai un besoin urgent de vos conseils en ce qui concerne mon époux…

— *Extrait d'une lettre de Mrs Ruth Anderson à Mrs Bonnie Cadogan.*

5 décembre 1814. Bal donné en l'honneur de Mr et Mrs Cadogan, Résidence de Londres du comte Saint-Clair, St James.

Jérôme parcourut la salle de bal du regard. La soirée avait été un succès retentissant et sa mère était aux anges. Les gens qu'elle avait voulu rendre verts de jalousie avaient adopté une teinte chartreuse satisfaisante. Ceux qui avaient eu envie de lui présenter leurs condoléances pour avoir récolté une si terrible belle-fille avaient été forcés de constater qu'ils avaient tort. Tous leurs amis et leur famille s'étaient ralliés à leurs côtés, et avaient été contaminés par le bonheur de cette soirée. Tout le monde avait passé un excellent moment, en particulier Bonnie et sa mère. Elles s'entendaient comme larrons en foire et il ne faisait aucun doute qu'elles avaient déjà concocté des plans pour de prochains ravages.

Il avait été assez surpris de constater la vitesse à laquelle ces deux-là s'étaient prises d'affection l'une pour l'autre ; en vérité, c'était même un peu effrayant. Il avait toujours su que ses parents avaient un excellent sens du ridicule. En revanche, il ne comprenait que maintenant que son père n'était pas le seul à fomenter des bêtises et faire du grabuge. Sa chère maman aussi avait un soupçon de diablerie en elle. Eh bien, au moins elle ne pourrait plus lui reprocher son comportement discutable, car il pourrait alors lui rappeler avec plaisir que le fruit n'était pas tombé loin de l'arbre.

Il était néanmoins énervant que cette maudite femme ait décidé d'emmener Bonnie on ne sait où, car il voulait se retrouver seul avec sa femme. Il avait fait preuve d'une grande patience toute la soirée, mais à présent, il en avait assez de danser et de discuter ; il voulait Bonnie, et de préférence dans un endroit sombre et isolé.

Il poussa un soupir irrité et attrapa une coupe de champagne du plateau d'un serveur qui passait devant lui. Où diable était donc passée cette créature provocante ? Jérôme sursauta en recevant une tape joviale et vigoureuse dans le dos.

— Vous voilà enfin, mon vieux, croassa une voie amusée. Je vous ai cherché partout.

Avec une horrible impression de déjà vu, Jérôme fit volte-face et croisa le regard d'une paire d'yeux vert pâle étincelants.

— Oh, mon Dieu, murmura-t-il dans un gémissement mi-hilare, mi-consterné.

Elle avait recommencé.

— Que la peste vous emporte, Bo — Bart, bégaya-t-il en se reprenant à la dernière seconde. Que faites-vous ici, habillée ainsi ?

Jérôme la contempla et il sentit son corps se raidir à la vue des culottes serrées qui moulait fermement ses jambes galbées. Son délicieux postérieur était sans doute mis en valeur de la même façon, et, si ces souvenirs étaient exacts, la queue de pie de son manteau ne le recouvrait pas tout à fait. Il était ahuri que quiconque puisse se méprendre sur son identité.

— Eh bien, je vous cherchais, cous' , dit-elle en prenant la pose fanfaronne d'un jeune dandy. Je me suis dit que vous aimeriez peut-être changer d'air pour vous amuser un peu. Qu'en dites-vous ?

— J'en dis que je devrais vous botter les fesses, répondit-il en faisant de son mieux pour lui lancer un regard mauvais, mais le coin de ses lèvres qui se retroussait sans cesse gâchait un peu l'effet. Venez dans ce cas, dit-il en reposant son verre. Si c'est du divertissement que vous cherchez, je sais ce qu'il vous faut.

Jérôme guida son jeune *cousin* hors de la salle de bal et dans les couloirs sombres, faisant mine de se diriger vers la porte d'entrée, avant de tourner brusquement, d'ouvrir une porte et de la pousser à l'intérieur. La pièce était petite et servait de salon, mais sa mère la trouvait trop sombre et ne l'utilisait que rarement. Ce soir, elle était vide et silencieuse ; les rideaux n'avaient pas été fermés et seule la lune l'éclairait.

— Oh, Jérôme, je pensais que nous allions —

Jérôme ne laissa pas un seul instant de plus à son impossible épouse pour protester ; il la plaqua contre le mur le plus proche et l'embrassa jusqu'à ce qu'elle soit hors d'haleine.

— Je crois que vous avez causé assez de dégâts pour une soirée, lui dit-il lorsqu'il émergea finalement pour respirer, en faisant de son mieux pour prendre le ton d'un mari sévère qui se doit d'être obéi.

Bonnie se contenta de ricaner. Elle haussa un sourcil et désigna son accoutrement.

— Le scandale sera bien plus grand si quelqu'un nous surprend ainsi.

Malgré lui, Jérôme pouffa de rire.

—Vous êtes sans le moindre doute la créature la plus provocante que j'ai jamais croisée. C'est une bonne chose que je vous ai épousée. Personne d'autre n'aurait pu réussir à maîtriser votre folie.

Bonnie battit des paupières et le regarda avec de grands yeux innocents.

— Qu'est-ce qui vous fait croire que vous y arriverez ?

Jérôme cacha son sourire en baissant la tête et en l'enfouissant dans le cou de Bonnie tandis qu'il défaisait de ses mains fébriles les boutons de ses culottes. Il glissa la main dans l'ouverture à la recherche du triangle de boucles douces entre les cuisses de Bonnie et la respiration de la jeune femme devint erratique.

— Ceci, murmura-t-il avant de déposer un baiser sur la peau douce derrière son oreille, puis le long de sa mâchoire jusqu'à sa bouche, pendant que ses doigts descendaient toujours plus bas.

On entendait encore légèrement la musique de l'orchestre, mais la fête semblait à présent très, très lointaine alors qu'il caressait Bonnie.

— Oh, gémit Bonnie en renversant la tête en arrière, les yeux clos.

— Bonnie, murmura Jérôme.

Il était ivre de désir, de la proximité de Bonnie, de sa peau enfiévrée et de son odeur. Il glissa les doigts dans sa fente brulante et humide et sentit sa propre respiration s'affoler en l'entendant gémir.

— Je suis fou de vous, impossible créature. Je n'ai pensé qu'à vous depuis cette nuit à Green Park. Vous brilliez plus fort que les feux d'artifice, savez-vous cela ? Le ciel était vibrant de couleurs et de lumières, mais je ne voyais rien d'autre que vous. Vous m'avez aveuglé, et je ne suis toujours pas rétabli.

Elle ouvrit des yeux aux paupières lourdes et le regarda.

— Je vous en prie, ne guérissez jamais, murmura-t-elle. Je ne veux pas que vous retrouviez la raison.

— Non, lui promit-il en déboutonnant le veston de la jeune femme de sa main libre. Même si je le voulais, ce serait impossible, et je ne le veux pas. On ne peut pas guérir de vous, Bonnie, et je remercie le ciel pour cela.

Il libéra sa chemise et remercia également le ciel qu'elle n'eût pas bandé sa poitrine si serrée cette fois. Il desserra le bord du bandage d'un mouvement habile et libéra l'extrémité. Après quelques instants à tirer et pousser des jurons, la splendide poitrine fut enfin libérée, et il remonta la chemise qui le gênait.

— Magnifique, murmura-t-il avant de poser ses lèvres sur les monts généreux.

Il déposa des baisers autour des courbes pleines avant de traîner sa langue sur son téton jusqu'à ce qu'elle gémisse et pousse un cri incohérent. Il eut pitié et aspira un sein, puis l'autre. Bonnie se cambra de désir et les doigts de Jérôme caressèrent son intimité jusqu'à ce qu'elle gémisse, impuissante.

— Et moi qui pensais avoir une reine pour me donner des ordres, murmura-t-il en souriant contre sa peau tandis qu'elle haletait. Même si, je dois bien admettre, ces culottes permettent un meilleur accès que les kilomètres de jupes et jupons.

— Je p-peux encore vous donner des ordres.

On percevait un léger ton provocateur dans la réponse de Bonnie, aussi ténu soit-il.

— Oh ? Et que voulez-vous que je fasse ? demanda-t-il, parcouru d'un frisson d'excitation.

Les yeux sombres de Bonnie, embués par le désir, brillaient dans la pénombre de la pièce.

— Je pense, murmura-t-elle, que vous devriez vous agenouiller devant moi.

Jérôme poussa un petit rire malicieux et obéit sur-le-champ. Il descendit les culottes des jambes de Bonnie et l'en débarrassa tandis qu'elle maintenait sa chemise en l'air. Le cri qu'elle poussa lorsqu'il la caressa avec sa langue, à la fois désespéré et sensuel, fit s'enflammer le désir en lui, comme les feux d'artifice auxquels il l'avait comparée. Il détona dans son sang, le remplissant d'un besoin douloureux, faisant tambouriner son cœur d'allégresse et de bonheur, une combinaison enivrante dont seule Bonnie avait la recette. Grand Dieu, elle était téméraire et n'avait peur de rien, sa femme magnifique, joyeuse et démoniaque.

Elle était également audacieuse, peut-être trop audacieuse à en juger par les cris de plus en plus forts et de plus en plus lascifs qu'elle poussait. Elle lui lança un regard noir lorsqu'il se rassit sur ses talons et la tira vers le sol.

— Vous faites trop de bruit, dit-il en peinant à contenir son propre rire lorsqu'elle soupira et grommela. Nous allons vous entendre par-dessus l'orchestre si vous continuez.

— Eh bien, à quoi vous attendez-vous, marmonna-t-elle, lorsque vous faites *cela* ?

Jérôme lui montra exactement ce qu'il attendait d'elle : il la renversa sur le dos et entreprit de défaire ses propres boutons avec des doigts fébriles. Un sentiment d'exaltation le parcourut et il dut étouffer son propre cri de triomphe, la bouche contre la peau de

Bonnie, lorsqu'il s'enfonça en elle. Alors qu'il lui montrait son amour à l'aide de sa bouche, de ses mains et de son corps, il devint évident que Bonnie était incapable d'être discrète, il étouffa donc doucement les gémissements scandaleux qu'elle poussait à l'aide de baisers jusqu'à ce que retentisse le cri final ; il pria pour que personne ne l'entende par-dessus le vacarme de la salle de bal. Il éclata de rire, se laissa rouler sur le côté en entraînant Bonnie avec lui jusqu'à se retrouver allongé sur le dos. Il sentait le fou rire bouillonner à l'intérieur de lui, ainsi que la joie ridicule qui l'accompagnait à l'idée de passer sa vie aux côtés de Bonnie. Il succomba à l'hilarité, impuissant.

— Vous êtes fou, dit Bonnie en se redressant sur un bras et en le regardant d'un air amusé.

— Fou de vous, répondit-il, encore à bout de souffle.

Il tendit la main et passa les doigts dans ses boucles sombres et courtes.

— Ils ne sont pas blonds, soupira-t-elle avec regret en saisissant une des boucles et en plissant les yeux pour la regarder.

Elle afficha un sourire contrit en observant les monts et vallées de son corps généreux.

— … Et je ne suis pas svelte. Par contre, j'étais bel et bien en détresse, ajouta-t-elle avec plus d'enthousiasme. C'est déjà ça.

— Mais de quoi parlez-vous ? demanda-t-il, déconcerté.

— De la femme de vos rêves, répondit-elle avec une lueur incertaine dans le regard. Tout le monde m'a dit que je n'étais pas votre genre. Que vous tombiez toujours amoureux de blondes à l'air fragile ayant besoin d'être secourues.

Jérôme l'observa. Il y avait une part de vérité, se dit-il. Il pensait la même chose il n'y a pas si longtemps de cela ; pourtant, il avait l'impression que cela faisait une éternité.

— Vous êtes tout ce dont je rêve, Bonnie, dit-il à voix basse. Mais vous êtes encore mieux, car vous êtes réelle, et que vous m'apportez tellement plus que ce que je croyais vouloir, ce dont je pensais avoir besoin.

Il tendit la main et remplit sa paume avec le sein de Bonnie qu'il pressa légèrement.

— … Tellement plus, ajouta-t-il avec un sourire entendu alors qu'elle poussait un petit cri et éclatait de rire.

Il la fit basculer sur le dos une fois de plus et la contempla, émerveillé d'être aussi chanceux.

— … Je remercie le ciel, Bonnie. Que vous ayez eu suffisamment de courage pour me montrer ce dont j'avais besoin. Si vous n'aviez pas fait cela…

Sa voix vacilla, et il rit doucement.

— … Je vous aime, effroyable créature, ne changez jamais. Je vous aime telle que vous êtes, même si vous allez me faire avoir des cheveux blancs. Que diriez-vous d'avoir des tas d'enfants, un nombre incalculable de fous rires et de provoquer autant de chaos qu'il est possible de gérer ?

— J'aime beaucoup cette idée, murmura-t-elle, les yeux remplis de tout ce que Jérôme souhaitait y voir. Et je vous aime aussi, Jérôme. Depuis le début, comme vous le savez. Mais…

Jérôme patienta en se demandant, inquiet, ce qui suivrait ce *mais*.

— Pourrions-nous nous concentrer sur ce *tas d'enfants*, je vous prie ?

Il lui sourit, soulagé.

— Vous voulez dire maintenant ?

— Bien sûr, maintenant, dit-elle en glissant la main sous le pantalon de Jérôme.

— Bonnie, grogna-t-il sous les caresses de la jeune femme. Créature diabolique et insatiable, je ne serai plus qu'une enveloppe vide si vous continuez.

— Oh, vous survivrez, répondit-elle alors que son membre se raidissait à nouveau sous la main de la jeune femme. Et vous venez d'avouer aimer mon côté diabolique. Il est trop tard pour le nier.

— C'est la vérité, et je n'oserais jamais faire cela, admit-il en soupirant et en fermant les yeux, avant de les rouvrir, paniqué.

— Oh, Seigneur, fit-il d'un air affolé.

La main de Bonnie se figea.

— Quoi ? demanda-t-elle en baissant les yeux vers lui. Qu'y a-t-il ?

— Oh, grand Dieu, gémit-il. Je viens de réaliser. Nous… nous pourrions avoir des filles… comme *vous* !

Bonnie ricana devant sa consternation manifeste.

— Ce n'est pas drôle, rétorqua Jérôme. Elles pourraient finir avec… avec —

— Avec un vaurien dans votre genre ? proposa Bonnie. C'est possible, dit-elle d'un ton rassurant en le poussant pour qu'il se rallonge. Mais je ferai en sorte que mes filles sachent gérer ce genre de créature malicieuse.

— Cela ne me rassure pas, grommela-t-il.

Bonnie se plaça au-dessus de lui et déposa des baisers sur son cou et sa mâchoire, jusqu'à sa bouche.

— Tout ira bien, dit-elle d'une voix apaisante. Parce qu'elles sauront qu'on les aime, qu'elles ont une place dans ce monde, et que leur papa étripera tout homme qui oserait les traiter avec méchanceté.

— C'est vrai, dit Jérôme avec sincérité.

Il ressentit une bouffée d'émotion à la pensée d'avoir une fille avec des yeux verts rieurs et des boucles sombres brillantes, comme sa maman.

— Et je le ferai. Je vous aime, Bonnie.

— Je sais, dit-elle. Je vous aime aussi Jérôme, de tout mon cœur, répondit-elle, avant de s'appliquer à lui montrer à quel point.

En chaque jeune fille timide bat le cœur d'une lionne, d'une femme passionnée prête à tout pour atteindre ses rêves, à condition de trouver en elle le courage de se lancer, Lorsque ces filles auxquelles personne ne prête attention décident de conclure un pacte qui changera leur vie, tout devient possible...

Douze filles —Douze défis à accomplir. Qui aura l'audace de tout risquer ?

Le prochain tome de la série :

Un Hiver à Wildsyde.
Les Audacieuses, livre 7

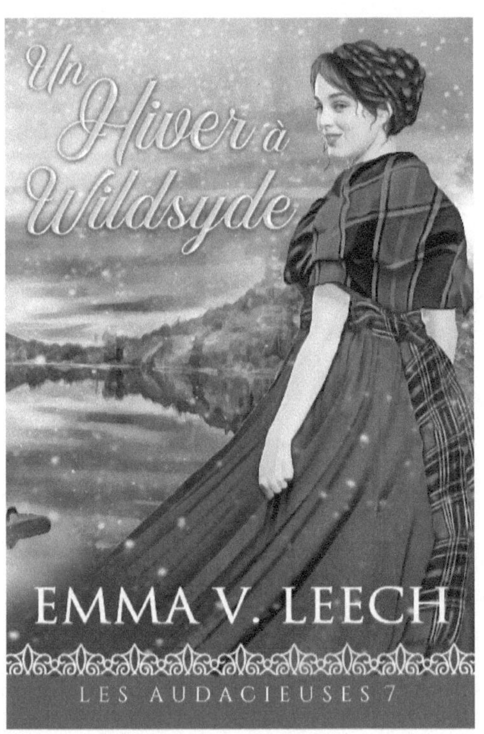

Un défi qui bouleverse le cours de sa vie...

En dépit d'une dot impressionnante, miss Ruth Stone, riche héritière, peine à réaliser le souhait de son père : épouser un aristocrate. Défiée par les Demoiselles Surprenantes de « dire une chose profondément scandaleuse à un homme séduisant », Ruth se surpasse et demande en mariage l'héritier d'un comté.

Un choix qu'elle risque de regretter…

Avant qu'elle ne puisse réfléchir à cette décision quelque peu hâtive, son gigantesque et séduisant promis la jette dans un carrosse qui l'emmène vers les contrées isolées où se trouve le château délabré qu'il compte réparer grâce à sa dot.

Contrat de mariage ou contrat d'affaires ?

Ruth ne se fait pas d'illusions. Ce n'est pas une beauté fragile, elle est forte et a les pieds sur terre : elle sait que son époux ne tombera jamais follement amoureux d'elle. Il s'agit d'un mariage de convenance : ses enfants hériteront du rang et d'une place au sein de la noblesse ; quant à elle, elle aura la demeure dont elle avait toujours rêvé. Mais ce mari buté et têtu éveille en elle une colère et une passion comme personne avant lui…

Son premier hiver au vieux château de Wildsyde promet d'être incendiaire !

Tournez la page pour lire un extrait d'Un Hiver à Wildsyde, sortie prévue en juin 2023

Chapitre 1

29 octobre 1814. Londres.

Ruth essaya de ne pas le regarder. Elle fit vraiment de son mieux, mais c'était impossible. Après une lutte acharnée, elle capitula et son regard traversa le carrosse en direction de l'homme qu'elle avait rencontré à peine vingt minutes plus tôt. Un homme qu'elle venait tout juste de demander en mariage.

Quatre personnes pouvaient s'asseoir confortablement dans son carrosse luxueux. Mais à côté de Gordon Anderson, on aurait dit un jouet pour enfants. Sa silhouette massive faisait paraître minuscule tout ce qui se trouvait autour de lui, et il avait l'air quelque peu mal à l'aise sur la banquette confortable recouverte d'un luxueux velours brodé d'or. Sans doute se demandait-il s'il n'avait pas lui-même agi avec précipitation, mais après tout, ce marché lui rapportait cinquante mille livres. Sa situation avait été suffisamment désespérée pour qu'il vienne jusqu'à Londres chercher Bonnie et ses cinq mille livres, donc il devait être heureux de ce coup de la providence. Bien sûr, l'arrangement initial comprenait Bonnie, une Écossaise voluptueuse, certes indomptable, mais qui aurait fait une épouse ravissante avec laquelle il aurait au moins aimé partager les plaisirs de la chair. Ruth rougit en réalisant ce qu'il avait gagné à la place.

Elle ne se faisait pas d'illusions. Toutes ses amies étaient belles, certaines plus que d'autres, et il lui était impossible de ne pas avoir conscience de sa propre apparence en étant entourée de tant d'exemples de beauté. Elle n'était pas jalouse et n'éprouvait pas de rancœur envers elles… bon, elle était peut-être un tantinet envieuse, mais il s'agissait de ses amies, et chacune avait sa place dans le cœur de Ruth. De plus, elle savait qu'elle n'était pas dénuée de qualités. Elle n'était peut-être pas une beauté, mais elle était volontaire et plus que qualifiée pour rendre la vie de son époux agréable et bien organisée. Depuis l'âge de douze ans, c'était elle qui avait veillé au maintien de l'ordre dans la vaste demeure de son père, puisque, pour le dire gentiment, sa mère était une tête de linotte. Un château délabré dans les terres sauvages d'Écosse ne devrait pas lui faire peur.

Dans ce cas, pourquoi tremblait-elle ?

Oh, peut-être parce qu'elle venait d'accepter d'épouser *un parfait inconnu* !

Mr Anderson lui avait tout de même donné la permission de redécorer le château comme bon lui semblait. Il risquait peut-être de regretter cela en voyant la maison de son père. Fort heureusement, elle ne partageait pas les goûts de ses parents pour l'opulence et l'étalage des richesses. Elle serait également en charge de l'habitation et du personnel, sans interférence de la part d'Anderson. C'était là un bon début. S'ils pouvaient se montrer raisonnables, leur mariage plutôt inconventionnel avait peut-être de bonnes chances de réussite.

— Parlez-moi de Wildsyde, Mr Anderson. Comment est-ce ?

À son grand soulagement, sa voix n'avait pas tremblé — un miracle, car c'était le cas de tout le reste de son corps qui encaissait le choc de ce qu'elle venait d'accepter.

Une paire d'yeux couleur whisky assez troublants se posèrent sur elle et elle retint son souffle. Mon Dieu qu'il était magnifique. Peut-être était-il étrange de qualifier un homme de la sorte, mais il *était* magnifique, de la même façon que peut l'être un paysage sauvage et brut. Intransigeant, dangereux, à vous couper le souffle.

— Wildsyde est un ancien château plein de courants d'air à cette époque de l'année. Il y fait assez froid pour vous geler les feysses, dit-il en la regardant d'un air placide, sans la moindre curiosité ni le moindre intérêt. Alors, on a changé d'avis, miss ?

Ruth répondit rapidement, de peur de remettre son choix en question.

— Non.

Elle avait perdu bien trop de temps à réfléchir et à imaginer le genre de mari avec lequel elle finirait. Elle avait reçu des offres. Il y en avait eu presque toutes les semaines, compte tenu de la dot faramineuse qu'il y avait à empocher, mais aucune ne l'avait même vaguement tentée. Son père avait rejeté la plupart d'entre elles, pas assez illustres à son goût. En effet, son optimiste papa semblait croire qu'elle avait encore toutes les chances de finir avec un duc si elle y mettait du sien, mais au bout du compte, il se contenterait de n'importe quel titre au-dessus de celui de baron. De temps en temps, elle devait subir les demandes d'aristocrates désespérés qui étaient soit au bord de la ruine et à deux doigts de finir en prison, soit aux portes de la mort. Certaines propositions l'avaient fait frissonner, d'autres lui avaient simplement donné envie de pleurer.

Mais elle n'était pas une fragile petite demoiselle facilement manipulable. Son père avait compris depuis longtemps que sa fille avait une volonté de fer, et qu'il ne servait à rien de l'intimider ou de la cajoler pour la convaincre d'accepter une union qu'elle ne désirait pas. Au moins, elle avait choisi elle-même Gordon Anderson, pour le meilleur ou pour le pire, même si elle ne savait pas lequel des deux se produirait. *Le titre n'en vaut pas la peine*, lui avait dit Bonnie. *Il n'a pas un sou, le château est pratiquement une ruine, il se situe à des kilomètres de tout, et, pire encore, c'est une brute stupide qui a autant de sensibilité qu'un caillou ; il n'y a pas un seul os civilisé en lui.*

Toute la volonté de Ruth ne suffit pas à l'empêcher d'examiner ce corps. En effet, il n'avait pas l'air civilisé ; il était viril, puissant et si incroyablement masculin que sa respiration eut des ratés. Elle pouvait voir ses genoux nus, et la position disgracieuse qu'il avait adoptée avait relevé son kilt, laissant apercevoir quelques centimètres de cuisses musclées. Ruth regarda encore et encore ; de toute sa vie, elle n'avait jamais vu de peau masculine en dehors de celle des mains et du visage. Une petite voix souffla dans son cerveau embrumé qu'elle était observée. Elle devint écarlate en s'apercevant que c'était bel et bien le cas. Un sourire en coin sur les lèvres, Anderson lança :

— Croyez-vous être capable d'attendre que nous arrivions en Écosse ?

Ruth hoqueta de surprise devant son impudence, mais ne baissa pas les yeux. Peut-être y avait-il suffisamment de vrai dans sa réflexion pour qu'elle se sente honteuse, mais elle ne se laisserait pas intimider. Il fallait que cet homme comprenne qu'elle ne se laisserait pas manipuler, peu importe si la vue de son corps la rendait tremblante. Elle pouvait difficilement nier que le désir avait motivé sa demande en mariage. Oh, oui, il avait le titre de noblesse dont elle avait besoin pour satisfaire les envies de son père et leur permettre d'intégrer les rangs de l'aristocratie, et avait été suffisamment ruiné pour accepter sa demande. Ces critères avaient été importants, mais ne constituaient pas les seules raisons de son choix. Il lui avait suffi d'un coup d'œil pour décréter qu'elle le *voulait*.

Je veux qu'il soit mien, avait crié une voix dans sa tête. Peut-être l'aura un peu bestiale qui émanait de lui avait allumé en elle une mystérieuse part de sauvagerie ; dans tous les cas, cette partie d'elle était bel et bien éveillée à présent, elle réclamait son dû, et toutes les réflexions du monde et les peurs de Ruth n'y changeraient rien.

Le carrosse s'arrêta devant la demeure somptueuse de son père sur Upper Walpole Street et la jeune femme poussa un petit soupir de soulagement. Il fallait qu'elle s'échappe de cet espace confiné, et vite, avant qu'elle ne perde complètement la raison.

Mr Anderson descendit, puis lui tendit la main. Contrairement à la plupart des hommes de l'aristocratie, il ne portait pas de gants, et bien que cela fût le cas de Ruth, ce contact lui brûla la peau. La main de l'Écossais avait englouti la sienne ; c'était une main tannée par le soleil et endurcie par le travail, non celle d'un gentleman, malgré le titre dont il était héritier.

Garrick, le majordome, les accueillit avec un sourire chaleureux qui vacilla quelque peu lorsqu'il remarqua l'homme qui l'accompagnait.

— Garrick, mon père est-il à la maison ? demanda Ruth en rougissant et en évitant de croiser son regard.

Il ne ferait aucun commentaire, bien entendu. Garrick était un majordome hors pair et Ruth l'aimait énormément. Il n'était pas exagéré de dire qu'il allait lui manquer plus que ses parents. C'était un homme grand et fin, aux cheveux noirs bien peignés, aux yeux bleus pétillants et à l'air sûr de lui. Il avait été son allié pendant de nombreuses années. Il avait rapidement appris à se référer à Ruth et non à son idiote de mère — sauf si Ruth avait au préalable approuvé ce que la créature stupide avait demandé. Ce serait un réel déchirement pour la jeune femme de ne plus le voir, et d'après elle, le sentiment serait partagé. Même si son père adorait sa fille, il n'était jamais à la maison ; Garrick avait été présent depuis les douze ans de Ruth.

— Oui, miss Stone. Je crois qu'il est dans son bureau.

— Merci.

Ruth lui sourit en lui tendant ses gants et son chapeau.

Elle était parfaitement consciente que l'on ne remerciait jamais les domestiques au sein de la haute société, mais elle ne supportait pas ce manque de courtoisie, et tant pis si ce principe révélait sa basse condition. Si le personnel la méprisait lorsqu'elle se montrait reconnaissante de leurs efforts, ils étaient libres d'aller travailler dans une maison où on leur montrerait moins de respect.

Une fois Garrick sorti, elle regarda Mr Anderson et fit de son mieux pour ne pas scruter d'un air ébahi la scène sous ses yeux : un Highlander barbu à l'air sauvage au beau milieu du hall d'entrée pompeux et tape-à-l'œil de son père. Ruth savait que la maison était décorée avec vulgarité, et même si elle avait fait de son mieux pour brider les goûts affreux de son père, cela restait affreusement clinquant. Mr Anderson détonnait au beau milieu d'un tel décor et mettait en relief toutes les babioles et les ornements ridiculement coûteux ; c'était un peu comme voir un lion déambuler dans une salle de bal d'Almack.

Ce n'était pas son habitat naturel.

— Seigneur tout-puissant, murmura-t-il en contemplant la pièce d'un air éberlué.

— Oui, eh bien, déclara Ruth qui commençait à perdre patience car elle se sentait mal à l'aise… encore plus mal à l'aise. Peut-être, reprit-elle, serait-il mieux que vous m'attendiez ici pendant que je… je…

— Que vous annoncez la nouvelle ? suggéra-t-il d'un ton ironique.

— Oui.

Ruth ne voyait pas l'intérêt de prétendre le contraire. Même si son père allait être enchanté en entendant parler du comté, la vue de son nouveau gendre pourrait le faire hésiter. Elle devait le préparer.

— Il n'approuvera pas cette union ?

— Le comté lui plaira beaucoup, Mr Anderson, répondit Ruth en tâchant de conserver un ton protocolaire.

Elle avait l'habitude de traiter avec les associés de son père, et si elle s'arrangeait pour que l'affaire garde une tournure professionnelle, du moins pour l'instant, elle pourrait peut-être s'en sortir sans se pâmer ou devenir hystérique — ce qu'elle espérait fermement.

— Jusqu'à ce qu'il découvre que son gendre est aussi bien accueilli au sein de l'aristocratie anglaise qu'une bonne chaude-pisse ? demanda-t-il doucement.

Ruth ignora sa grossièreté ; elle était certaine, sans comprendre ses raisons, qu'il essayait de l'énerver. Il était évident qu'il avait besoin de son argent. La trouvait-il si laide qu'il voulait la faire changer d'avis ? C'était une possibilité qu'elle n'arrivait pas à écarter, aussi dégradante soit-elle.

— Peut-être n'êtes-vous pas bien accueilli, mais je m'en sortirai très bien, je n'en doute pas, dit-elle froidement. Une comtesse se doit d'être traitée avec respect, quel que soit son mari.

Ruth n'avait pas la plus petite intention de laisser son père l'utiliser pour parvenir à ses fins. Elle avait accompli son devoir pour élever la condition sociale et le sort de sa famille, mais n'avait pas l'intention de devenir une martyre pour la cause.

Cela parut suffire à le faire taire, du moins pour le moment, et Ruth demanda à ce qu'on lui amène un repas — car un homme de son envergure devait probablement toujours avoir faim — puis partit chercher son père.

— Bon sang de bonsoir, murmura Mr George Stone en posant les yeux sur son futur gendre, même si Ruth l'avait prévenu pour éviter qu'il ne le dévisage bouche bée.

Elle donna un coup de coude à père, qui secoua la tête et effaça aussitôt sa mine déconfite. Il tendit la main en offrant un grand sourire à Mr Anderson. Un homme au sens pratique, son papa. Il ne lui avait pas fallu longtemps pour réaliser qu'avoir entre ses mains l'héritier d'un comté était une bien meilleure option que celle d'un marquis ou d'un duc imaginaire qui n'avait toujours pas pointé le bout de son nez. Oui, c'était un Écossais, ce qui était regrettable, mais le comté était vieux et illustre, à défaut d'apporter beaucoup de richesses. Cela n'avait pas d'importance. Mr Stone était immensément riche, et il voulait que son petit-fils soit du rang des nobles. Comte de Morven, cela irait très bien. Sauf que Ruth pouvait voir son père faire le calcul et se rendre compte que sa fille n'avait pas exagéré. Leur ticket d'entrée dans le monde des aristocrates ne serait pas pour cette génération-ci, du moins, pas sans effort. Il fallait que Ruth parvienne à dompter son mari, chose que son père semblait croire largement à sa portée.

Ruth n'étant pas stupide, elle n'avait pas acquiescé avec précipitation.

À présent, en regardant l'homme dont il était question, elle commençait à douter de ses chances de survivre à la nuit de noces. Si ce n'était pas l'attente qui la tuerait, ce serait probablement le choc. Enfin, une fois qu'elle l'aurait correctement jaugé, elle ne doutait pas de pouvoir le maîtriser, dans une certaine mesure. D'après son expérience — qui était, il fallait l'admettre, limitée surtout à vivre avec son père —, les hommes étaient satisfaits de leur vie de famille si leur maison était confortable et qu'ils étaient bien nourris, et cela, au moins, elle pouvait s'en assurer.

À son grand dam, son écervelée de mère jeta un coup d'œil à futur beau-fils et s'évanouit. Ruth regarda avec une expression impassible sa mère tomber dans un élégant bruissement de soie. Ni elle ni son père ne se précipitèrent pour la rattraper ; ils avaient bien trop l'habitude de sa routine. Mr Anderson aurait pu s'en charger si l'expression horrifiée sur le visage de sa mère n'avait pas été aussi flagrante avant que ses yeux ne se tournent vers le ciel et qu'elle tombe dans les pommes.

— Sonnez Mrs Grisham, papa, soupira-t-elle.

Elle attrapa un petit flacon de sels et l'agita sous le nez de ce parent qui la désespérait. Elle n'osa pas regarder Mr Anderson. Elle doutait que ce soit le genre de scène qui trouve grâce à ses yeux.

Une fois que l'on eut emmené sa mère s'allonger dans une pièce sombre, Ruth reporta son attention sur les deux hommes.

— Eh bien, Ruthie, filez, laissez-nous discuter des détails, charmante enfant, dit son père en se frottant les mains avec un air satisfait à la perspective des négociations à venir.

Ruth gratifia son père d'un regard sévère dont il avait l'habitude et qui fit s'évanouir le sourire de son visage.

— Non, papa, il s'agit de mon avenir. Je reste.

L'expression de Mr Stone s'assombrit. Ruth renchérit en croisant les bras :

— Laisseriez-vous votre secrétaire régler les détails d'une négociation importante ?

— Je ne suis pas votre fichu secrétaire, petite effrontée, rétorqua Mr Stone.

— Non, bien sûr que non, très cher, concéda Ruth avec un sourire placide. Mais vous n'êtes pas moi non plus.

Elle s'assit devant le bureau et leva la tête en direction de Mr Anderson.

— Asseyez-vous, Mr Anderson, dit-elle. Papa, pourquoi ne pas servir un peu de brandy ? Vous savez qu'un petit verre vous éclaircit toujours les idées.

Mr Anderson lui lança un long regard indéchiffrable, mais il s'assit comme elle le lui avait demandé tandis que son père servait deux généreux verres de brandy.

— Bon, dit-elle en souriant alors que les deux hommes s'installaient dans leur siège. Pouvons-nous commencer ?

Chapitre 2

Aujourd'hui, je quitte mes amies pour commencer une nouvelle vie dans les Highlands d'Écosse. Lorsque nous atteindrons le château de Wildsyde, je deviendrai Mrs Anderson.

Oh, diantre. Qu'ai-je fait ?

— Extrait du journal de miss Ruth Stone.

30 octobre 1814. Londres.

— Il est aimable de votre part d'avoir bien voulu retarder notre voyage pour rendre visite à ma tante à Tunbridge Wells, Mr Anderson.

Ses yeux ambrés déconcertants se posèrent sur elle. Il ricana en levant un sourcil.

— Ce n'était pas *aiymable*, et vous le savez. Vous n'auriez pas arrêté de m'en rabâcher les oreilles si je n'avais pas accepté. Je n'suis pas bête au point de subir un voyage jusqu'en Écosse en compagnie d'une femme qui m'en veut.

Ruth fronça les sourcils, un peu irritée par sa réponse, bien qu'elle fût assez perspicace.

— J'imagine que c'est un argument valable. Le fait est que ma tante Ethel m'a fait comprendre à maintes reprises qu'elle était mécontente de mon statut de célibataire.

— Et à présent, vous voulez lui agiter votre victoire sous le nez, c'est cela ? demanda-t-il d'un ton un peu amusé.

— Aye, je veux dire, oui, c'est exactement cela, si vous voulez savoir.

Il haussa les épaules. Ruth les observa monter et descendre avec intérêt.

— Cela retardera notre voyage d'un jour, mais vous pouvez considérer que c'est un cadeau d'mariage. Je n'ai rien d'autre à vous offrir.

— C'est un très beau cadeau de mariage, déclara Ruth avec sincérité.

Elle était transportée de joie à l'idée de présenter ce magnifique spécimen de virilité à sa tante veuve. Cette femme avait donné beaucoup trop de conseils et s'était montrée bien trop exaspérée par l'incapacité de Ruth à trouver un mari. Ce faisant, elle avait accentué les craintes déjà présentes de Ruth : elle était trop grande, disgracieuse et masculine. Finalement, Ruth pouvait garder la tête haute.

— Même si… commença-t-elle avant de faire marche arrière et de refermer la bouche.

— Allez-y, dites-le.

Le grondement de sa voix était agréable par-dessus le bruit des roues.

— Eh bien, dit-elle en rassemblant son courage et en se penchant vers lui avec une expression pleine d'espoir. Croyez-vous que vous… pourriez-vous… ?

— Si vous me demandez de jouer les idiots énamourés, miss Stone, vous vous adressez à la mauvaise personne.

Ruth rougit.

— Pas un idiot énamouré, Mr Anderson, répondit-elle d'une voix pincée. Ma tante n'est ni aveugle ni simple d'esprit et ne se laissera pas berner, mais si… si vous pouviez essayer de… de…

— D'être moins barbare ? suggéra-t-il.

— Croyez-vous pouvoir me laisser finir mes propres phrases ? demanda-t-elle, énervée, même s'il avait raison — quoiqu'elle l'aurait formulé différemment.

— Si vous arrêtez de tergiverser, aye.

Ruth soupira.

— Eh bien, *pouvez-vous* réussir à vous comporter de façon moins barbare ?

Mr Anderson la regarda avec une expression résignée.

— Combien de temps allons-nous rester là-bas ?

Ils arrivèrent chez tante Ethel à midi. De l'avis de Ruth, même si le détour avait retardé le voyage d'un mois entier, cela en aurait valu la peine.

Sa tante était une femme au visage disgracieux. Sa bouche était fine et éternellement étirée, formant une fine ligne et ses yeux protubérants risquaient présentement de jaillir de leurs orbites tant son étonnement était profond.

— Fiancés ? répéta la femme d'une voix faible en dévisageant Mr Anderson comme s'il venait de tomber du ciel.

Ruth ne pouvait pas l'en blâmer. C'était le genre de personnage censé tomber du ciel, après tout. Quand on le voyait, on pensait aussitôt à une divinité guerrière ou une ancienne déité.

Mr Anderson supporta l'examen minutieux de sa tante pendant environ cinq minutes — donc quatre minutes de plus que d'après l'accord de base que Ruth avait réussi à obtenir de lui — avant de s'éclipser, néanmoins poliment, en murmurant quelque chose à propos des chevaux. Ruth s'en moquait. Sa tante l'avait vu, elle avait pu constater qu'il n'était pas le fruit de son imagination — qui aurait pu imaginer un tel homme ? — et avait pu réagir de la manière appropriée, c'est-à-dire, rester sans voix.

— Eh bien, jamais je… déclara tante Ethel en attrapant un éventail et en l'agitant vigoureusement même si elle était enveloppée de plusieurs châles et couvertures. Bonté divine.

— Nous nous marierons en Écosse. Mr Anderson possède un château là-bas, ajouta Ruth qui s'amusait bien.

Surprise, elle jeta un regard paniqué autour d'elle lorsque tante Ethel lui attrapa vivement le poignet.

— Bien joué, Ruth.

Il y avait tant d'approbation dans son regard que Ruth fut complètement déboussolée. C'était la première fois que sa tante se montrait satisfaite d'elle. Peut-être la première fois que qui ce soit se montrait satisfait d'elle.

— … Bien joué, mon enfant.

— Oh, fit Ruth en clignant des yeux d'un air étonné. Eh bien, merci, répondit-elle sans savoir si les remerciements étaient de mise dans ces circonstances.

Après tout, c'était son argent qu'il épousait, pas *elle*. Elle n'avait pas caché ce détail. À quoi bon ?

— Oh, un tel homme, soupira Ethel en agitant l'éventail encore plus vite. Mon propre Alfred était lui aussi un sacré bonhomme, savez-vous, ajouta-t-elle, le regard perdu dans le vague. C'était un obstiné, une vraie tête de mule celui-là.

Elle cligna des yeux et poussa un petit soupir nostalgique.

— … Il fallait beaucoup de détermination pour le canaliser, je peux vous dire. Mon Dieu, les disputes que nous avons eues !

Un sourire béat éclaira le visage de sa tante en le modifiant drastiquement. Ruth se rendit compte qu'elle n'avait jamais imaginé sa tante autrement que dans la peau d'une veuve. Son mari était mort jeune, longtemps avant la naissance de Ruth, et ils n'étaient pas des parents proches. Maintenant, Ruth se demandait si le tempérament colérique de sa tante ne résultait pas du chagrin de sa perte, car en cet instant, il était évident qu'elle avait profondément adoré son époux.

Tante Ethel leva la tête, peut-être parce qu'elle sentait le regard scrutateur de Ruth posé sur elle.

— Vous êtes partie pour une valse endiablée avec celui-là, dit-elle d'un air joyeux. Vous aurez envie de l'étrangler une ou deux fois, croyez-moi. Oh, mais cela en vaudra la peine.

— Croyez-vous ? demanda Ruth en osant pour la première fois énoncer ses doutes à voix haute devant cette femme à laquelle elle n'aurait jamais imaginé se confier avant ce jour. Parce qu'il est affreusement… eh bien il est très…

— Oui, répondit Ethel avec un sourire narquois. Je m'en doute. Il n'a pas l'habitude d'avoir une femme derrière lui, ou d'écouter les conseils de qui que ce soit, et je doute qu'il ait l'intention de vous donner du mou, alors ce sera à vous de tirer, Ruth. Ne laissez rien passer. Vous êtes une vraie Stone, je peux vous dire que le nom nous va à merveille. Votre père a peut-être su trouver l'argent, mais il n'aurait pas été si loin sans votre grand-mère et moi pour le pousser, même s'il ne l'admettra jamais, ricana-t-elle. Prenez le temps de l'évaluer, mais si vous voulez mon avis, vous êtes largement apte à relever le défi.

Ruth sourit et soupira de soulagement en ressentant une soudaine vague d'affection pour sa tante, habituellement si belliqueuse. Elle se pencha et déposa un baiser sur la joue d' Ethel.

— Merci.

Ethel rit en secouant la tête.

— Oh, ne me remerciez pas. J'ai hâte de voir les étincelles voler, mais de loin. M'écrirez-vous pour me raconter comment cela se passe ?

Ruth sourit et hocha la tête.

— Vous pouvez compter sur moi, mais uniquement si je reçois des conseils tactiques en retour.

— Marché conclu, répondit sa tante en la gratifiant de ce sourire si rare.

Ils repartirent pour Londres cette nuit-là, et, en rétribution de la journée perdue à rendre visite à la tante de Ruth, ils partirent à l'aurore. Les arrêts durant le trajet furent brefs et rares, et davantage pour le bien-être des chevaux que pour celui de Ruth.

Mr Anderson n'était pas un bavard.

La plupart des réponses aux questions de Ruth recevaient des grognements qui semblaient soit affirmatifs, soit négatifs. Il n'avait probablement pas dit plus de dix mots de tout le trajet. Il était frustrant qu'il ne montre aucune curiosité ni aucun intérêt envers elle, mais Ruth ne se faisait pas d'illusions. Elle n'était pas une beauté sulfureuse ni une blonde fragile qui avait besoin d'être dorlotée. Mr Anderson n'éprouvait aucun désir envers elle et, en dehors des termes de leur contrat, s'en moquait éperdument. Bon, très bien. Ce n'était pas grave.

Elle aurait sa propre maison — un château, en fait —, elle aurait un personnel à diriger et de quoi l'occuper. Elle aurait sans doute des enfants très bientôt et… et cette pensée entraîna son imagination vers un tout autre horizon. Elle s'obligea à regarder par la fenêtre et non en direction des genoux de Mr Anderson.

Une fois encore, il était assis nonchalamment sur la banquette. Il avait les yeux fermés, les bras croisés sur le torse et malgré elle, elle s'arracha à la contemplation du paysage pour le regarder. Il était un paysage à lui tout seul, aussi étrange et impénétrable qu'une terre inconnue remplie de dangers. Un calme qu'elle imaginait trompeur avait pris place dans son corps puissant. Même le langage de ce nouveau monde était étranger à Ruth. *Il* lui était étranger, et comme tout nouvel endroit, séduisant et exotique en dépit des périls qu'il pouvait receler. Tout ce qu'il y avait de féminin en elle percevait la puissance de l'attirance qu'elle éprouvait pour lui, l'envie d'explorer, d'apprendre à connaître ces lieux étrangers. De les rendre siens.

Ses cheveux, un peu trop long pour la mode, avaient une couleur brun profond. Ils lui tombaient presque sur les épaules et l'on pouvait distinguer une ondulation dans les mèches. Ses cils étaient plus foncés ; ils étaient si longs et si épais que n'importe quelle femme en aurait pleuré de jalousie. Le contraste avec son visage si brutalement masculin et intransigeant était étonnant. Au moment du départ, il était rasé de près, mais, comme si son corps refusait la moindre tentative de domestication, on pouvait déjà apercevoir sa barbe. L'envie de le toucher s'intensifia. Elle voulait tendre la main et caresser cette joue, sentir les poils drus de ses favoris. Le désir était si soudain et si intense que Ruth ferma les poings, comme si elle pouvait contenir cette envie en la serrant dans ses paumes. Son regard descendit plus bas, sur les bras musclés croisés sur sa poitrine, sur le tissu écossais de son kilt, sur la peau de ses genoux. L'une de ses jambes était tendue, l'autre était pliée, son genou retombant contre la porte du carrosse. Une nouvelle fois, son kilt était remonté de quelques centimètres, et Ruth avait une belle vue sur le bas de ses cuisses.

Elle se demanda s'il l'avait fait exprès pour la perturber, et se sentit soudain mal à l'aise, comme si elle était observée. Elle jeta rapidement un coup d'œil à son visage pour s'assurer que ses yeux étaient toujours fermés, mais ne parvint pas à se débarrasser de l'impression qu'il était parfaitement au courant de son examen. L'air du carrosse était frais et Ruth prit une profonde inspiration pour remplir ses poumons tout en forçant son regard à se poser à nouveau sur le paysage. Elle ne le regarderait pas, ne se tourmenterait pas avec des scénarios imaginaires sur le genre d'homme qu'il était, le genre d'épouse qu'elle serait pour lui. Ce qui arriverait arriverait, et elle tâcherait de faire de son mieux dans tous les cas.

L'auberge de Dunstable était propre et nette, mais Ruth ne le remarqua pas. Elle était bien trop fatiguée des événements de ces derniers jours pour faire autre chose qu'avaler un peu de soupe dans l'intimité de sa chambre avant de plonger dans son lit. Une femme de chambre aux yeux écarquillés l'avait aidée à se déshabiller et à se préparer pour la nuit. Ruth l'avait détestée au premier regard et ne parvint pas à dissimuler ce sentiment, ce qui rendit la fille nerveuse et maladroite. Ce n'était pas la frustration devant son incompétence qui avait éveillé son animosité, non. À la grande honte de Ruth, elle avait ressenti une haine instantanée dès qu'ils avaient pénétré dans l'auberge. Elle était ravissante et fine ; Ruth avait eu l'impression d'être une parfaite idiote, à espérer que le magnifique homme qui l'accompagnait la regarderait un jour avec intérêt. Lorsque l'employée avait regardé Mr Anderson avec une expression identique à celle de Ruth, toutes ses incertitudes avaient refait surface. Lorsque le regard de la jeune fille était descendu sur les genoux de Mr Anderson, ce fut trop. Ruth avait toussé bruyamment, et exigé qu'elle prépare aussitôt sa chambre.

Sa propre bonne, Rachel, l'avait désertée juste après avoir appris ses fiançailles. Elle avait jeté un coup d'œil au futur mari de Ruth et son visage avait pris la couleur du porridge. Ce choc, suivi de la mention du *Château de Wildsyde* en *Écosse* avait achevé l'affaire. Leur destination aurait tout aussi bien pu être la tour de Londres tant sa répulsion était évidente. Dans tous les cas, c'était trop pour la femme. Elle avait bien fait comprendre son opinion sur le fait de vivre dans un endroit aussi isolé au milieu de gens si grossiers. Sans avoir le temps de trouver une remplaçante, Ruth avait donc dit à Mr Anderson qu'elle pouvait tout à fait s'occuper d'elle-même seule et n'avait pas fait d'histoire. Si elle avait espéré un mot de reconnaissance pour ne pas retarder leur voyage en partant à la recherche d'une nouvelle femme de chambre, au moins par souci de bienséance, elle allait être déçue.

À présent, seule dans son lit à regarder le plafond dans l'obscurité, Ruth se sentait très loin de chez elle, même s'ils n'avaient voyagé qu'une journée. *Gardez la tête haute*, pensa-t-elle d'un ton sévère. *C'était votre idée, votre chance d'obtenir votre indépendance et la vie que vous vouliez. Personne n'a dit que cela serait facile.*

Vous pourriez changer d'avis, lui conseilla une autre voix, plus forte. Elle la fit taire. C'était impossible. Elle avait voyagé toute une journée dans un carrosse clos avec un homme sans personne pour veiller au respect des convenances. À présent, ils devaient se marier, ou c'en serait fini de la réputation de Ruth. C'est aussi bien, pensa-t-elle en soupirant. Elle tapa sur son oreiller bosselé dans l'espoir de s'installer confortablement. Il n'y aurait pas de retour en arrière, elle devrait s'accommoder de la situation. Elle se tourna de l'autre côté, obligea ses yeux à se fermer et s'endormit.

Les jours suivants ressemblèrent au premier. Mr Anderson était une présence gigantesque et silencieuse qui emplissait la majorité de l'espace disponible, à la fois dans le carrosse et dans l'esprit de Ruth. Lorsqu'ils franchirent la frontière de l'Écosse, Ruth n'en pouvait plus. Elle en avait assez des réponses monosyllabiques qui suivaient ses tentatives de discussion et décida qu'il était temps d'avoir une conversation, qu'il le veuille ou non. Une détermination furieuse s'empara d'elle et elle plongea la main dans son réticule pour en sortir de quoi écrire.

— Parlez-moi de votre personnel.

Elle regarda le battement de ses cils somptueux, puis ses pupilles couleur whisky se posèrent sur elle. Elle reprit :

— Combien sont-ils à travailler dans le château ?

Un lourd soupir retentit.

— Cinq.

Il bâilla et passa une main sur sa mâchoire. Le bruissement des poils de sa barbe exaspéra Ruth dont l'énervement monta d'un cran alors qu'elle attendait qu'il développe sa réponse. Ce qu'il ne fit pas.

— Seulement cinq ? répéta-t-elle en fronçant les sourcils. Une propriété de cette taille devrait plutôt…

Il la gratifia d'un regard énervé et dédaigneux.

— Avez-vous déjà oublié ? Je n'ai pas un sou, comme la petite furie vous l'a expliqué. Ce n'était pas un mensonge.

Ruth hocha la tête d'un air compréhensif.

— Parlez-moi d'eux, je vous prie.

Elle récolta un soupir irrité en guise de réponse.

— … Quels sont leurs noms et à quels postes travaillent-ils ? demanda-t-elle d'une voix hachée alors qu'elle tâchait de contenir sa frustration.

— Je vous les présenterai, dit-il. Vous les rencontrerez bien assez tôt.

Il s'étira avec un nouveau bâillement et leva les bras vers le plafond, étirant ses membres du mieux qu'il pouvait dans l'espace confiné. Ruth observa le spectacle, momentanément captivée par les muscles en mouvement sous ses vêtements. Elle s'aperçut de la lueur amusée qui brillait dans son regard. Elle serra les dents et lui lança un regard noir.

— Je désire connaitre leurs nom et profession avant d'arriver.

Elle soutint son regard et lorsqu'elle vit un sourcil se hausser légèrement, réalisa à quel point son ton avait été autoritaire. Il ferait mieux de s'y habituer, s'il persistait à l'ignorer. S'il cherchait à la tester, à voir jusqu'où elle irait pour se plier à sa volonté ou à jauger ses réactions face à un tel traitement, il allait comprendre qu'elle n'était pas une petite souris manipulable. Il avait gagné cinquante mille livres en la prenant pour épouse, mais il allait devoir les mériter.

Il l'observa longuement avant de répondre.

— Hilda MacLeod est gouvernante et cuisinièyre. Dougal Clugston gère le domaine. Il y a trois bonnes : Sheenagh Baillie, Flora Moffat, et Jessie Irwin.

Ruth hocha la tête.

— Je vais embaucher plus de personnel.

— C'est votre problèyme, répondit-il en croisant de nouveau les bras et en fermant les yeux.

Bon sang, il allait se rendormir.

— Comptez-vous inviter des gens au mariage ? Votre famille, peut-être ?

— Non.

— Pourquoi pas ?

Pas de réponse.

— Pourquoi pas, Mr Anderson ?

Silence.

— Eh bien, miss Stone, commença Ruth en adoptant un ton léger. Parce que ma famille est bruyante, ce sont de vrais moulins à paroles et je crains que vous ne puissiez pas placer un mot. Oh, Mr Anderson, poursuivit-elle en décidant qu'elle ferait tout aussi bien de jouer les deux rôles. Vous êtes si prévenant. Pensez-vous que nous devrions partir en lune de miel ?

Elle fit une pause et se racla la gorge pour essayer d'imiter son accent écossais :

— Non. Je serais bien trop occupé à dépenser le pactole, may vous pouvez dormir avec les bêytes pendant que je prépare le château pour vous.

Ruth eut l'impression de voir ses lèvres tressaillir, mais aucun autre signe n'indiqua qu'il l'avait entendue.

— Eh bien, Mr Anderson, dit-elle avec un lourd soupir en posant la main sur le cœur comme une jeune demoiselle en pâmoison. Quelle chance j'ai eue d'épouser un tel homme ! Aye, pour sûr, dit-elle en faisant une grosse voix et en hochant la tête. Vous êtes bel et bien chanceuse. Je suis le parangon des Écossais.

Ruth battit des cils en direction de l'homme immobile face à elle.

— Je suis si soulagée, dit-elle en adoptant un ton affecté. J'avais affreusement peur d'avoir accepté d'épouser une brute sans la moindre politesse.

Elle se figea lorsqu'un œil fauve apparu, brillant dans la pénombre de la fin d'après-midi. Elle sentit ses joues s'enflammer sous ce regard alors qu'elle attendait — mais quoi ? Un élan de colère ? D'amusement ? Pendant un moment atroce, elle se demanda s'il allait lui donner la fessée. Puis il grogna, ferma les yeux, et se rendormit.

Chapitre 3

Cher papa,

Nous prévoyons d'arriver au château de Wildsyde demain après-midi. Le voyage a été long et éreintant et je dois admettre que je serai bien contente lorsque je pourrai m'asseoir sur quelque chose d'immobile. Nombreuses étaient les routes très mal entretenues et j'ai l'impression que mes os se balancent et tressautent encore lorsque j'essaie de dormir la nuit. La météo, elle non plus, ne s'est pas montrée très clémente, mais le temps s'annonce meilleur demain. Peut-être le château sera-t-il baigné de soleil la première fois que je l'apercevrai ! Je vous écrirai davantage afin de vous le décrire en détail, comme vous me l'aviez demandé, une fois que je serai installée.

— Extrait d'une lettre de miss Ruth Stone, à son père, Mr George Stone.

6 novembre 1814. Château de Wildsyde, Écosse.

Gordy observait la femme anglaise à la dérobée, sous ses cils. Aujourd'hui, elle était restée silencieuse, le torrent de questions dont elle l'avait assailli depuis leur départ s'était tari. Elle avait également arrêté sa conversation ou elle imaginait elle-même ses réponses. Dommage. Il s'était beaucoup amusé d'entendre son accent anglais rigide essayer d'épouser les rondeurs et l'écrasement des syllabes du patois écossais. Il avait eu du mal à ne pas éclater de rire, mais il était bien déterminé à garder les choses formelles entre elle et lui. Avec un peu de chance, elle s'enfuirait vers Angleterre et l'idée qu'elle se faisait d'un monde civilisé d'ici Noël. La façon dont sa mère s'était pâmée à sa vue avait confirmé ses doutes : Ruth Stone était bien trop délicate pour survivre à Wildsyde, même s'il en avait envie — et il n'en avait pas envie.

Il ne souhaitait pas l'épouser. Pas plus qu'il n'avait voulu épouser Bonnie, ou n'importe quelle femme, créatures sournoises et trompeuses qu'elles étaient. Il ne doutait pas que celle-ci lui causerait des ennuis, mais il était prêt à encaisser les subterfuges, les mensonges et les tromperies dont elle ferait usage pour tenter de le séduire. Aucune femme n'avait encore réussi l'exploit et elle ne serait pas la première à avoir essayé. Mais cinquante mille livres ? Son cœur faisait encore des bonds à la pensée de cette fortune colossale. Il était riche ! Cela paraissait impossible, au mieux, improbable. Pourtant, il avait vu le contrat de mariage de ses propres yeux.

Il était excité en pensant à tout ce qu'il pourrait faire avec cet argent, tout ce qu'il pourrait créer, réparer, construire. Pour la première fois de sa vie, il serait en mesure de regarder ses locataires dans les yeux sans se sentir accablé de honte et de culpabilité. L'exode forcé des Highlands avait contraint de nombreuses familles à rejoindre la côte et à travailler dans les villages de pêcheurs autour de Wildsyde. Il n'avait rien pu faire et seules les terres fertiles autour du château les maintenaient à flot tandis qu'il dépensait chaque pièce pour réparer ce qui tombait en miettes sous ses yeux. Mais il n'y en avait jamais assez. Il avait beau se tuer à la tâche, il n'y avait jamais assez d'argent pour faire le travail correctement. Eh bien, plus maintenant. Il se demanda si Ruth avait la moindre idée de ce qu'elle avait fait en l'épousant. L'intérieur tape-à-l'œil et luxueux de sa demeure, l'ampleur de la fortune que son père avait dû amasser pour créer un tel décor l'avait estomaqué et laissé sans voix. Debout dans ce hall recouvert de dorures et de fanfreluches, il avait vraiment eu l'impression d'incarner le barbare qu'elle croyait sans doute qu'il était.

Et c'était *elle* qui lui avait demandé de l'épouser.

Il n'arrivait toujours pas à y croire. S'il l'avait croisée dans la rue, il se serait attendu à ce qu'elle détourne la tête avec un air dédaigneux, puis qu'elle rougisse avant de s'éloigner à toute allure, comme beaucoup de ses semblables. Il avait eu de la chance qu'elle fasse partie de l'autre catégorie, celles qui le regardaient par-dessous les cils en s'imaginant s'essayer à la débauche avec ce sauvage. Il ne se faisait aucune illusion sur l'opinion qu'elle devait avoir de lui, élégante lady Anglaise qu'elle était, et sur ce qu'elle attendait de lui : ce n'était certainement pas de la conversation raffinée ou une compagnie pour l'escorter à l'opéra. Non. Il avait très bien compris son regard. Eh bien, c'était un contrat équitable. Il aurait son argent et paierait en nature, en accomplissant son devoir d'époux jusqu'à ce qu'elle tombe enceinte. D'ici là, elle devrait en avoir assez de lui et de ce qu'il pouvait lui offrir. Elle n'attendait rien d'autre de sa part. Il le savait très bien.

Bien qu'il lui eût donné les commandes du personnel et du château, il ne s'attendait pas à ce qu'elle y reste et n'y tenait pas. Plus vite elle en aurait assez de vivre avec lui dans un endroit aussi isolé et déciderait de retourner avec ses pairs, mieux cela serait. Il serait tranquille. Il aurait accompli son devoir envers le titre qui serait un jour sien et ils pourraient tous deux vivre leur vie comme bon leur semblait. Il sourit intérieurement, enchanté de la façon dont tout s'était déroulé. Eh bien, si elle voulait jouer à l'épouse en attendant, grand bien lui fasse. Elle se rendrait vite compte de son erreur. De plus, il avait ses propres affaires à régler, et en juger par la curiosité qui brûlait dans les yeux de Ruth lorsqu'elle le regardait, il s'en sortirait mieux qu'elle.

Il observa son expression intéressée alors qu'elle regardait le paysage impitoyable défiler par la fenêtre. Au moins, c'était une jolie jeune femme en pleine forme et pas une petite poupée fragile. Il aimait sa haute taille et le fait qu'il ne soit pas obligé de se plier en deux pour l'embrasser. Il aimait également les courbes amples de ses hanches et de ses seins. Généreux, doux, confortables. Oui, elle était bien faite, solide et voluptueuse. Il le fallait bien, si elle devait porter ses enfants. Il ressentit une bouffée de chaleur en imaginant coucher avec elle ; en imaginant lui montrer à quoi menait le regard brûlant qu'elle posait sur lui.

Cela n'avait pas été facile pour lui de garder ses distances pendant le voyage. Il ne fricotait jamais avec ses employées, ni quiconque pouvant se sentir son obligé ; mais ce principe l'obligeait à patienter une heure trente — les jours de beau temps — pour effectuer le trajet jusque Wick afin de trouver une partenaire consentante, et il avait peu de temps à consacrer à ce genre de frivolité. Mais à présent il avait une femme pour soulager ce genre de frustration. À portée de main, consentante, douce et chaude. Il laissa échapper une longue expiration en imaginant la chose. *Attention*, se dit-il. Seulement au lit. Il ne devait pas se montrer trop familier, trop aimable. Elle partirait. Elles finissaient toujours par partir.

Et pour son propre bien, il devrait faire en sorte que cela se produise rapidement.

L'Anglaise poussa une exclamation émerveillée, et Gordy leva la tête en observant le sourire se dessiner sur son visage. Elle se rapprocha de la vitre ; sa respiration forma un nuage de condensation sur le verre qu'elle effaça aussitôt d'un geste impatient. Il fronça les sourcils en s'interrogeant sur la raison de son émoi, quand le carrosse tourna légèrement, lui révélant ce qu'elle avait sous les yeux : Wildsyde. Il avait été tellement perdu dans ses pensées qu'il n'avait pas prêté attention au paysage familier et n'avait pas réalisé qu'ils étaient presque arrivés.

Mais le château était là, abîmé mais fier, tel un guerrier balafré et épuisé refusant d'abandonner le combat, prêt à se battre jusqu'à la mort. Une bouffée de quelque chose qui ressemblait à de la fierté monta en lui, il se sentit heureux et satisfait de son approbation. Il chassa aussitôt ce sentiment. Il n'avait pas besoin de son approbation, et n'en voulait pas. Elle ne resterait pas.

Plus d'Emma ?

Si vous avez aimé ce livre, n'hésitez pas à soutenir son auteure indépendante en écrivant un commentaire. *Merci !*

Pour rester informé des promotions, et des cadeaux (que je fais régulièrement), suivez-moi sur :
https://www.bookbub.com/authors/emma-v-leech

Pour en savoir plus, avoir des informations et des aperçus de mes prochains livres, rendez-vous sur mon site internet et inscrivez-vous à la newsletter.

http://www.emmavleech.com/

Venez rejoindre les fans sur ma page Facebook pour des nouvelles, des infos et des discussions passionnantes…

Emmas Book Club

Ou suivez-moi ici…

http://viewauthor.at/EmmaVLeechAmazon
Facebook
Instagram
Emma's Twitter page
TikTok

Quelques mots sur moi !

J'ai commencé cette aventure incroyable en 2010 avec "The Key to Erebus", mais il m'a fallu deux ans pour rassembler le courage nécessaire pour le publier. Pour ceux qui l'ont déjà fait, vous savez que publier votre premier livre est une expérience affreusement effrayante ! J'ai toujours des papillons dans le ventre le matin de la sortie d'un nouveau titre, mais la terreur s'est finalement atténuée. Maintenant, je vis juste dans la crainte du jour où mes filles seront assez grandes pour lire mes livres.

L'horreur ! (pour elles comme pour moi je pense)

2017 est l'année de mes débuts dans le domaine de la romance historique et le monde de la Régence, et waouh, quelle année ! J'ai été ravie de constater l'engouement qu'ont eu ces livres, et j'ai hâte d'y ajouter de nouveaux titres. Que les lecteurs de romance paranormale se rassurent, il y a encore beaucoup de choses prévues de ce côté-là également. L'écriture est devenue une addiction pour moi, et dès que je termine un livre, je commence le suivant avec beaucoup d'enthousiasme, donc vous pouvez vous attendre à beaucoup de nouveaux romans !

Comme on peut le voir dans bon nombre de mes œuvres, je suis très influencée par la campagne française dans laquelle je vis.

Je suis installée dans le sud-ouest de ce pays depuis 1998. Je suis née et j'ai grandi en Angleterre. Mes trois superbes filles sont bilingues et mon mari Pat, moi-même ainsi que nos quatre chats sommes très heureux et conscients de la chance que nous avons de vivre dans un endroit si charmant.

CONTINUEZ LA LECTURE POUR DÉCOUVRIR MES AUTRES LIVRES DISPONIBLES EN FRANÇAIS !

Œuvres d'Emma V. Leech disponibles en français

Histoire indépendante

L'Amant Sous La Plume

Les séries

Les Audacieuses

Défier un Duc

Voler un Baiser

Enfreindre les Règles

Suivre son Cœur

Un Pari sur l'Amour

Danser avec le Diable

Un Hiver à Wildsyde (prochainement)

Les Polars de la Régence Anglaise

Mourir Pour un Duc

Envie de lire une histoire d'amour surprenante qui se déroule pendant la Régence ?

Mourir pour un Duc
Les Polars de la Régence Anglaise, Tome 1

Impérieux, guindé et moralement rigide, Bénédict Rutland – le beau et ténébreux comte de Rothay – a hérité de son titre trop jeune. Responsable d'une famille nombreuse que la frivolité de ses parents avait conduite à la ruine, il a passé sa jeunesse à rétablir la fortune familiale.

C'est aujourd'hui un homme dans la fleur de l'âge et aux finances solides, fiancé à une femme sévère, raisonnable et imperturbable qui jamais ne perturbera l'équilibre de sa vie, ou ne troublera ses émotions…

Mais c'est alors qu'arrive miss Skeffington-Fox.

Élevée uniquement par son libertin de beau-père, la demoiselle pimpante scandalise Bénédict en tous points.

Mais quand les membres de la famille devant hériter du duché commencent à mourir un à un à une vitesse alarmante, tous les doigts pointent vers Bénédict, et miss Skeffington-Fox pourrait bien être la seule en mesure de le sauver.

Comme si être accusé de meurtre n'était pas suffisant, miss Skeffington-Fox va complètement faire basculer le petit monde soigneusement ordonné de Lord Rothay. Bénédict doit à présent laver son nom, et résister à la tentation d'une demoiselle scandaleuse.

Remerciements

Je remercie, bien sûr, ma formidable éditrice Kezia Cole.

À Victoria Cooper pour ton dur labeur, tes œuvres magnifiques, et, par-dessus tout, ta patience infinie !!! Merci beaucoup. Tu es incroyable !

À ma BFF, mon assistante personnelle, qui m'encourage et m'apporte du chocolat, Varsi Appel : pour ton soutien moral, pour m'avoir aidée à avoir confiance en moi, et pour avoir lu mes œuvres plus de fois que moi-même. Je t'aime fort !

Un grand merci à tous les membres du groupe « Emma's Book Club » ! Vous êtes les meilleurs !

Cela me fait toujours très plaisir de vous parler, donc n'hésitez pas à me contacter par mail ou par message :)

emmavleech@orange.fr

À mon mari Pat, et à ma famille… Pour s'être toujours montrés fiers de moi.

www.ingramcontent.com/pod-product-compliance
Lightning Source LLC
LaVergne TN
LVHW091659190726
843493LV00001B/64